国道
GUODAO

◇徐歌 著

目 录

001　引子

011　一、初心　　　　　　　　　　（行经国道：G324、G359、
013　行走在英雄的土地上　　　　　G212、G209、G356、G207、
027　总有一股力量在支撑着我们　　G206、G240、G323）
063　束装整甲楚南过

089　二、雄关漫道　　　　　　　　（行经国道：G357、G336、
091　你看那大旗，飘扬多威风　　　G108、G322、G208）
126　中国精神

153　三、万水千山，最美中国道路　（行经国道：G107、G324、
155　景行行止　　　　　　　　　　G209、G358、G321）
176　春天的故事
192　国道带我回家

209　四、生命线　　　　　　　　　（行经国道：G210、G325、
211　盐道、战马与国祚　　　　　　G324、G312、G215）
228　此去关山万里

269　五、星辰大海　　　　　　　　（行经国道：G209、G335、
　　　　　　　　　　　　　　　　　G223、G225、G360、G207）

引子

通往沿海的两条公路就像长长的飘带，在大地上轻快地舒展开来，绕过山丘、穿过田野、跨过河流，在海风的吹拂下，时而缠绕在一起，时而又翩然散开……

驾车沿国道G325南行，一出发便与自大西北远道而来的G75兰海高速公路相伴齐驱。

从中国广袤的大西北内陆地区南下出海，里程最短的线路，就是自河西走廊经川、渝、黔三省（市）进入广西，然后穿越广西盆地南缘十万大山与六万大山之间敞开的这条通道。

桂南群山中这条通道地势相对低缓，自南宁市域南部算起，至钦州市茅尾海，直线距离不过百公里，从中国内陆腹地经此，可直抵北部湾，连接上南海与浩瀚大洋。

除国道G325、G75兰海高速这两条公路外，广西沿海铁路与沿海城际铁路线，也汇集于此，奔向海洋。

国道G325，是目前全国200条国道中唯一一条以南宁为端点的国道，又称"广南线"，连接广东省省会广州市与广西壮族自治区首府南宁市。此国道的线路大致呈浅"U"形走向，共同以粤桂南部绮丽多姿的山谷丘陵和滨海地貌，作为沿途的风景线。

盛夏时节，骄阳炙人。我们的车子从国道G325南宁与钦州交界的路段拐进一处村庄，从那里去寻觅一条通向海洋的古道遗迹，这条古道与现今的国道如影随形，有的地方叠合，有的地方分开，在历史与当下之间时隐时现。

以南宁为端点的国道，原来还有一条包头至南宁的国道G210（又称为"中国子午线"）。这条几乎是顺着中国版图中轴线的南北垂直贯通的国道，根据国家新的公路网规划，已将起点由内蒙古自治区包头市区，向北延伸至包头市达尔罕茂明安联合旗满都拉镇的中蒙边境口岸，终点则由广西壮族自治区南宁市向南延伸至防城港市。"增强版"的国道G210，一头直冲苍茫的内蒙古高原，一头迎向蔚蓝的大海。

事实上，G210国道是在著名的抗战公路——川黔公路渝黔段的基础上，将首尾两头改道延展而成的。20世纪40年代，川黔公路是中国西南腹地连接滇缅公路的关键一段，大批堆积在缅甸仰光港的抗战物资，就是从滇缅公路接驳上川黔公路这条战略补给线，源源不断地运往中国内地抗日前线的。

是啊，无论是大道笔直，还是斗折蛇行，没有哪条国道是没有故事的——

国道，从这里连通那里，从脚下到达远方，更从历史通向未来。

我们现在的诸多国道线路，都是在沿着古时驿道或官马大路的走向的基础上，加以拓宽修建而成的。

可以这么说，每一条国道，都是在中华大地最丰厚的历史人文地基上修筑起来的。

秦修驰道，汉通西域。

早在西周时期，道路和河渠呈"井"字状纵横交错，道路就被划分为城市和乡村两个体系：城市道路以"国中九经九纬"为主体，并附以环道绕城。就是说，首都城市南北和东西走向各有9条道路，并在城周围建有环行道路。按古文献所记道路尺寸，城内经纬道路宽约17米，环道宽约13米。乡村道路划分为5个等级，即"径、畛、涂、道、路"。"径"是通行人和牛马的小路；"畛"是田间的小路；"涂"是容纳1辆车行驶的道路；"道"是容纳2辆车行驶的道路；"路"是容纳3辆车行驶的道路。这种道路类型的划分，是世界道路史上最早的。

为联络这5种道路，尚有干线道路，称为"野涂"，宽约9米。"凡治野之沟、洫、道、路，以达于畿"（《周礼注疏》），指的就是所有的干线道路都要通至周都城。而在都城和邑之间、邑与邑之间，更是相互通达，联络成网。

有了道路，就要有里程碑。中国古代以300步或360步为一里，东汉时期，开始用"堠"标示里程——"十里双堠，五里单堠"。用"堠"计程，叫"堠程"。唐韩愈有题为《路傍堠》一诗，即如此吟咏："堆堆路傍堠，一双复一只。迎我出秦关，送我入楚泽……"

所谓"堠"，即记录里程的土堆或土墩。又称"里堠"或"封堠"。

到了唐代，以隋大兴城为基础建造的长安城，是当时世界上规模最大、建筑最宏伟、规划布局最为规范的一座都城，城内东西14条大街，南北11条大街，朱雀大街为全城的中轴线和主干道。长安城四面城门各有3条道路与城外道路连接，通达全国，构成了以首都为中心的全国干线道路网体系。

唐贞观元年（627年），全国行政区划分为10道，至唐开元二十一年（733年），分为15道。所有干线道路（驿道）均由首都长安起，通往15个道的道府所在地，同时与东都洛阳相联系。"凡三十里一驿，天下凡一千六百三十九所。"（《唐六典》）

对于那个时代，史家描述道："东至于海（今山东渤海），南

至于岭（今广州市），皆外户不闭，行旅不赍粮焉。"（《旧唐书》）

大唐盛世的图景，以及随后中华壮阔的历史长卷，就这样在四通八达的驿路上展开。

2017年那个炎夏，我和从事非遗工作的班继胤（老班）驱车从南宁出发，沿着国道G325驶进他的家乡，在那个紧挨着国道的村庄里，潜藏着一条从古邕州通往钦州天涯驿的古驿道。

烈日当空，夏山如碧。

要考察这条古驿道只能徒步。所谓古道实际上大部分已变成了国道G325路段，剩余的依稀可窥原貌的零散部分，则断续分布于村舍旁、田畴中，还有更远处的山岭间。长年对此古驿道进行探究的老班，颇为沉迷其中，他一路快行，像是要赶着去会晤老友。老班对着那些古迹遗存兴奋得绘声绘色地讲个不停，边拍照边向我作介绍。

我们走过了一个个村庄，翻过了一座座山头，那些草蛇灰线般的驿道遗迹，成了我们徒步线路的路标，引导着我们此次田野考察的方向。

清初地理学家顾祖禹在其所著《读史方舆纪要》中，对天涯驿作此描述：

> 在（钦）州东。永乐十四年，张辅奏：自天涯驿经猫尾（今作"茅尾"）港至涌沦、佛淘，从万宁县抵交阯，多由水道，陆行止二百九十一里，比邱温故路近七驿，宜设水马驿传，以便往来，从之……

● 引子

今天在钦州市就有一座天涯亭，传为北宋庆历年间知州陶弼始建。清代《钦州志》有载："亭何以为天涯名，志远也。何言乎远，钦地南临大洋，西接交趾，去京师万里，故以天涯名，与合浦之称为海角者一也。"

"天涯海角"一词，在中国的人文语境中，乃极边远之地。今天广西北部湾畔的钦州、合浦两地，曾合称"钦廉"。与天涯亭相对应的，则是位于北海市合浦县的海角亭。

始建于北宋景德年间的海角亭，初为纪念汉代合浦郡太守孟尝"去珠复还"的典故而修筑。亭以海角命名，则与元代海南海北肃正廉访使范梈有关，他的《重建海角亭记》这样写道："钦廉僻在百粤，距中国万里而远，郡南皆岸大洋，而廉又居其折，故曰海角也。"

一代文豪苏东坡从海南岛北归过廉州，在此凭栏北望，发出"万里瞻天"之慨。

桂南的山野如绿色的波涛无尽地铺展，到处是乔松疏竹，山庄拥翠。溽热熏蒸中，我们的衣衫被汗水浸透，不久又在艳阳下被烘烤干。古道被荒草湮没，仿佛也被时光遗忘了，我们不辨路径，走走停停，四处打量。

忽然看到，远处一座山头上，好多滑翔伞在空中翩然飞舞，七彩的伞花漫天绽放，好一幅美丽图景。

当古道徒步邂逅了滑翔伞运动，那感觉是仿佛天地之间有了跨越古今的某种呼应。

老班凝视着那"飞花"的山巅，说道："那是望海岭，顾名思义，天涯海角驿旅至此，蔚蓝的大海在望了。"

"我们登上去！"我不假思索地说，"山顶上一定有风，唯有高处得清凉。"

也许是得天独厚的地理位置，让望海岭成了滑翔伞爱好者们的天堂。站在望海岭山顶上，果然疾风劲吹，暑热全消。

就在山脊的迎风面上，坐着不少身背伞具的滑翔伞爱好者，他们说，这里是国内不可多得的非常适合滑翔的好地方，一年四季四个方向都可以起飞。

这真应了那句诗：好风凭借力，送我上青云。

山高人为峰。上得山来极目远眺，心旷神怡，但见山下的寻常景物也为之气象一新——绿野高天间，万物生机盎然，丘峦像有韵律般舒缓起伏，村落在竹树环合中隐现，城镇似棋盘，公路如丝线。

老班指向望海岭正南方向地平线的苍茫处："那边就是大海，我们寻觅的古道，就通向远方的天涯海角，汉代海上丝绸之路即是从那片海起航的。"

伫立山巅上，不仅视野天高地广，思维也随之宏阔起来。

"看到有新闻报道，东汉时期班固所写《封燕然山铭》的摩崖石刻，在蒙古国被发现并确认了。"老班说。

"就是范仲淹名句'浊酒一杯家万里，燕然未勒归无计'里讲的'燕然勒石'？"我有些好奇。

"是的。近两千年前东汉的窦宪、耿秉率军远征大破北匈奴，穷追数千里至燕然山，随军出征的班固撰写的《封燕然山铭》被刻在山崖上，史书上称'刻石以纪汉功，纪威德也'。后世便以'燕然石'指建立边功的记功碑，文学作品更是以'勒燕然'咏边塞立功。"老班显然对那段历史颇有研究，他继续说："然而长久以来，燕然山何在、石刻具体地点在哪里，一直众说纷纭，无人知晓。如今中华民族的复兴运势正隆，班固的'燕然勒石'穿透历史迷雾，赫然显露真容，岂非天意乎？"

● 引子

我不由得喝彩道:"说得好!咱们国家的历史记载向来都是前有据、后有考、旁有证,讲究历史文献与考古遗存的相互佐证。尽管知道历朝历代修史的严谨,但班固'燕然石'的发现,还是挺令人感到意外和震撼的,毕竟年代已经那么久远。"

"如果哪天有机会能走进蒙古大漠,来到'燕然石'下怀古、凭吊,咱也算是亲见了大汉天威,那真可谓快哉!"老班说。

"这让我想起了史上很霸气的那句——'明犯强汉者,虽远必诛。'电影《战狼》热映,让这段写于2000多年奏折上的文字,一下子在今天的网络上流传开来,被广为引用。大家从这豪气干云的对外'宣言'中,分明能感受到大汉的强盛和自信。"我说。

"这段话出自中国第一部纪传体断代史《汉书》。所谓'三班良史,一部《汉书》'。班固整理了他父亲班彪留下的《后传》遗稿,并决心在父亲著作的基础上写《汉书》,从20多岁写到了60岁,后来其妹妹班昭续编补写,两代人接力编修这部伟大的史学巨著。《汉书》开创了'包举一代'的断代史体例,为后世'正史'之楷模。话说一个家族能有一个人在史学界留名尚且不易,可偏偏班氏这么一个家庭就出现了3位重量级的史学家,真是了不起。"老班说。

"赫赫有名的东汉班氏家族,你漏说了一人——班超。我觉得这个班家的二儿子名气更大,他的人生更具传奇色彩。走出案牍文房,'投笔从戎',效仿傅介子、张骞立功西域。一去西域31年,平定50余国,他后来被封为定远侯。"我打趣道。

思考了一会,我接着说:"一个国家在军事上的优势,往往是以经济上的繁荣、国力的强盛为基础的,所以从这点上我想起了班固的弟弟班超,他是重启丝绸之路的先锋,以卓越的军事和外交才能,使一度阻塞的丝路重现辉煌,让中华文明远播,他的历史功绩同样名垂千古。"

除在群众艺术馆专事非遗的发掘、整理工作外，老班还是馆里的文学创作员，近几年一直在构思一部有关"史学三班"的作品，为此他曾到陕西扶风、山西原平的班氏故里进行采风，两汉史是他的兴趣点。汉朝是一个勇于开拓、敢于创新的时代，其文治武功奠定了今日中国的基本版图。今人读汉史，仍能从中感受到那特有的开放包容、雄健浑厚的气度，在漫漫历史长河中汲取一份挺立千秋的信心和勇气。

我和老班是多年的朋友，彼此熟悉，也都在工作和事业等方面关注着对方。

"你这么多年沿国道线跑，也准备写些什么吧？"老班问。

"我还真没想过这个。我仅仅是对公路着迷，喜欢驾驶，东奔西跑的，行驶在祖国天南海北的道路上，不知道为什么就觉得心里美得不行，人生最好的状态，莫过于此。"我笑着说。

"我平日喜欢寻幽探秘访古道，你喜欢跑国道，从这点上看，咱俩应该算是同'道'中人了。"老班也"幽了一默"。

"既然是同道中人，我们不妨相约走上一程。那么，放眼当下——你看山下那条车流滚滚的道路，它名叫兰海高速公路，编号 G75。兰海高速公路一端通往离这里不远的北部湾畔的北海市，而汉代海上丝绸之路始发港就在北海的合浦；一端往甘肃省兰州市，那里是古丝绸之路去往西域必经的咽喉重镇。我想说的是，'海丝首港'合浦与'屏障中原、联络西域'的兰州，这两处因汉代海上丝绸之路和古丝绸之路而闻名古今的地点，就是由望海岭边上的这条公路'千里一线牵'给联结起来的，我们找时间沿着面前这条路，去往西域走走丝路古道如何？戈壁滩上可觅大英雄班超的足迹，而且丝路是世界文化遗产，所有这些方面对你的本

● 引子

职工作和相关创作，都会有帮助的。"我提议道。

"好，就这样定了！寻找国道上的丝路留痕，一定会给我们提供别样的历史思考和旅行体验。"老班跟我兴奋地击掌。

"望海岭之约"的两年后，我们踏上往西北方向去的行程。

为节省时间，我们从南宁直接驶上穿城而过的G75兰海高速公路，纵贯贵州省直达重庆市。在重庆我们沿着国道G210北上，从川东进入陕南，专程到汉中市镇巴县踏访班超故地。镇巴又称"班城"，当年班超因功被封为定远侯，封邑即在镇巴，该县在清嘉庆年间曾置"定远厅"，后一度改为定远县。

沿着国道G210继续前行，我们来到陕西省省会西安市，从古城墙玉祥门外的"丝绸之路起点"碑出发，探寻秦岭终南山北麓的丝绸之路古道，然后穿过河西走廊，出阳关、玉门关……

西部苍凉壮美，以至于行驶在路上，每一个视角都是那么旷远深邃。历史在这里也犹如凝固一般，像极了国道两旁不时映入眼帘的那些残存的烽火台，历风沙而永驻，经千年而不消失。

一路上，我和老班时常聊起班固、班超的话题，感慨这些历史记载者和书写者"生逢其时"，而当今我们生活在这个中华民族走向伟大复兴的新时代，同样是幸运的，也是幸福的。我们每个人都是这个伟大时代的见证者和参与者，每个人都了不起。

和老班在望海岭上的那次天马行空的聊天交流，让我此后的每一次自驾出行不再是走马观花式地看景观光。我意识到应该在这个时代记录下些什么，留下些什么，于是出行前开始关注国道上所承载着的人文精神，并翻查相关资料，思考国道与人、国道与大历史的关系。

我发现，每一条国道，甚至是距离自己最近的，既熟悉又陌生的那一条，都无不是叠加、覆盖上了一层又一层的历史人文分土和基石。任凭岁月风雨涤荡，从古至今在这些道路上一遍一遍走过的，有生生不息行进者的步履，有兴替荣衰的嘚嘚马蹄，更有滚滚向前的历史车轮。

千年弹指，斗转星移。古丝绸之路和汉代海上丝绸之路，在今天从容铺展成了丝绸之路经济带和21世纪海上丝绸之路，共建"一带一路"，正承载着共建人类命运共同体宏大的使命。

从新疆回来后，我看到一个新词汇——"西部陆海新通道"，常常出现在各媒体的时政产经新闻上。上网搜了一下，西部陆海新通道是由中国西部省份与东盟国家合作打造的国际贸易新通道，北接丝绸之路经济带，南连21世纪海上丝绸之路，协同衔接长江经济带，在区域协调发展格局中具有重要战略地位。开通以来，这条"物流大动脉"不断创新合作共建机制，凝聚沿线合力，推动形成"陆海内外联动、东西双向互济"对外开放格局，如今已成为我国与沿线国家经贸合作，维护全球供应链稳定的国际贸易大通道。广西正是"一带一路"贯通欧亚大陆的连接点，作为陆海交汇门户，在服务国家大局中必将迎来巨大的发展机遇，这是多么令人激动的事。

我和老班的那次赴西北访丝路古道的行程，无意间，竟是沿着西部陆海新通道这条重要的交通线，走了一个来回。

以至于后来我们一直觉得，2017年盛夏寻路登上望海岭非常有意义，因为那个紧邻西部陆海新通道的交通节点，连接着"一带一路"，在那个向海西望的山巅，可以听到新时代飞速前行的声音，可以看到鲲鹏展翅，迎风飞翔。

行走在英雄的土地上

● 广西是红七军的故乡。

此后,红七军纵横7000里,历经大小战斗100余次,历时9个月,终于完成了北上江西与中央红军会合的使命。

红七军这场艰苦的远征,被后人形象地称为"小长征"。

● 从在河池集结出发东进算起,红七军将士在极其艰苦的条件下,先后历经强攻长安、武冈失利、江华风雪、连城烈火、梅花浴血、武水受阻、乐昌突围等险关绝境,沿途给敌人以重创,付出了巨大牺牲,终百炼成钢,成为中央红军的一支劲旅,在中国革命史上留下了光辉的一页。

沿着红七军当年转战桂、黔、湘、粤、赣五省,长途跋涉到达中央苏区会师朱毛红军的线路进行一次自驾的行程,是我从2017年下半年开始就着手准备的出行计划。

十几年来,重走中央红军的长征路,成了当代人与那段红色历史进行心灵交流的一种方式。2017年颁布的《关于实施中华优秀传统文化传承发展工程的意见》就明确提出,我国将规划建设一批国家文化公园,形成中华文化的重要标识。2019年12月,中共中央办公厅、国务院办公厅印发《长城、大运河、长征国家文化公园建设方案》,规定到2023年底基本完成建设任务。

体验线路和历史步道,是国家文化公园的重要组成部分。"在长征国家文化公园里,重走一段长征之路,既是一条体验红色革命之路,同时也是一条文化自然巡礼与探险之路,与自驾游、户外运动、徒步越野有着天然的契合。"

广西是红七军的故乡。1929年12月11日,邓小平等老一辈革命家领导百色起义,创建红七军;1930年2月1日,又领导发动了龙州起义,创建红八军。百色起义、龙州起义建立了左右江革命根据地,是中国共产党在边疆民族地区实行工农武装割据的一次光辉实践。

1930年10月,红七军向河池集结,离开右江革命根据地(红八军与红七军在乐业会合,编入红七军)准备东征。此后,红七军纵横7000里,历经大小战斗100余次,历时9个月,终于完成了北上江西与中央红军会合的使命。

胜利到达中央苏区后,红七军编入红一方面军第三军团,汇入中央红军的滚滚铁流,参加了此后的历次反"围剿"作战。在中华苏维埃第一次全国代表大会上,红七军被授予"转战千里"锦旗一面,以表彰这支英雄部队的功绩。

红七军这场艰苦的远征,被后人形象地称为"小长征"。

1998年,我做记者的时候曾采访过一位经历百色起义的革命老人,她的一生充满着传奇色彩,当年这篇题为《黄美伦和她的特殊家庭》的报道(1998年2月5日《当代生活报》,署名徐炜达),现在读来仍觉得历久弥新——

➡ 黄美伦和她的特殊家庭

这两张人物相同的合影照片,时间跨度整整相隔了40年。沧桑巨变、物是人非，岁月缓缓逝去，而醇浓真挚的亲情却始终伴随着照片上这特殊的一家人。

照片上的年长者叫黄美伦，今年（她）就要度过她的百岁寿辰了，身旁是她的女儿和女婿。

这个家庭的故事应该先从黄美伦老人讲起。看过大型电视文献纪录片《邓小平》的观众，对黄美伦老人也许还是颇有印象的。在该片第二集《苏区风云》中，这位清瘦而矍铄的老人对着镜头在缓缓地讲述她64年前第一次见到邓小平的情形——

六十几年了，1930年3月24日，邓小平和一个同志来，邓小平拿着棍子，戴个（顶）帽。我问他：你哪里的人？他讲，我从百色来。邓小平问：拔群同志在这里吗？我又不敢说，后来我问他，你姓什么？我姓邓。邓什么？邓小平。他没讲他叫邓斌。后来带他去见韦拔群，他就同韦拔群讲。韦拔群问：你是哪个啊？邓小平讲：我是邓斌。他同韦拔群讲他叫邓斌，同我讲就讲他叫邓小平。

电视画面旁同时打出了这样的字幕：黄美伦，95岁，原东兰县苏维埃政府妇女主任，韦拔群的弟媳。

亲历过那段历史且健在的人已经不多了，黄美伦老人在整部纪录片《邓小平》中，可以说是年纪最大的被采访者。在黄美伦老人这一生中，最值得自豪的莫过于自己是第一个在东兰接待邓小平的人。

在东兰接待邓小平

电视纪录片《邓小平》中采访黄美伦老人的那组镜头，是1994年中央电视台摄制组在广西东兰拍摄的。

时光回溯到大半个世纪前，1929年12月11日，邓小平等领导发动了著名的百色起义，成立了以张云逸为军长、邓小平任政委的红七军。1930年4月，到中央去汇报工作的邓小平从其他根据地带回土地革命的经验，来到东兰。那时，李明瑞、张云逸正率领红七军第一、二纵队在黔桂边境打游击，韦拔群的第三纵队留守根据地。

　　黄美伦的家就在东兰武篆的魁星楼附近。韦拔群那时在东兰闹革命，常在黄美伦家落脚，黄美伦就因此负责起了送信、联络等工作。那天，邓小平到东兰要找韦拔群，自然便得先找到黄美伦家。面对一个要找"拔哥"的外乡人，黄美伦不由得多了几分谨慎，当时的革命斗争形势是很严峻的。黄美伦便招待邓小平和随行在家里吃了饭，又了解了一些详细情况，这才带着邓小平去见韦拔群。就这样，黄美伦有幸第一个接待了从百色来的邓小平同志。老人仍然清楚记得，有时在她家里，有时在魁星楼上，邓小平、韦拔群和大家一起，开会、决策，发动农民群众，组织"共耕社"。邓小平常常和大家讲革命道理，深入浅出，联系当地的实际情况，使乡亲们都能明白。他的四川口音使讲话很风趣，大家印象都很深刻。如今在东兰，说起邓小平当年进行革命活动的事情，许多上了岁数的老人，仍是津津乐道。黄美伦那时在县妇女会工作，分田地、组织生产、宣传妇女解放、反对买卖婚姻，对革命充满热情，回忆起那段生活，老人总显得格外激动。

　　老人平生最崇敬邓小平。邓小平同志的逝世，使这位高龄老人常常沉浸在悲痛之中。她在自家的客厅里摆放邓小平同志的遗像，以寄托无尽的哀思。老人平常特别留意电视节目，当电视节目中出现邓小平同志的镜头，她总抑制不住高兴的心情，指着电视画面对家人连声说："邓小平，邓小平。"眼睛紧紧地盯着屏幕，直到画面变换，才停下来若有所思，口中喃喃自语。老人对邓小平同志的敬仰之情溢于言表。

一、初心

岁月峥嵘　真情不泯

黄美伦老人漫长的人生道路，虽然承载了太多的艰辛和磨难，但对于生活，她付出了自己的真情和挚爱。

黄美伦出生在东兰武篆的一个小山村，母亲很早就去世了，在家里的孩子中，黄美伦是最小的，上面还有3个哥哥。在桂西北山区恶劣的环境下，幼年的黄美伦并没有享受过多少欢乐，从很小的时候起就帮人家放牛放羊，给家里干农活，她稚嫩的肩头已经担负起了生活的重荷。

黄美伦的3个哥哥和韦拔群是同族兄弟，韦拔群从广州农讲所回来后，组织农民自卫军，竖起革命大旗，他们是第一批追随者。在3个哥哥的影响下，黄美伦也开始走上了革命的道路。

由于经常在一起工作、生活，韦拔群把自己的胞弟韦菁介绍给黄美伦认识。残酷的斗争环境并没有影响他们感情的发展，他们互相帮助，互相促进，一起学习，一起战斗。在充满硝烟的斗争中，他们结合了。没有热闹的场面，那天在韦拔群、3个哥哥和战友面前，简单地举行了一个仪式。

1930年底，由于"左"倾错误的干扰，红七军主力被迫离开右江革命根据地，一场腥风血雨开始向根据地袭来。

在那场斗争中，黄美伦有9名亲人惨死在敌人的屠刀下，她的丈夫韦菁，当时已是红七军的团长，也在战斗中牺牲了。死里逃生的黄美伦，为了保护党组织的经费，面对敌人的追捕，毅然跳下10多米深的山崖，致使腹中胎儿夭折，右手折断。她昏迷了几天几夜才醒过来，挣扎着爬出山谷，又继续投入战斗。

艰难和困苦一次次地磨砺着这位女革命者的意志。在一次战斗中，黄美伦不幸腿部中弹，跛跄中她藏身于一个牛栏的粪堆后面，等敌人的追兵走后,才简单地清理一下伤口,没有药品,只能用牛粪抹到伤口上止血。后来,由于敌我力量悬殊,黄美伦被捕了。在狱中,面对敌人的酷刑和诡计,黄美伦拒绝泄漏党的机密,坚贞不屈,表现了革命者的铮铮铁骨。

国民党曾将黄美伦辗转于南宁、柳州、陆川等地的监狱关押审讯,她始终坚持不懈地斗争。最后,敌人强逼她嫁给国民党军官。黄美伦誓死不从,多次以自杀、出逃相抗争,最后靠装疯才逐渐摆脱敌人的魔爪,流落陆川街头。

一天,黄美伦在陆川县城边听到一阵婴儿的啼哭声,她循声走去,发现了一个被遗弃的女婴。怜爱之心使她抱起了这个女婴,当后来得知婴儿是因家里贫困养不起而遭遗弃时,黄美伦便把女婴当成了自己的亲生女儿,决心把她抚养成人。为了纪念死去的丈夫,黄美伦给孩子改姓韦,希望她长大后能坚强地面对生活的挑战。

黄美伦不顾自己身体极度虚弱,开荒种地,给别人做苦工,甚至替盐商到数百里外的海边挑盐,以换取微薄的工钱,来养活这婴儿,维持生活。

日子一天天过去,母女俩在艰难中相依为命。在黄美伦含辛茹苦的照料下,女婴渐渐长大成人。

情深意厚　人间天伦

1949年底,解放军南下解放广西,打到玉林,黄美伦听到消息后万分高兴,她和其他群众一起跑到前线迎接解放军。他们积极配合解放军工作,支前、搞宣传、照顾伤员。这时黄美伦的心里充满了喜悦,仿佛又回到了当年在根据地革命时期的火热生活。

不久,党组织终于找到并确认了黄美伦的身份。1953年,黄美伦回到了家乡东兰,担任县妇女会副书记兼妇联主任。

一、初心

这时,女儿已经14岁了。颠沛流离的生活,使已到读书年龄的女儿没有上过一天学,做母亲的感到很内疚。黄美伦鼓励女儿从头开始,女儿十分争气,很快学完了从小学到初中的全部课程,顺利地考上了县里的师范学校。女儿以出色的成绩报答了母亲,黄美伦心底涌上一丝欣慰。

有一天,黄美伦的办公室来了一位年轻的军人,他自我介绍是广西军区派来搜集、整理东兰县革命斗争史的,专程从南宁来寻访当年的参与者和知情者。他本人的父亲也曾是红七军的干部,跟随韦拔群闹革命,1930年在东兰牺牲。黄美伦想起了这位烈士的名字,她忙叫年轻人坐下,端详着他的脸庞,仿佛看到了他父亲当年的影子。他的父亲牺牲时,他才刚生下不久啊!

在黄美伦的安排和协助下,年轻人很顺利地开始了他的工作。工作之余,黄美伦把年轻人叫到家里,详细地询问他的工作和生活情况,黄美伦多想为这些烈士的孩子做点什么,以告慰他们过早牺牲的父辈。

因为工作上的需要,年轻人每个月都要到东兰来几趟,每次都住在黄美伦家。不久,正在师范学校读书的女儿和军人相熟了,他们之间的友谊也在不断增进,终于有一天,两位年轻人走到黄美伦面前,表达了一起生活的愿望。黄美伦打心眼儿里为他们感到高兴。

他俩结婚那天,部队的同志和东兰的乡亲们都来庆贺,黄美伦老人做了他们的证婚人。女儿有了一个好的归宿,做母亲的也了却了一桩心愿。

后来,女儿随丈夫到南宁工作去了,他们时常回东兰看望母亲,黄美伦也常抽空到他们的新家去,孩子和母亲的浓浓亲情是隔不断的。

时光荏苒。年事已高的黄美伦从东兰县人大常委会副主任的职位上退下来，女儿女婿这时也到了退休年龄。由于东兰老家的亲人都已不在人世，为了能更好照顾老人，夫妻俩决定把老人接到南宁生活。

来到了女儿家，虽然已是耄耋之年，老人却闲不下来，总是不停地为家里做这做那，至今，老人还自己洗衣服、洗床单。政府为了照顾老人，曾给她请了保姆，可老人闲不住，甚至还自己上街买菜，帮保姆干家务活。如今，这幸福的一家已是四世同堂的大家庭。老人在温馨、欢乐的家庭生活中度过晚年，这个没有血缘关系却又凝聚着炽热亲情的家庭充满着天伦和幸福。在历经了人生的磨难和艰厄后，老人的生活是充实的，她用爱心和真情渲染着缓缓流淌而过的沧桑岁月，她的生命也因此拥有了虹霞般亮丽的色彩。

采访黄美伦老人的时候，她已将近百岁高龄，从这位传奇老人身上，我真切感受到了一名共产党员对信仰的无比坚定，以及铁骨柔情的精神品格。

距离那次采访已经过去了20多年，当时的场景至今仍历历在目。后来我通过各种书籍、资料，对百色起义以及红七军的革命历程有了更多的了解，随着对那段波澜壮阔历史的学习和认识的深入，一个想法就自然而然地萌生出来了：实地走一走红七军转战5省浴血奋战，与中央红军会师赣南的7000里征程。

漫漫铁血征途，可以锤炼出一支队伍最坚强的革命意志，更可以磨砺初心、坚定信念，以开辟新征程。对于我们后人而言，缅怀与致敬的最好方式，也许就是带着一颗心走进历史，汲取奋进的力量。

1929年9月，邓小平从邕江之畔的洋关码头抵达南宁，担负统一领导中共广西特委和中共广西军委的重任。随后，他领导发

一、初心

动的南宁兵变，为随后百色起义、龙州起义的发动，以及左右江革命根据地的建立奠定了基础，在中国革命历史上产生了深远的影响。

"根据邓小平的指示，10月中旬的一天，入夜时分，南宁市区内枪声四起。兵变部队突然行动，打开了军械库，搬取了所有的枪炮和弹药。第四大队、第五大队和教导总队在宣布行动后迅速撤离南宁。俞作豫率第五大队进驻左江地区，张云逸率领教导总队一部分和警备第四大队由陆路向右江地区挺进，邓小平、陈豪人等和部分干部带着警卫部队，指挥装满军械的船队溯右江驶百色。邓小平与张云逸在恩隆县（今田东县）平马镇会合后，10月22日他们率部进驻右江百色。"《邓小平在重大历史关头》一书这样描述。

当年洋关码头的原址，如今建起了一面浮雕墙，展现了南宁自近代以来在此发生的重要历史事件：1907年1月1日，清政府批准将南宁辟为沿江通商口岸，即南宁开埠；3月17日，南宁海关正式开关；1921年10月，孙中山到南宁筹措北伐；1929年10月，邓小平策动南宁兵变，率领起义队伍从洋关码头上船，先后发动百色起义、龙州起义；1958年1月7日，毛泽东主席从洋关码头旧址处乘小船到江心，在邕江冬泳……

国道G324，又称"福昆线"。这条国道的南宁至百色段，是学习党史、了解20世纪20年代末30年代初左右江革命风云的最好历史课堂——这一古老路段紧依着右江而修筑，因为那场卷起狂澜的百色起义而进入历史的视野。

这段国道从南宁城西穿过，向着西北方向延伸，两度跨越右江，在狭长的右江河谷始终与江流相伴。发动南宁兵变当晚，邓小平和张云逸分水、陆两路，从南宁出发。邓小平指挥装满军械的船队和警卫部队，从邕江逆流而上驶入右江，前往百色；张云逸则率领警备第四大队和教导总队大部，沿右江陆路（线路大致是现在的国道G324）掩护船队。风云激荡的历史大幕，就此拉开。

2017年12月，我寻个短假，驾车走国道G324，打算沿线寻找与百色起义、红七军有关的历史遗迹。

在南宁西部的左江、右江和邕江的三江并流处，是我停车驻足的第一站。三江口的江岸汇流点矗立着一座高大的灯塔，示意来往船只江流在此分野。那天，站在灯塔下看大江奔流，货船穿梭，浑厚且低沉的汽笛声传进耳朵，反而觉得江天间一派寂静。

现在的左江、右江、邕江上都建有多座大坝，拦截江水以利发电、灌溉和航运，江水水位上升，江面宽阔，水流显得那么平缓从容。

近一个世纪前，在左右江地区革命如火如荼的年代，却处处是险滩急弯，风狂浪高。

左江看，右江瞧，
恶霸忽然全吓跑，
壮家来了苏维埃，
穷人盼来好世道。

左江欢，右江笑，
广西来了邓代表，
千条枪杆劈空起，
万面红旗过大江。

左江赤，右江红，
百色起义好英勇，
红旗红星红七军，
要到江西会朱毛。

红星红七军，

一、初心

> 红星红七军,
> 要到江西会朱毛。
> 广西了不得!

早些年,中央电视台播出革命历史题材电视剧《红七军》,剧中主题曲《红七军军歌》雄壮激昂,充满奋斗豪情,令观众印象非常深刻。

右江流经百色市田东县城的江段来了个大拐弯,折成了一个"几"字,国道G324横贯县城。在离江岸最近处向南拐进一条叫东港路的街道,再一直往前开就来到了一个老码头旁。

这个码头叫二牙码头,现已更名为红军码头,作为一处红色历史遗迹对游人开放。码头原来的船舶装卸、转运功能,迁移到了县城西边数公里外的百色港田东港区祥周作业区,那里是江段上游,这新建的现代化港口作业区紧挨着国道G324,交通便利。

在南宁兵变的枪声和火光中,邓小平等率领船队逆江而驰,经过三天三夜的航行抵达田东二牙码头。

如今码头上立有红军亭碑,碑文上写道:

> ……10月1日,邓小平和张云逸等同志率领掌握的武装部队及满载军械物资的船队,分水、陆两路从南宁溯上右江,准备武装起义。10月20日,军械船队抵达平马二牙码头,邓小平迈着坚定的步伐,第一步踏上田东这片热土,与张云逸率领的陆路部队会合。中共右江工委召开万余人群众大会,热烈欢迎邓小平率部到达平马。会后,邓小平在平马经正书院召开会议,部署起义前各项工作,并在二牙码头将从南宁运来的枪支分发给各县农军。10月28日,邓小平同志领导"恩隆暴动",

在二牙码头附近歼敌一个营,打响百色起义第一枪。从此,右江大地风雷激荡,革命烈火映红南疆!

田东旧称恩隆。在县城东港路东侧有一处清代建筑名经正书院,邓小平和张云逸到达田东后,将革命队伍的落脚点选在了这里。

"恩隆暴动"取得胜利后,中共右江特别委员会(简称特委)就在经正书院加紧进行整顿和扩大各县工农革命武装,为举行武装起义和成立红军做准备。与此同时,在部队和群众中公开宣传我党主张,废除苛捐杂税,受到群众热烈拥护。

百色起义的当天,宣布成立了中国红军第七军,右江工农兵第一次代表大会在此召开,并成立右江苏维埃政府。邓小平任前敌委员会书记兼政治委员,张云逸任红七军军长,雷经天任政府主席。1977年8月17日,邓小平为经正书院这个当时的右江苏维埃政府机关所在地,亲笔题名"右江工农民主政府旧址"。

右江苏维埃政权是广西第一个红色政权。

张云逸后来在回忆文章中描述了当天参加完在田东举办的庆祝大会后乘船返回百色时的感人情景:"沿岸农民都从沸腾的村庄里涌到江边来,敲着锣鼓,举起红旗,朝船上欢呼:'共产党万岁!苏维埃万岁!红七军万岁!'我们船上的人也不断向他们挥舞红旗,高呼口号,河上河下,口号声汇成了一股巨大的声浪……许多同志在此情此景下,激动得流下泪来。"

1930年2月,邓小平、李明瑞、俞作豫领导广西警备第五大队举行龙州起义,成立红八军和左江革命委员会,全军分两个纵队,2000多人。邓小平兼任红八军政治委员,俞作豫任红八军军长,李明瑞任红七军、红八军总指挥。

百色起义、龙州起义建立的左右江革命根据地，面积5万多平方公里，人口150万，位于祖国西南地区，为当时我党在民族聚居区建立的一块重要的红色革命根据地。

国道G324进入百色市田阳区后，成为百色大道的一段，然后从百色城东的迎龙山下向北迤逦前行。

百色起义纪念馆就坐落在迎龙山上。这座仿佛与背后苍莽的山峦融为一体的建筑，气势雄伟，高峻昂扬，纪念馆里所展陈的那一段充满着铁血豪情的斗争岁月，浓缩了一代革命者的信念与坚守、苦难与辉煌。

左右江革命根据地建立之初，面临着非常严峻的形势，当地反动地主武装及各种军阀势力都力图扑灭革命的火焰。

在左江地区，桂系军阀派重兵突袭龙州。在铁桥阻击战中数百红八军将士壮烈牺牲。红八军第一纵队在凌云彩村遭遇数倍于己的敌人包围，但硬是杀出一条血路冲破堵截，最终完成与红七军的会合。

在右江地区，红七军先是抵御和清剿了地方反动武装，随后在隆安、平马、亭泗与桂军发生了3场遭遇战，又在游击战中与黔军、滇军激战。1930年7月至9月，根据邓小平的建议，红七军前敌委员会决定将部队集中到恩隆县平马镇整训。整训后，红七军干部战士的政治觉悟和军事技术水平都提高了，党的工作也加强了。全军人数由不到4000人壮大到7000多人。"这时红军兵强马壮，跃跃欲试，为迎接新的战斗，开辟新的局面，做好了充分的准备。"（《邓小平在重大历史关头》）

1930年5月至10月，中原大战爆发，这是国民党新军阀之间规模空前的一场混战。在"立三路线""争取一省或数省的首先胜利"错误思想指导下,9月30日来到广西的中共南方局代表邓岗(邓拔奇)对红七军下达了任务:中央命令红七军离开右江根据地去攻打柳州、桂林等广西中心城市,在广东小北江地区建立革命根据地;阻止两广军阀不得有一兵一卒向北增援,保证以武汉为中心的一省和几省的首先胜利;最后打下广州,完成中国南部的革命。执行任务的战术是集中攻坚,沿途创造地方暴动。这一指示是李立三"左"倾冒险主义的产物。

11月初,红七军于河池集结后挥戈东进,经2个月英勇转战,一次又一次的冲锋,一场又一场的血战,终未能实现攻克较大城市的战略目的,反而伤亡惨重,部队由7000多人锐减到三四千人。

在这危急的情况下,1931年1月3日,邓小平于全州县城的关岳庙主持召开了中共红七军前委扩大会议,总结离开根据地以来艰苦转战的教训后,决定放弃攻打大城市的计划,改变硬打攻坚策略,拟将部队开往湘粤边,到江西会合中央红军。

这次会议,红七军在付出沉重代价后抛弃了"左"倾冒险计划,扭转了危局,红七军的指挥权又重新回到邓小平、李明瑞和张云逸手中,"立三路线"对红七军的指挥到此结束。

此后,这支来自广西的革命武装,不畏险阻,排除万难,踏上了北上寻找中央红军的征程。直至1931年7月,全军抵达中央苏区,在江西于都县桥头圩与前来迎接的红军第三军团胜利会师。

红七军此时仅剩下2000余人。

从在河池集结出发东进算起,红七军将士在极其艰苦的条件下,先后历经强攻长安、武冈失利、江华风雪、连城烈火、梅花浴血、武水受阻、乐昌突围等险关绝境,沿途给敌人以重创,付出了巨大牺牲,终百炼成钢,成为中央红军的一支劲旅,在中国革命史上留下了光辉的一页。

总有一股力量在支撑着我们

● 2017年12月中旬，我在右江河谷一带的国道沿线寻访八九十年前红七军的征战故地。其实，发生在我脚下这片土地上的另一场"战争"，正在艰难而有条不紊地向前推进着。

这场"战争"，叫作"脱贫攻坚战"。

● 从古文村北部那千山万莽的深山里走出来，必须要跨越的那个陡峭隘口，就像是战争年代火线攻坚战中必须要夺取的关口，拿下它，即胜利在望。对于当下任务艰巨的脱贫攻坚战而言，这个隘口，更仿佛是一道必须要跨越的贫困屏障，只有无畏地翻越过去，才能够看到前方的胜利和希望。

● "是他们这些乡村基层干部，也只有紧紧依靠他们，才能打赢这场脱贫攻坚战。他们是最前线的战士，冲锋陷阵是他们，不畏艰难困苦、忘我奋战的也是他们。"

在广西，与百色起义和红七军、红八军有关的历史遗迹数以百计，沿着右江河谷，往桂西、桂西北、桂北，以及桂西南等地，都能寻找到当年这些革命者的红色足迹。

2017年12月中旬，我在右江河谷一带的国道沿线寻访八九十年前红七军的征战故地。其实，发生在我脚下这片土地上的另一场"战争"，正在艰难而有条不紊地向前推进着。

这场"战争"，叫作"脱贫攻坚战"。

2015年11月23日，中共中央政治局召开会议，审议通过《关于打赢脱贫攻坚战的决定》，明确提出要在2020年确保我国现行标准下的农村贫困人口实现脱贫。

会议强调"要逐级立下军令状，层层落实脱贫攻坚责任"。

军令如山。

"国之大事，在祀与戎。"

以战争这样高远的视角去审视和看待脱贫攻坚工作，中央的决心与态度由此可见。

这是一场没有硝烟的战争，却有着任何一场伟大战争所具有的波澜壮阔与非凡意义，因为在这场战争中，我们必须要彻底战胜"贫困"——这个我们奔向小康道路上的最大敌人。

广西是全国脱贫攻坚的主战场之一，所谓"主战场"，首先是通过精准识别确定的贫困人口人数较多，其次是贫困程度也比较深。广西有32个国家级和集中连片的贫困县，其中还有20个深度贫困县。历届自治区党委、政府全面贯彻落实党中央各项决策部署，把打赢脱贫攻坚战作为最大的政治责任、第一民生工程和难得的发展机遇，在八桂大地上吹响了克难攻坚的进攻号角，不获全胜，决不收兵！

我在百色那几天，听说有自治区媒体要到靖西采访脱贫攻坚的参与者，那里有一位村干部不久前刚不幸殉职，他的事迹平凡却令很多人感动。脱贫攻坚工作正在进行中，有基层干部为此倒下了，那是非常令人惋惜和痛心的事。在这场攻坚战的一线，党员、干部以及广大人民群众，正进行着怎样的努力与奋斗，有多少平凡的英雄们在不避艰险、默默付出着……这让我产生了强烈的意愿：要与媒体同行们一道前往，了解那里正在发生的一切。

经过一番联系沟通，我得到了与几家媒体一起到靖西采访的机会。

靖西是位于百色市西南的一个边境县级市，市区距离百色市约130公里，距离南宁市近300公里。2014年以来，百色至靖西高速公路、南宁至靖西铁路相继开通，加上过境的G359、G212、G219国道纵横交错，市域的交通已十分便利。

中国最长的国道G219，在靖西市的湖润镇与G359国道交会。那里有一个很热闹的路边集市，枝叶繁茂的古榕下是一座红军亭。当年红八军第一纵队攻打盘踞靖西城内的叛军，邓小平曾在此榕树下给战士们作战前动员。

从右江河谷沿着国道驶往靖西，山形地貌已发生很大的变化。百色是革命老区，地势上处于云贵高原与两广丘陵的过渡地带，在这片多山的土地上，风景如画，连绵起伏的峰峦，塑造着地表上的万般姿彩。在大地上挺拔隆起的这一道道脊梁，也塑造着这一方人如山石一般坚毅的性格。当这份坚毅与人们对家乡土地的爱、对信念的坚守紧紧地连在一起时，就必然会迸发出最强大的精神力量，并为此去奉献自我，以汗水、鲜血，甚至生命。

脱贫攻坚战尽管没有硝烟，却注定有艰苦卓绝，有冒险犯难，有奋斗和牺牲。

那些甘于奉献、抛开得失，甚至倒在脱贫攻坚战场上的人，他们不仅是战士，而且可以称之为英雄，都将会在人民群众心中留下一块丰碑。

我们要前去采访的地方是靖西市地州镇古文村，殉职的村干部阮承积是这个村的村民委员会副主任，在他去世的一周后，我们来到了这里。

那天，在靖西市委宣传部的陪同下，我们的车子先是沿着

G212国道往南出城，到达市区南部18公里外的地州镇所在地后，折向西北方向驶入村道。

这条约10公里长的村道当时正在进行路面改扩建，修路用的沙石料几乎占去了半幅路宽，加上路面坑洼不平，行人和机动车混行，车子东摇西晃的开得很慢。就这样，我们从市区去到古文村村部所在的弄江屯，竟耗时一个多小时。

古文村是一个国家级贫困村，2015年底建档立卡贫困户有166户606人。

这个下辖13个自然屯17个村民小组的村子，共有430户1739人。全村耕地面积1639亩，其中水田766亩，旱地923亩，这就意味着全村人均耕地面积仅0.94亩。

经过实施一系列的帮扶举措，2016年古文村脱贫摘帽66户284人，次年，脱贫摘帽9户38人。2017年经贫困人口动态调整，古文村贫困户新增6户20人，返贫3户14人。

恶劣的自然条件，无疑是制约全村脱贫致富的头号难题。

古文村地形地貌的区块特点，跟整个靖西颇有些类似：南部喀斯特峰林分散稀疏，那些山间的盆地、河谷，有适宜耕作的较大块土地，生产生活条件相对较好；而北部大石山区层峦叠嶂，溶峰高大密集，以峰丛洼地为主，地表径流大量渗漏地下，缺水严重，只能少量种植耐旱的玉米作物。

事实上，古文村贫困发生率最高、贫困程度最深的3个自然屯——弄漫屯、弄国所屯、弄国屯，就位于村子北部的县级自然保护区范围内。一眼望不到边的崇山峻岭，石峰林立，干旱贫瘠。

从古文村村部所在的弄江屯往北远眺，千米之外的崇山峻岭，就如同一道巨大的屏障，将整个村子隔成了两个世界：南边可看到村民们新建的两三层楼房，在道路旁、小河边井然排列，村子里有刚增添的灯光球场等公共文化娱乐设施，道旁有绿化带、太阳能路灯，甚至还接通了宽带网络；而北边的大山里，那些自然屯则还是原始的村落状态，竹木搭建的古老干栏房屋是村民们的栖身之所，交通闭塞，取水艰难，生活艰苦。

2016年3月，根据自治区党委、政府脱贫攻坚工作安排，自治区烟草专卖局（简称区烟草局）作为古文村精准脱贫阶段的区级结对帮扶后援单位。区烟草局从资金、生产物资及产业发展措施的制定上，对古文村提供了巨大的助力，并委派百色市烟草局工会副主席苏建国为驻村第一书记。

在对贫困户结对帮扶安排中，地州镇党委为方便远在南宁的帮扶联系干部开展贫困户走访工作，曾特意将帮扶对象安排在已通硬化道路的古文屯、泗慢屯等几个交通条件相对较好的自然屯。区烟草局领导得知后，认为帮扶就要帮扶到最困难的点上，坚决主动要求到贫困程度最深的几个山峎中与贫困户进行结对帮扶，将12名干部与弄国屯、弄国所屯的25户贫困户进行了结对。

2017年12月6日上午，区烟草局联系古文村贫困户的帮扶干部统一开展走访活动。按计划，帮扶干部分成3组分别前往弄国屯、弄国所屯、弄得屯以及村部附近的弄兵屯。

从古文村的村部，要去到北边深山里的几个自然屯，仅仅是翻越第一道山梁，就得花上半个多小时的时间。

在这道山梁间有一处隘口，原来只有一条弯弯曲曲的羊肠小道可供行走。前不久，为改善出行条件，施工队从进山的那个隘口劈山修路，新修了一条水泥山路，以取代以前在乱草丛中隐现的羊肠小道。

由于山体过于陡峭，因而这条跨越隘口的水泥路，在大山两侧只能修成"之"字形的走向。

要开车去往弄国所屯，除了要翻越这处隘口，还要经过三峰两谷，而且过了隘口下面的弄金管屯，往前就没有水泥路了。要在悬崖边的碎石子路开行，对不熟悉路况的司机来说，是风险极大的考验。

那天一大早，阮承积就将自己刚购买不久的那辆面包车，停在了那个隘口南面的山脚下，等候区烟草局帮扶干部的到来。

接上了4名帮扶干部，面包车沿着弯弯曲曲的山路进山。中午12时许，走访贫困户活动结束，一行人开始从弄国所屯返回村部。归途的前方只需最后翻越那个隘口，此行将再没有险路。

回程的车辆在隘口的北坡沿着"之"字形山路，轰响油门，艰难行驶。

当经过陡坡的第三个急转弯处时，不幸的事故发生了，面包车突然失控冲出边坡，坠下崖壁。

那一刻，时间的指针指向13：20。

电光石火间，大山痛彻！

……

从古文村北部那千山万嶪的深山里走出来，必须要跨越的那个陡峭隘口，就像是战争年代火线攻坚战中必须要夺取的关口，拿下它，即胜利在望。对于当下任务艰巨的脱贫攻坚战而言，这个隘口，更仿佛是一道必须要跨越的贫困屏障，只有无畏地翻越过去，才能够看到前方的胜利和希望。

12月6日的那个中午，阮承积所驾驶的载着帮扶干部的面包车，从山谷底部，怒吼着向上一路爬坡。这一幕，终将化为这方土地在脱贫攻坚战中所展现出的勇气和精神——无惧艰险，奋力攀登。

爬坡，爬坡——当坠落猝然发生后，这起不幸的事故，就带着一种令人无比心碎的悲壮了。

我们边听相关介绍，边在村子里进行采访。

王定纯是离事故地点最近并第一个冲上去进行营救的村民。当时正在隘口北坡的桑地里劳作的他回忆道，"那天，承积的车路过时还跟我打了个招呼"。

"他的车在加大油门上坡，声音渐渐远去。过了不久就听到了重重的碰撞声音，我还以为是他的车撞到了什么，可抬头一看，那辆车看不见了。

"我连忙跑上去，发现承积的车是翻下去了，倒扣跌落到下层的路面上。有一个伤员正努力从车里出来。

"我被眼前的情形吓坏了，心怦怦直跳。当我跑到车子跟前时，那个伤员已经爬出了车外，见到我，他一边大喊快过来帮忙，一边用力拉变形的车门，想救出还困在里面的人。"

王定纯与这位已在车祸中受伤的帮扶干部一起拉拽车门，可由于车子是呈车顶着地的倾覆状态，很难使上力气。这时，恰好有两位骑摩托车的村民路过，也连忙停下来帮助施救。不久，里面的3名伤员被救了出来。

4名伤员脱险后，互相搀扶着站起来，不顾自己身上的伤痛，又和王定纯等村民一道想尽办法救出阮承积。

"承积歪着头被困在驾驶室了，一动不动，无论怎么喊他都没有回应。"王定纯说。

车子是底朝天的翻倒状态，加之驾驶室空间狭小，根本无法实施救援。

此刻，找足够多的人手来帮忙是当务之急，而这一带没有手机信号，那两位骑摩托车的村民二话不说立即转身飞车回村部汇报情况。

古文村驻村第一书记苏建国和村支书黄永很接报后,震惊之余边将突发情况上报镇领导,边拨打"120"急救电话,边迅速召集村干部,并叫上附近的群众立即赶往出事地点帮忙。

此时,大家也将出车祸的消息通知了阮承积的妻子。

村子里大家也互相告知,一起会聚着向那道山梁赶过去,有的骑上摩托车,更多的是跑着前往。

村第一书记和村支书赶到了出事地点后,立即组织大家一起齐心用力把车子翻正过来,这时大家才看清驾驶室里阮承积的状况——他满面血污,已没有了声息。

黄永很叫了几声"承积,承积",接着声音颤抖着就变成了哭腔。苏建国喊着:"你醒醒,承积。"见情况不对,他大声说,"尽快先把人救出来。"

这时已有人进到车内平放下驾驶室座椅,割断安全带,大家小心翼翼地把阮承积抱下车来,并尝试着对他进行胸外按压。

阮承积的妻子和大女儿很快也先后赶到,妻子看到眼前的一切悲伤得几乎说不出话,瘫倒在地上,大女儿则跪在父亲身旁,想唤醒父亲,哭喊着"爸爸!爸爸!"。

周围的人都在安慰母女俩:"'120'快来了,医生就来了,承积会抢救过来的。"

另一边,苏建国在询问4名区烟草局帮扶干部的伤情,安抚他们,同时安排人员先将他们送出山去医治。

伤情最严重的那位帮扶干部,被安排上了一位村民的摩托车后,村民王定纯特意从后面跨上摩托车座,一手扶着那位干部的身体,一手抓牢摩托车。就这样,两位村民一前一后,保护着重伤的帮扶干部,启动摩托车,缓缓地往山外送。

就在4名区烟草局帮扶干部一一被村民们送出大山医治的时

候,远处传来了急救车的鸣笛声,靖西市"120"急救车和地州镇卫生院的急救车同时到达。

4名伤者随即被转送上急救车,"120"医务人员对阮承积就地实施救治。

"'120'给我们的指令是,有大型车祸外伤,需要到场进行抢救。"靖西市人民医院急诊科主任梁文接受采访时说,"古文村路段的那起现场救援,是我们当天的第一趟救护车出诊。"

"各路信息很快被汇总上报,市委、市政府很快牵头成立救治领导小组,市卫生和计划生育局、市人民医院责成急诊科启动应急预案,所有医护人员全部到急诊科就位。

"地州镇卫生院也接到了卫生和计划生育局的通知,这样,市人民医院、镇卫生院两股救援力量汇合到一起,赶往现场。"

随救护车出发前往现场的是急诊科的廖海利医生,她讲述道:

"我们到达事故现场,便和随行护士一起马上进行紧张的抢救。

"当时发现驾驶员已无生命体征,头部有创伤……4名伤者中,除一人伤势较轻外,一人颈、腰疼痛,伤势较重;一人头部右侧顶部有小伤口;一名女伤者出现呕吐……"

廖医生与护士对阮承积就地进行抢救,持续的胸外按压、输液,并使用随车携带的简易呼吸机进行输氧……

这样的救治措施,从车祸现场展开,一直到阮承积被移进急救车内,再到后来送往医院,整个过程一刻都没有停下来。

时间一点一点过去,阮承积并没有醒过来的迹象。

在现场,目睹阮承积满脸是血的危殆情形,苏建国和黄永很的神色越来越凝重,开始蹲下来掩面失声痛哭。

这一细节,我是在一路上协助记者们采访的村干部王安稳的手机里发现的。

王安稳早年赴广东务工,后返乡创业,年初刚刚被选任古文村宣传委员。他在那个悲伤又夹杂着忙乱的现场,仍不忘自己的职责。匆匆拍了几张照片后他走上前悄声对苏建国说:"书记,不要再哭了,你再哭承积的家属就更受不了了。"

苏建国听后,用手拭去泪水,极力控制着情绪,缓缓站了起来。

此时,镇领导已赶到,听了简单的情况汇报后,当即决定无论阮承积现在是怎样一种状况,都尽快送往市医院。哪怕还有最后一丝希望,也不要放弃救治。

"120"急救车启动,往市区方向驶去。这时候,由于村里听闻帮扶干部和阮主任出车祸的消息后,大伙正从四面八方纷纷赶来想搭把手帮忙救援,上百名群众聚拢来,几乎让本就狭窄的山道,瞬间被堵得水泄不通。

时间分秒都不能耽误啊。

镇领导和村干部们当即跑到急救车的前头做引导,一遍一遍地喊着:"大家快让一让,不要再上来了,留出路面给急救车。"

群众迅速往山道两边闪避,并往山下喊话:别再上来了,大家快散开。

曲折的盘山路上,被村民们迅速让出了一条生命通道。

靖西市人民医院。急诊科。

阮承积被救护车送到了急救室,抢救还在持续着。

市里有关领导坐镇指挥,协调救治过程。

阮承积的妻女,以及陆续赶来的镇、村干部,都在急救室门外焦急地等待着,大家都在期待着奇迹的出现,期待着能传出好消息。

一、初心

"我们的院长亲自指导抢救,我们用了最好的医务力量,在用尽了所有的医疗手段后,又进行了半个多小时的救治,仍没见病人恢复生命体征。"有着15年从医经历的急诊科大夫梁文遗憾地说,"最终还是无能为力……"

"惋惜。震惊。"

当梁大夫得知这位遭遇车祸者是一位倒在扶贫一线的村干部时,这样来形容自己当时的心情。

"还有那4名从南宁到靖西来帮扶的干部,路途那么遥远,山区的路况又那么艰险,真不容易,我们在场的医务人员都十分感动。"

阮承积的大女儿上了"120"急救车随行陪护父亲到医院。廖海利医生说:"为了便于救治,我们通常都要跟被抢救者的家属进行必要的沟通。"

"我记得他女儿在车里边哭边跟我说,她刚毕业参加工作,现在家里的日子才刚刚开始好起来,没想到爸爸……"

初冬的靖西碧空如洗,满目青翠。

我此前曾慕名到过这座美丽的城市观光游览,境内奇峰如笋,翠竹绕岸,小河悠然,有鹅泉、旧州老街和通灵大峡谷等知名景点。八方游客至此,多赞叹这里山水间的大美,每每将其比作桂林。

可就在这片以山清水秀和消夏避暑而闻名的土地上,依然存在着那么刺眼的贫困。

来到古文村的第二天,我动身前往弄国所屯。此行我们特意换了一辆底盘较高、通过性强的越野车。

三峰两谷。峰回路转。

位于重重大山之中的弄国所屯,究竟是个什么样的地方?那天,阮承积领着4名区烟草局帮扶干部进入这个山峁与贫困户结对子,行车走的就是这条山路。

翻越第一道山梁,沿着盘山路突入隘口。当车子经过12月6日的事故路段时,我们停了下来,同行的村宣传委员王安稳走到那个坠车的急转弯处,默默无语,站立良久。

在古文村进行采访那几天,我们多次行经那段险恶的山道,因修路劈开的大片岩石,像是蓊郁山峰上的一道触目惊心的疤痕。

现在水泥路已修到那个隘口北侧山窝下的弄金管屯,从这里到弄国所屯,仍有半个小时的车程,而车轮将要轧过的则是咔咔作响的碎石子路面。

一路上,只有我们这一辆车在行进。在半道我们遇到了一位从山外买米挑回去的老农,得知他是弄国屯的,就邀请他坐进车来,一直把他送到离家最近的那个路口。

越往深山里去,越是万籁俱寂,绿涛莽莽。

在石子路的尽头,终于看到了山峁里弄国所屯的那一片村落。

眼前所见,真的是太美了。

没想到,这个地处深山中的闭塞、寂寥的村子,竟然是这样一种悠然而恬静的景况。

四周山峰环伫而围,让人仿佛置身于某处世外桃源之境,上午明快的阳光,斜照进山脚下那两排壮家干栏式民居上,门前老树虬枝,蕉叶婆娑,屋檐下晾挂着在日光的照射下透出耀眼金黄色的一串串玉米,有的人家木门两侧过年贴上去的大红春联还没褪色,让村子平添了几分烟火气,而村里的几位老人则趁着日头高照,坐在家门前的石阶上晒太阳。

站在山峁的底部,草树间蒸腾的雾气和山坡上烧荒的火烟,在阳光照射下，与背光处的山体之间形成了一层氤氲的淡紫色幔帐，而在地里劳作的村民身上，则被山顶上的日光勾勒出一道道金边。

这情景，俨然是广西著名国画大师黄格胜笔下的一幅写意村寨山居图。记得漓江画派的画家们常到融水元宝山等桂北地区的村寨作画，还建立起写生基地。如果黄格胜大师曾来过此处，想必也会"惊鸿一瞥"，画意顿生吧。

可以作这样一个设想：在做好完善村民们居住条件的工作的前提下，对这些没有太多受到外来影响的原生态的壮族干栏式民居建筑，进行开发性保护，用以发展风貌独特的山村文化旅游，这样多措并举地推进精准扶贫，对当地的可持续性发展，应该不无助力。

山弄的"弄"，本是壮语的音译，即石山间的小片平地。

显然，从地理意义上讲，这样的岩溶峰丛洼地，景观虽然十分"养眼"，却是干旱、缺水的代名词。这种因地表水渗漏而造成的"水土分离"现象，也被称为喀斯特丁旱。

弄国所屯的生产、生活用水全赖山弄最底部的一个专门用来蓄积雨水的大水窖。一个劳动力如果要从山脚下的水窖挑几担水回家，半天工夫就过去了。

这个山弄里，能种的粮食只有玉米，可如今山里生态好了，村民们种的那些勉强够糊口的玉米，会被从山上蜂拥下来的猕猴偷吃夺食。

交通不便，用水困难，粮食不能自给，在大山的外面村村通电已不是太难的事，而在弄国所屯却是大费了一番苦功。当年政府提供设备、技术，屯里群众投工投劳，在该屯屯长杨盛贤的带领下，村民全体出动，硬是将32根水泥电线杆生生地人挑肩扛，一根一根地搬进这深山里，前后用了两个月时间。

"那时我们天不亮就起来干活了，出门前，喝碗玉米粥填肚子就出发扛电线杆。"杨屯长说。

"中午太阳最辣的时候也不停工，再苦再累，也要把电引到屯里来。"

杨屯长从1987年起就当选了靖西县（今靖西市）人大代表，连年被评为优秀共产党员，是个能吃苦耐劳的带头人。但是，恶劣的自然条件严重制约着弄国所屯的发展，全屯20户家庭，贫困户占17户。

屯里大部分青壮年都在外打工，留在家务农的很少。恰巧，一路带着我们进村入户采访的村干部王安稳，发现了一个不愿到村部接受职业技能培训的小年轻正在家喝酒，他便走上前去苦口婆心地劝说起来，小道理、大道理翻来覆去地讲，才把那小年轻说动了。

古文村正在办电焊技术培训班，请来了百色市一所职业技术学校的老师上课、指导，培训为期15天，没有文化程度等条件要求，是帮扶单位为古文村策划的一个扶贫培训项目。"这个屯已有五六个人去参加培训了。考试合格后，可以领到焊工证，这样他们外出就业会方便一些，工资也会高一些。"王安稳解释说。

冬日里的山峦，地里除了蔬菜还在绿油油地生长着，其余的作物都已经过了采收的季节。屯里的劳动力现在正忙着给冬伐过后的桑地进行喷药除草，有些桑园离得比较远，村民们还需要用马驮着从水窖里挑上来的水，前去喷洒。

在后山的坡地上，背着喷雾器的杨丽红大姐正在给地里成行的桑树喷药。她好像知道我们的来意。"他们都是好人，都说好人有好报，可怎么会出这种事呢？我好伤心。"她说，"现在承积不

● 一、初心

在了，不知道谁还会来教我们种桑养蚕……"

杨丽红是贫困户，和屯里其他有劳动力的家庭一样，2015年开始学种桑养蚕，由于桑苗从栽植到培养成可采叶喂蚕的树形需要一个过程，收益是逐年显现的。

"我今年开始尝到甜头，算下来挣到了四五千块钱。我们以前哪见过这么多钱，这都是靠种桑养蚕，都是阮主任一点一点教会我们的。哪想到刚有收成，他就走了。"杨丽红说话间，泪水在眼眶里直打转。

种桑养蚕虽然效益好，可从种植到采桑，再到接蚕、采茧等环节，要有一整套的技术，任何一个环节出现问题都会导致蚕丝歉收或养蚕失败。

阮承积是这个山弄里种桑养蚕产业的唯一技术指导。在没有修通硬化道路之前，进出山弄只能靠徒步，光是在路上走的时间，一来一回至少需要两个半小时。通常进山进行一趟指导，从大清早出发，返回时天已擦黑。

"桑树栽种的间距有多宽，怎么剪伐、管理，蚕房要怎么建，怎么消毒防虫，小蚕怎么喂养，阮主任都是耐心地一样一样地教我们，直到我们都学会了为止……"

正在桑地里聊着，杨丽红的手机铃声响了起来，她掏出手机后说了句："对不起，我先接个电话。"说完转过身去接听。

她说出这样得体而礼貌的话，颇让我有些意想不到。闭塞大山里一位普通的村民，她淳朴的内心世界也许就和自己所生活的这片田园山川一样的单纯质朴，和周围的风景一样的美好。一方水土养育一方人。

不知道是山里信号不好，还是她手里的"老人机"出现问题，没讲几句就中断了，然后手机又再响起。

给杨丽红打来电话的是她远嫁湖南的女儿。杨丽红有一儿一女,丈夫如今在南宁务工。"他在搞电缆施工。"她说,"我现在已经有两个外孙了,在湖南那边。"

杨丽红平生出过的唯一一趟远门,就是去湖南参加女儿的婚礼,"办酒的时候我们去过一次,男方家里条件好,到处是平原,对女儿体贴,我们也放心了"。

让杨丽红放心不下的是自己的大儿子,"他也在湖南打工,现在都还没有女朋友。有时候春节回来,只有回的车票,没有去的车票,最后还得老爸老妈出钱"。

她说,在学会种桑养蚕之前,自己也想过外出打工,可是孩子他爸认为,家里不能全丢下。如果每个人都出去了,没有人看家,怎么行?

"所以现在地里的活,全是我一个人承担起来的。"

这个大山里的看上去弱小而沉静的妇女,却有着大山一样的坚毅从容。

2017年9月下旬,区烟草局领导曾徒步进山,翻山越岭来到弄国所屯,走访农户。在了解了屯里面的产业状况后,结合当地的自然条件,他们提出了要进行整屯搬迁的意见,经向靖西市易地扶贫搬迁小组协调,将弄国所屯和弄国屯都列入了整屯搬迁范围。

"我们世代都生活在这里,山里条件不好,但没办法啊。"

杨丽红显然对搬出大山充满着期待,只是未来的生活,又将会是怎样一种改变,她心里仍是一片未知。

当问及她,如果乡亲们全都搬出去了,祖辈生活的地方不是都没人了吗?

杨丽红想了好一会儿,若有所思道:

"我们的桑地还在这里,我们的根也在这里……"

　　桑之未落,其叶沃若。
　　……桑之落矣,其黄而陨。

在我国最早的一部诗歌总集《诗经》里,就有这样的描述。

蚕桑文化,一直是中国农耕文明的重要标志,历朝历代治国无不倡导农桑并重。正所谓:"农者,食之本;桑者,衣之源。"

有道是"沧海桑田",由农桑、田蚕、耕织所构成的中原农耕图景,绵延数千年时光来到当今,早已发生了深刻变化,甚至连桑蚕主产地都发生了重大迁移。

"东桑西移""东绸西移",成为新世纪以来我国桑蚕产业的一大趋势。

世界桑蚕看中国,中国桑蚕看广西。

自2005年以来广西蚕茧产量多年来连续位居全国第一,2010年生丝产量跃居全国第一,比世界第二桑蚕大国印度整个国家的总产量还多。广西的桑园面积、蚕茧产量、蚕种饲养量、亩桑产茧量、生丝产量、蚕农售茧收入,均位居中国第一。

"广西桑蚕业,以一己之力领先全球"——这一神奇的"广西现象",近年来很是为业界所称道。

多年前,我曾采访过培育出"两广二号"优良家蚕新品种的广西蚕业研究领域泰斗级人物顾家栋老先生。这位生长于江南丝绸之乡,青年时代赴新疆投身生产建设兵团开展"蚕桑大会战",又于1979年南下广西并将毕生心血都献给了八桂大地蚕桑事业的传奇专家,当时就预言广西的桑蚕业将会异军突起,成为新兴农业的优势产业。

这是一个厚积薄发的过程。自治区党委、政府数十年来对桑蚕产业持续不断地大力支持与投入，以及富有远见的产业定位，终使广西的桑蚕事业迎来了一个大发展时期。

广西地处低纬度季风气候区，属亚热带蚕区，光照充沛，雨热同季，桑树发芽早生长快，叶质成熟早，年养蚕时间长，非常适宜种桑养蚕。

按照优势产业向优势区域集中的原则，全区在稳定发展传统桑蚕主产区的同时，结合精准扶贫工作，把桑蚕产业作为大石山区、贫困地区一项促农增收的支柱产业来抓。百色在这轮优化产业结构的调整中紧紧把握住机遇。

围绕打造10万亩桑园目标，靖西大力扶持农户种桑养蚕。2014年，地州镇党委、政府因地制宜，提出烟桑并进的产业调整号召。

阮承积是村里第一个响应号召种桑养蚕的。

"古文村全村种桑面积，从2014年的54亩发展到2017年的667亩，产业发展势头很好。"第一书记苏建国说，"这就是能人的带动作用。"

"阮承积既是村干部，踏实肯干，又有着比较丰富的布局产业发展的经验。古文村土地少，水田更少，我来村任第一书记后，曾经与村里讨论研究过产业发展问题，怎样才能让贫困户尽快脱贫。大家达成了共识——脱贫的路子只能是发展种桑养蚕。"

桂西地区的土壤和气候条件适合烟叶种植，晒制资源也相当丰富。所产烟叶质量好，是卷制高档烟不可缺少的原料。早在1996年，阮承积在烟草部门的帮助下开始学习种植烤烟。2013年，他开始了烤烟规模化种植，当年种植烤烟65亩，还被评为百色市烤烟种植标兵。

然而由于烟叶种植对水肥要求高，古文村适宜种烟的水田面积非常有限，已无潜力可挖。这是全村产业发展的一个瓶颈。"我们只能向旱地要效益。"

村里也曾上过姜黄种植的项目，"种出来的姜黄个头不大，产量不高，关键是销售不畅，群众后来就全砍掉了"。

"近年来，蚕茧价格看涨，而且种桑养蚕是一个'吹糠见米'的朝阳产业，当年种植，当年收益，每亩收入可达2500—3000元，远比种其他作物强。

"现在每亩价值500多元的桑苗，全是由政府免费提供的，此外政府还免费传授技术，举办骨干培训班，对蚕房建设也给予补助。我们村里的旱地、坡地较多，适宜种桑，虽然说养蚕工序相对有些繁杂，但只要你掌握了技术，实现增收致富不成问题。"

在当地有这样一个说法：种桑养蚕，两亩以上就可脱贫。

阮承积家是2015年脱贫摘帽的。

村干部本就是农民。2006年被全票推选为村民委员会副主任的他，此前其家庭长期处于贫困状态。

为了生计，第一个孩子出生后不久阮承积和妻子就到南宁打工，后由于家里老人身体不好，他才结束了外地务工的生活，重新回乡务农。

阮承积是家中唯一的男孩，父亲早逝，他早早便当了家。生活的重压，让身为家庭顶梁柱的阮承积，干起活来身体里像是有一股永远用不完的能量，"那都是很拼命的。不怕苦，不畏难"。

在苏建国眼里，阮承积既是个工作兢兢业业、任劳任怨的优秀基层干部，也是个劳动模范。"他是个种桑养蚕大户，所以在田间地头和蚕房里无论粗活细活，事都很多，压力也大。"

农村的基层工作，是植根于泥土，直接服务于农民，看似平凡，但干起来或者说要干好，却绝非易事。

阮承积这位村干部的日常工作和生活轨迹，通常是这样的——白天，他会早早来到村委办公室，处理帮扶联系、产业跟踪、入户调查、对接汇报、台账资料等各种工作，这些事都需要与其他村干一起去逐项完成。

随着脱贫攻坚任务的推进，以及农村基层党建、土地确权、基础建设、民计民生等工作需要落实，阮承积白天的大部分时间都是在村委和村里各农户家里度过。

傍晚工作结束他就立即赶回家，将桑地里的桑叶用手扶拖拉机运回蚕房喂蚕。有时候村委填表造册的工作需要他加班完成，喂蚕的活只能交给妻子去管，自己匆匆吃完饭就到村委办公室去，加班到半夜是常事。

"作为村干部，一般来说村务工作和家庭是很难兼顾的，如何做到两不误，这里就有一个权衡问题。承积不仅是干好村务事的好干部，也是个发展产业的能手，还是家里的好丈夫、好父亲、好儿子，他真不容易。

"所以说，这个人太好了。"

那天在车祸现场的掩面痛哭，莫不是因为在第一书记口中那个"太好了"的人猝然离去，从而触动了内心？

在村委采访的时候，苏建国说话间不时伴着剧烈的咳嗽，"没事的，是嗓子有些不舒服。"他解释道，"我担心的是我们的老支书，最近村'两委'工作比较多，连轴转，他年纪大了，身体又不太好，风寒感冒打了十几天针也不见好转。"

古文村"两委"班子是一个获得过很多荣誉的先进集体，曾连续多年被评为先进党支部，并于2016年被靖西市委授予五星级村党支部称号。

一、初心

苏建国在2015年10月就来到古文村参与贫困户的精准识别工作。干驻村工作已有两年多，他每天走村入户，与乡亲们打成一片，对当地的情况非常熟悉，也与一同工作的村"两委"的每一名成员都建立起了深厚的感情。

阮承积的突然离世，不仅让苏建国感到非常痛心和难过，也长时间让村"两委"班子中的每一个村干部陷入深深的悲痛之中。

说起那天的车祸，第一书记苏建国的心里依旧难忍悲痛，当时宣传委员王安稳对他说不要哭了，他就一直强忍着，"其实那比哭还难受，泪水不能流出来，痛苦不能宣泄出来"。

"那天实际上他是骗我的。"苏建国在接受采访时，道出了阮承积罹难时触动他内心的那个隐痛。

苏建国的泪水再一次涌了出来。

"出事的前一天，我安排工作的时候对承积说：明天能不能用你的车带烟草局的同志到弄国所屯去，那边还在修路，他们的车过不去。

"他当时是对我说：书记，我这次去不了，桑地要喷药，蚕房里的活也多，我还要给蚕苗消毒。

"我了解他的情况，就对他说：好吧，我换团支书去就行了，我理解你，桑地里和喂蚕的事都耽搁不得。

"没想第二天早上七点半不到，他打电话给我说，他们家的活他都已经安排好了，可以去弄国所屯。

"后来我特地问了他妻子，才知道他的农活根本就没做完，他是丢开家里的事，想着先把南宁来的帮扶干部带进弄国所屯去。

"如果我知道这个实情，不让他去，也许这个不幸就可以避免了……所以我想到这里就特别难过，心也特别地痛，那一天我拉着他的手喊他的名字，却不见他醒来，眼泪就怎么也止不住了。

"和他共事了快两年,他一直是这样,处处替他人着想,责任心太强了。"

在2017年村"两委"选举中当选宣传委员的王安稳,是和阮承积一起长大的发小。十多年前就远赴广东佛山打工,2015年因家中的父亲突发脑梗,半身不遂住进医院,王安稳与妻子一同返乡照料老人。

当天在古文村采访,我晚上就住在王安稳家。

乍看上去,这位前额宽阔、敦厚且健谈,戴着一副宽边近视眼镜的"见习农民"更像是个乡村教师。

在广东佛山生活了十多年,让他的谈吐和思维与本乡本土的村民相比都有明显的区别。如今国家鼓励农民工返乡就业,像王安稳这样的带着城里新观念新见识,并且已经闯出一片新天地的返乡者,就属于新型农民的一个代表。

那晚与王安稳聊了很多,黑山羊、林下鸡、水果种植等,他对带动村里的养殖产业发展有很多新想法。我们也聊到了他曾担任车间主管的那家佛山市钛美铝业公司。在广东的工业企业打拼了这么多年,留给他的除了说话时的粤语口音,还有与乡村社会截然不同的生活方式,尽管如今他正在努力回归农村生活。

他的儿子女儿都是在广东上学,儿子曾是驻港部队的战士。在珠三角那片我们国家的制造业最为兴盛、工业化最为蓬勃的土地上,王安稳曾洒下过他无数的汗水,也驻留过他最宝贵的青春年华。

由于他在厂里工作多年,熟悉车间管理、有着丰富的经验,因而老板如今仍会不时地给他打电话,许诺加薪,希望他回佛山再"帮帮手"。

● 一、初心

不过，王安稳显然已不愿再离乡回到那家工厂。因为他在家乡找到了能实现自我的人生价值，也看到了自己事业更大的可能性，以及在乡村更美好的未来。

事实上，在2017年12月28日至29日召开的中央农村工作会议上，首次提出了走中国特色社会主义乡村振兴道路。在随后的2018年2月4日，恰逢立春的第二天，新华社受权发布《中共中央　国务院关于实施乡村振兴战略的意见》，即2018年中央一号文件。

要消除绝对贫困，要打赢脱贫攻坚战，在全面建设现代化强国的阶段，就要缩小城乡差别，实现农村的强、美、富，这也是习近平总书记提出来的，"中国要强，农业必须强；中国要美，农村必须美；中国要富，农民必须富"。

"让农业成为有奔头的产业，让农民成为体面的职业，让农村成为安居乐业的美丽家园。"新时代乡村振兴的美好愿景，正一步步地走进现实。

王安稳对此深有感触："现在国家对脱贫攻坚的力度在加大，很多方面都在向农业农村倾斜，有这么好的政策，我们应该能在家乡干出一番事业来，毕竟这方水土，牛我养我，这种感情无论是哪都不能比的。"

当然，与如今这种踏实而信心满怀的状态相比，两年前王安稳与妻子提着大包小包、行程千里转了几趟车返回家乡的时候，内心实则满是忐忑和焦虑。

王安稳忧心父亲的病情，也忧心在农村生活是否有前途。

"初回到家乡，感觉一切都是那么陌生。"王安稳说。

王安稳为了给父亲治病，花光了家里的积蓄，生活陷入困境。由于长期在广东的厂里上班，地里的农活他早已不会干。看着家乡曾经熟悉的一草一木，王安稳一时竟茫然无措，"真不知道干什么营生"。

阮承积在王安稳最茫然最无助的时候，伸出了那双最温暖的手。

两人本来就是知根知底的儿时玩伴，于情于理都应该好好帮一把。

阮承积在王安稳身上没少费心，总想让王安稳能早一天找到一条发展产业的路径，在家乡重新扎下根来，也让在外归来游子的心能尽快安稳下来。

最终阮承积出主意，让王安稳在养殖这方面寻找出路。

王安稳在地里是个生手，思来想去，阮承积还是觉得，王安稳搞养殖会上手快些。

"靠山吃山，靠水吃水。我们村边流过的这条古文河是一块宝，就看能不能利用好。我们一起想办法。"

古文村及周边一带有养殖麻鸭的传统，而且镇党委、政府也有发展麻鸭养殖、做大产业的规划。

"养麻鸭需要有清水流动的养殖场地和启动资金，当时，这些条件我们家都没有。"王安稳回忆说。

经过一番商量，阮承积就着手为王安稳操作起放养清水麻鸭的养殖计划。"我自家有一亩田，承积姐姐的田地恰好在边上，他做通了姐姐的工作，让姐姐和他的田做置换，以便我能两块田连在一起，挖掘成更大的一口鱼塘。"王安稳说，"挖掘机都是他帮我联系的。"

紧接着，阮承积又带王安稳到银行，通过扶贫小额信贷政策贷款5万元，尝试"鸭—鱼"套养。

场地、资金都有了，王安稳鸭鱼套养进入轨道。2015年，王安稳养殖第一批麻鸭300只,但由于缺乏技术,鸭苗成活率不高,首次尝试,收入刚刚平本。产业刚起步就遭受到打击,王安稳心中燃起的靠养殖改变生活的一丝火苗,眼看就被无情地扑灭了。

阮承积找到王安稳一起总结养殖失败教训,吃一堑长一智,鼓励王安稳在哪里跌倒就从哪里站起来。为提高鸭苗的成活率,阮承积又带着王安稳到镇畜牧站咨询养殖技术,给鸭苗打上疫苗,鸭苗的成活率明显提高了。2016年元旦前夕,第二批麻鸭全部出售,实现收入2万元。再加上池塘里的鱼,王安稳靠养殖全年纯收入近3万元。2016年底,王安稳家终于脱掉了贫困户的帽子。

那天,我跟着王安稳参观了他在山脚下的鱼塘,数百只鸭子在水面上游弋,不时欢快地嘎嘎直叫,扑腾起阵阵水花。那真像是在青山绿水间,奏响的农家田园丰收的协奏曲。

"鸭子一年可以出两批,鱼塘里养的是草鱼和罗非鱼,我还喂了十几头猪,现在日子过得有盼头了。"

王安稳能被选任村干,村民们看中他的就是能把养殖业带动起来。在佛山的企业长期担任车间干管,计他积累了不少公司化运作及市场营销这方面的经验。只要有好的平台,在本乡本土也一定能大有作为。

2016年,古文村打出了"清水鸭"的品牌,市场反响很好,为此村里还成立了养殖基地,2017年"清水鸭"的养殖规模超过了8000只。

"我们的鸭子吃的是稻谷、玉米,在流动的溪水里放养,肉质自然很好。"据说农历七月十四的时候,古文村的"清水鸭"在靖西供不应求,一度成为爆款,不少靖西市民专程开车到村里来抢购,根本无须拿到市场上去。

"我们刚开始打品牌的时候,一只卖五六十块钱,现在能卖到

90甚至100块。"王安稳说。

说起好兄弟阮承积对自己尽心尽力的帮助，想到斯人已逝，王安稳又不禁悲从中来。"承积出车祸之前我还常想，等空闲下来要跟他好好喝两杯，对他说句感谢的话，然而……"

"其实，最悲伤的还是承积的妻子、家人。"王安稳说。

采访刚刚失去亲人的当事者，是件很艰难的事情。采访的问题每每触碰到对方伤痛的心，会让人不堪其痛。

多年新闻工作的从业经历，总习惯于要采访内容的唯一性，所谓"独家报道"吧。但这次采访，我还是放弃了"独家"，与广西人民广播电台等自治区媒体一起来到阮承积家里采访他的遗孀，因为实在不忍心为了"独家"而就一个问题再重复发问，一遍又一遍地让当事人谈及那些不愿再回想的过往。

那些天来，有不少前来阮承积家看望、慰问的各级领导和乡亲们，这些人中，有她认识的，也有她第一次见面的。车祸发生的第二天，百色市委领导就从出差地河池赶回来，看望她和她的孩子们，并着手为她家里面解决实际困难和后顾之忧。

阮承积的妻子比我们大家想象的要更坚强，但看得出她正处于深深的哀痛当中。这位身材瘦小的女子得知有记者前来采访，早已将家里收拾停当，并将我们迎进屋。

她招呼我们坐，我们跟她说了些宽慰的话，她用疲惫的嗓音很虚弱地道了感谢，然后端端正正地坐着，等待我们的采访。

"你们问吧，没关系的，我把知道的都跟你们讲。"她这样轻轻地跟我们说，显然是在极力地克制住自己的情绪。

丈夫刚刚离世，她这样表现出的隐忍、坚强，真的令人感到敬重和心疼。这位村干部的妻子显然很识大体，明事理，这种先公后私的处事方式，或许也有其丈夫身上的影子吧。

● 一、初心

她叫陆美灯，是从周边的村子嫁过来的，如今除了4个儿女，家里还有阮承积的老母亲要照顾。

我们跟她聊孩子，聊家常。

陆美灯说，她和阮承积是初中同学，2017年是他们结婚的第25个年头。"我们辛苦了一辈子，没有歇过一天，也没有享受过一天，别人在休息的时候，我们两个还在田地里忙活。"

作为古文村产业发展的带头人，阮承积在种桑养蚕上投入了巨大的精力和心血，桑园面积大、喂养的蚕儿多，打理好这一切自然要比别人更辛苦，也需要比别人付出更多。

阮承积的老母亲至今还不知道儿子已经去世的消息。那些天，老人一直在问陆美灯："承积去哪了？怎么见不到他了呀……"

陆美灯就强作笑颜对老人说，承积出远门去了，镇里派他去学习了，可能明年才能回来。

"总有一天她老人家会知道的，现在没办法，老人岁数大了，怕她受不了，先这样跟她说吧。"陆美灯无奈道，"我骗她老人家，其实也是想骗一下自己。我到现在都很难相信这个现实。"

陆美灯说着，已经控制不住自己，低声地啜泣起来。

我对她说："承积走了，你要节哀啊，他为村里做了那么多好事，大家都很怀念他，你也要为有这样的好丈夫而感到自豪。"一旁的媒体记者也在轻声劝慰她不要太难过了，一切都会好起来的，生活还要继续。

陆美灯说："我想也是这样。为了孩子，也想坚强起来，这么多天了，我都没出过家门，满脑子都是他，平时有什么事他都是跟我商量的。"

12月6日那天一大早，阮承积到河边打好了水，连同需要调配的农药和喷雾器，他都用手扶拖拉机装运拉到一公里外的自家桑园旁,原本是要和妻子一道,趁天气晴好给冬伐过后的桑地喷洒农药除草。农时耽误不得,要是下雨,打农药就没有效果了。

不知道这位一生都在田地里劳劳碌碌的庄稼汉,是什么时候、是哪一刻改变主意的——那天他没有按与第一书记苏建国说好的那样,给桑地喷药除草,给蚕房消毒,而是对妻子说:"我今天有任务,要带帮扶干部到峒里面去,回来再跟你一起去喷农药。"这是阮承积留给自己妻子的最后一句话。

那天,如果按预先说好的那样,阮承积本不该是出现在那条发生车祸的山道上,而是应该在桑地上、蚕房里。

这也是驻村第一书记苏建国那天在事故现场,手抚着躺在冰凉水泥地面上的阮承积的身体,不停喊着"承积,承积,你醒醒"却不见有回应,从而失声痛哭的原因。

公而忘私,先公后私。——如果说阮承积那天放下手中自家的农活,而先去完成公家的事,是可以看到他心中为人处世的准则的话,那么,两年前他们家弃烟种桑之举,就足以印证这位普通村干部,他精神世界中有值得令人起敬的可贵品格。

村宣传委员王安稳曾向我说起过一件事:原先阮承积家种烟收入很稳定,先期的各种投入也很多,但为了带动村里人种桑养蚕,让产业覆盖面更广,让更多人能脱贫致富,他放弃了种烟。

"种桑养蚕不但工多更辛苦,而且他们家当初为种烟已经专门购置了各种农机具,还建起烤房,说放弃就放弃,如果没有为村集体奉献的一颗公心,谁能轻易做到?"

"其实,后来我们知道,为了这事他们夫妻俩还曾经吵过架。"王安稳说。

阮承积当村干部这些年,一年到头除了到田里劳作、回家吃顿饭,两人少有时间在一起。家里照顾老人、孩子,柴米油盐等这些维持家庭运转的事，就基本是陆美灯一个人在操心。

当家有当家的难处。

夫妻拌嘴，原本就是家庭中都司空见惯的事，也许在这个时候不应该向阮承积的妻子去求证如此的细屑琐事，但做报道或写文章的都希望叙事中有个矛盾冲突。我们小心翼翼地问，没想陆美灯却毫不避讳。

"他脾气很好，要吵也是我先吵，有时候做工忙不过来，我就爱唠叨。"陆美灯说，"我们从来没有大吵大闹过，因为根本吵不起来，无论我怎么吵他都不还嘴，他最多是跟我怄气，冷战。他一直是这样的人。"

我们没想到这个山里的女子用了"冷战"这个词。昔日那个跟她"冷战"的人，如今已阴阳两隔，人间最伤痛的莫过于此。

"那次我们怄了十几天的气，最后他说：如果你不同意我们种桑养蚕，那我也不当这个村干部了。

"他后来还真的写了辞职信，交到镇里。镇领导不接受，说：你不能辞职，你一定要干好这个工作。

"当时正开村民选举会，承积也没去参加。连续两个晚上，镇领导、上一任第一书记和村支书都到我们家来做思想工作。

"2014年，承积去南坡那边参加种桑养蚕技术培训的时候，就有意带着我一起去。现在回想起来，知道他是早就想做通我的工作。他对我说：我们村山岽多荒地多，只有因地制宜种桑养蚕，脱贫才有出路，如果要带动村里脱贫，必须种桑。如果我们家不先种，乡亲们也不会种的。

"那时候他的心里就计划着放弃种烟，改种桑了。

"当时我是想，我们种烟的时间比较长，买了6000多块钱的培土机，大烤房也有两间了，如果一直种烟，该投资的都投资下去了,不需要再投资,而种桑是从头开始,盖蚕房等这些要再花钱。种烟的时候我们是种植大户,60多亩地都忙不过来,你要种那么大面积的桑,肯定会更加辛苦。我说种烟就好了,反正能有一些收入给几个孩子读书就行了。

"后来我还是听他的,支持他。

"因为我想通了,觉得他说得在理。如果不种桑,我们村肯定脱不了贫。他说得对。

"现在承积的愿望实现了,我们全村莠片旱地都种上了桑,我们家也种了80多亩的桑,盖了蚕房,等到明年就开始有收益,再过两三年,小孩也毕业了,我们盼着生活一定会变好起来,没想到承积他等不到这天了……"

阮承积生前也一定没有想到,当他作为产业带头人,让全村的宜桑土地都种上了桑树,而自家却因这次的弃烟种桑背上了10万元的债务。我们了解到,阮承积家贷款4万元投资建蚕房,政府给予的1万元补贴款,他们用以支付工人盖蚕房的工钱,另外还向亲友借了6万元购买种桑养蚕的农资农具。

家中的顶梁柱倒下了,对陆美灯而言,就等于天塌下来了。

阮承积就这样走了。这个刚脱贫摘帽不久的贫困户家庭为了给乡亲们做发展桑蚕产业的表率,不惜放弃已有10年经验的烤烟种植,一场猝然而至的变故,徒留下10万元的外债,更留下了家人无尽的伤痛和思念。

在料理完丈夫的后事之后,有一天,陆美灯像以往惯常的那样来到了村边自己家的那片桑园准备劳作。走着走着,远远望去,丈夫那天运水到桑园边的手扶拖拉机,还静静地停在原地。睹物思人,在那片田野上,陆美灯一个人失声痛哭……

有人说,真丝是蚕生命的绝唱,也是蚕生命的延续。

一、初心

一条蚕从蚁蚕到吐丝作茧要经过28天左右，一条蚕一生所吐的丝，却有1000米左右。

晚唐李商隐的名句"春蚕到死丝方尽"尽管有着多种解读，但人们多数愿意将其比喻为一种奉献精神。

春蚕一生都在不停地辛苦劳作，为人们吐丝，直到把丝吐尽，把自己化成蚕蛹子，最后结成茧子……

那天，在那处山道上殉职的阮承积，魂归大山，他走完了自己的人生路。

我们追忆这位普通村干部，他身上有如春蚕的品格——在有限的生命里，全力奉献自己的价值。

"那天我去阮承积副主任家看望他的遗孀陆美灯，我对她说，你有什么困难、什么事情需要我们大家来帮助你的？她说，我没有什么需求，现在为难的是这桑园里有4名贫困户，我要想办法让他们能一直在这里务工，让他们脱贫，我感到压力很大。"靖西市委主要领导在接受采访时这样说道。

"她丈夫走了，留下了80多亩的桑园和一家老小，一个女人太不容易。而她先想到的，是桑园里那4名贫困户今后的出路。"靖西市委主要领导言及此处，十分动容。

12月6日那天，靖西市委主要领导正在参加自治区扶贫开发领导小组在河池市召开的全区易地扶贫搬迁工作现场会。在得知古文村发生重大车祸的消息后，他于12月7日即赶回靖西，到阮承积家看望其家人，并处理各种善后事宜，次日又马不停蹄地奔赴南宁，看望慰问区烟草局4名受伤的帮扶干部。

我到古文村采访那段时间，适逢靖西市在开展2017年自治区脱贫攻坚"四合一"验收的迎检工作，全市上下齐动员，工作量大，任务艰巨。在接受采访时，靖西市委主要领导的嗓音有些沙哑。

他对阮承积及其家庭的情况了解得非常清楚，显然那天去探望的时候，各方面情况询问得很详细。

"阮承积一家2015年才脱贫，以前生活很困难，但他对改变贫困面貌有强烈的愿望和勇气，他勤劳善良，自强不息，对村集体的工作充满责任心，对于自己的子女，他反复地告诫他们，要好好读书，学好本事，做对社会有益的事。所以，无论家里怎么穷，都要支持他们上学，直到读完大学。"靖西市委主要领导说道。

"一位普通的基层村干部，有这样的思想境界和品格，是值得敬佩的，也是值得我们大家学习的。

"发生车祸那天，老百姓从四面八方赶过去营救被困的村干部和帮扶干部，对他们施以援手，这样的场面难道不令人感动吗？这就体现出了我们新时代这种感人的党群关系、干群关系。

"我们的基层党员干部，如果没有一种为民情怀，没有为老百姓切切实实地做好事、解难事的初心和行动，会有古文村山道上的这幕动人场景吗？

"还有驻村第一书记，为什么对村委干部的遇难殉职如此伤心难过？因为他们之间的情谊不是一天两天培养下来的。

"是他们这些乡村基层干部，也只有紧紧依靠他们，才能打赢这场脱贫攻坚战。他们是最前线的战士，冲锋陷阵是他们，不畏艰难困苦、忘我奋战的也是他们。"

对群众充满感情，是一种情怀，带去的是温暖，激发起来的是力量。

对于在肩负脱贫攻坚工作任务的路上，因公殉职的古文村村干部阮承积一家今后的生活，靖西市委主要领导倾注了极大的关怀。

12月7日，在看望慰问阮承积家人的时候，他就郑重交代分管市领导，要切实做好阮承积家庭子女的帮助和安抚工作。

我采访时，靖西市委主要领导对如何照顾阮承积家人这方面，事无巨细，想得很周全。他说："承积的大女儿，如今是在相邻的一个乡镇当老师，过完这个学期马上调回地州镇，以方便她照顾母亲和奶奶；二女儿、三女儿毕业后，看她们愿不愿回来，到时候可以通过双选帮助她们解决工作问题；他儿子明年高考，能考上大学就去念大学，如果万一考得不太理想，我们可以要一个指标，向深圳市的两所高级技校推荐入学。靖西市是深圳市龙岗区扶贫协作的对接点，这两所学校每年在百色招50名学生，入学后所有的费用包括来回车费，都是由深圳市人民政府支付，学生毕业后直接在深圳工作，有深圳户口，每月工资不低于5000元。这也是深圳市对百色老区人民的厚爱。

"事关大局的脱贫攻坚工作，任务繁重，时间紧迫，充满挑战和考验，是一场没有硝烟的战争，党员干部和帮扶者们不仅要有'不以事艰而不为，不以任重而畏缩'的决心，以及'逢山开路，遇水架桥'的能力，更要有为之去奉献和牺牲的无畏精神。"

榜样的力量是无穷的，精神的力量也是无穷的。

靖西市委主要领导说："我们市委已经开了常委会，授予阮承积同志优秀共产党员称号，号召全市广大领导干部向他学习。"

"像阮承积同志这样为脱贫攻坚作出牺牲，无私奉献的党员干部，不是一个，而是千千万万个。"他动情地说道。

"在这场脱贫攻坚战役中，作出了巨大牺牲的基层党员干部有很多，他们是一个群体，不是一个两个人。

"这场战役打得非常悲壮,非常艰难。我常常说,离去的是英烈,留下的是英雄。

"我们靖西的脱贫攻坚战为什么打得这样艰难?靖西是广西国家级贫困县,贫困村数量、贫困人口数量分别排在全区第一位和第二位。靖西脱不了贫,就是拖广西脱贫攻坚这场战役的后腿啊。

"靖西是一块英雄的土地,是一块鲜血浸染过的土地,从援越抗法、援越抗美,到对越边境自卫反击作战,勇敢坚毅的靖西人民都在用鲜血和生命,为国家作出巨大贡献。

"所以说,总有一股强大的力量在支撑着我们,在鼓舞着我们,我们一定要打赢这场没有硝烟的战役,确保在2020年,靖西和全百色、全广西,以及全国人民一道实现脱贫奔小康的目标。"

那几天的采访临近结束,我在靖西市委宣传部拿到了很多资料,了解很多。

靖西——一座古老壮丽的边城,享誉世界的"中国绣球之乡",地处桂西南边陲,与越南山水相连,总面积3322平方公里。全市辖19个乡镇282个建制村2405个自然屯,2017年总人口近66万人,是广西边境县市和百色市人口最多的县份。

这是一片经历过血与火考验的红色土地。邓小平领导的红七军、红八军在这里播下了革命的种子;这里,是打赢脱贫攻坚战的主战场。"十三五"期间,全市共有建档立卡贫困村153个,其中深度贫困村110个,贫困人口13.7万,贫困发生率高达22.6%,贫困村和贫困人口数量分别排在广西的第一位和第二位,是国家扶贫开发工作重点县、自治区深度贫困县、石漠化连片特困地区,贫困县的帽子一戴就是30多年。实现脱贫致富,成为边境贫困群众最强烈的愿望。

……………

2016年实现贫困村脱贫摘帽10个，脱贫6380户27734人。2017年全市计划脱贫摘帽贫困村20个，奋斗目标24个，贫困人口脱贫10599人，奋斗目标12688人。

……………

抽调72名优秀后备干部脱产充实到市脱贫攻坚战指挥部工作，使指挥部工作人员由43名增加到115人，进一步增强了攻坚力量。组织123个单位与123个贫困村结对帮扶，每个贫困村都落实驻村第一书记、挂村乡镇领导和包村干部。安排11250名干部职工帮扶贫困户34654户，因村因户制定和落实帮扶计划措施，实现到村到户帮扶全覆盖。

……………

2017年前三季度，贫困村农民人均可支配收入5968元，比上年同期增加493元，增长9%，增幅高于全区平均水平0.4个百分点，预计全年农村居民人均可支配收入同比增长15%。

这些数字也许看起来是枯燥的，但当你了解了这背后那些有血有肉的人，看到了广大基层工作者的责任与担当，感受到了他们发出的光和热，你会发现，这些文字和数据都带着温度。

靖西市委常委、宣传部部长曾让我看了他手机上专为脱贫攻坚工作而创建的市四家班子的一个微信群。

微信群上的对话内容，既有相关工作的讨论，也有互相之间的关心和支持，比如有一位女副市长由于连续加班过于疲劳，一直重感冒未愈。一位副书记在屏幕上打出了这样的微信对话："老妹，如果多喝温水也搞不定（病情），力争把工作任务移交给我。"

微信对话洋溢着积极乐观的气氛。

一位副市长扶贫途中,即兴写下散文诗一样的文字:

冬日温暖,毫不吝惜洒在旧州那山、那水、那树之上,顿时生动活泼起来。你看,你看,那一群可爱的人,脸上洋溢着灿烂幸福的笑容,那是因为,和煦的阳光照耀着他们,也是因为,脱贫攻坚让他们笑靥如花,而这一切,也让我们醉了……

是啊,征途漫漫,惟有奋斗。伟大的时代催生伟大的事业,为着伟大的目标去奋斗是快乐的,永不懈怠、砥砺前行,必能创造一切人间奇迹。

束装整甲楚南过

●上一年的那个冬天到靖西采写脱贫攻坚,虽然让我原先的行程发生改变,但我仍将靖西之行作为追寻红七军7000里征途整个行程的有机组成部分。因为只有在当前的脱贫攻坚战中,深刻体会到中国共产党人为中国人民谋幸福,为中华民族谋复兴的初心和使命,才能够弄明白,红军当年为什么出发。

●为了让军纪深入人心,红七军编唱了《红军纪律歌》:红军纪律十分严明,凡我同志要记清,这是我军的主要生命,沿着革命前途飞进;我们都是工农出身,工农痛苦知道最深,工农的东西得来不容易,一草一木不得害损……

●2月初的粤北山区,寒风刺骨,残雪还没消融,红七军将士们殷红的血,泼洒在白雪之上,宛若梅花遍地。

●1949年12月11日,人民解放军挥师南下,将红旗插上镇南关(今友谊关),标志着广西全境解放。如果从百色起义爆发的时间算起,到广西全境解放,刚好过去20年。

    2018年夏,为追寻红七军7000里转战的线路而作的自驾行计划,又被我重新拾起。

    上一年的那个冬天到靖西采写脱贫攻坚,虽然让我原先的行程发生改变,但我仍将靖西之行作为追寻红七军7000里征途整个行程的有机组成部分。因为只有在当前的脱贫攻坚战中，深刻体会到中国共产党人为中国人民谋幸福，为中华民族谋复兴的初心和使命，才能够弄明白，红军当年为什么出发。

我这次的行程选择走G80广昆高速公路。到百色后，过巴马、东兰，向河池方向行驶。

G80广昆高速公路南宁至百色段与我半年多前走的G324国道，在地图上看几乎重叠，实地行驶就会发现，这两条公路一直分列于右江两岸，夹江齐头并进。

沿线一路飘扬着的"中国红军第七军"旗帜的雕塑，是G80广昆高速公路南百段最鲜明的标记。跟随着这一面面的红七军军旗，行驶到百色城东，迎面就可看见那组红色的大型人物雕塑：军民挥舞着"右江苏维埃政府"和"中国红军第七军"这两面大旗，欢呼百色起义胜利。

3个多星期后，我到达了此行的终点——位于江西省西南部的革命圣地井冈山。

在井冈山路口处，首先映入眼帘的就是那座标志性的"井冈红旗"雕塑，这面名扬天下的红旗，矗立在四面环山的平畴之上，高高飘扬，风旌猎猎，它是那么鲜艳夺目、雄伟壮美，如同一块屹立不倒的巨石，象征中华人民共和国在井冈山奠基；又像一团熊熊燃烧的火焰，寓意中国革命的星星之火从井冈山燎原，并走向胜利。

回想沿着红七军的足迹一路前行，所到的革命遗迹景点道路旁都立有许多的红旗雕塑，在行驶的时候看着这些红旗就仿佛是一块块路标，指引着前行者们的方向，最终汇入巍巍井冈，成为那面庞大的"井冈红旗"的一部分。

1930年10月初，红七军在从右江一带往河池集结后向东进发,先后转战宜州、罗城,以及柳州的融水、融安、三江等地,线路曲折。红七军一度进入贵州省黎平县又折返回广西境内,然后从三江林溪镇林溪村科马界的一条粮盐古道,北出湖南省通道侗族自治县。

此后,这支铁血孤军一直在湘桂粤赣边界的崇山峻岭间坚毅地穿行,有时候是攻坚作战,血洒战场;有时候是为了甩开强敌,选择走"弓背路",曲折迂回,脚步却不曾停歇,直至胜利到达湘赣革命根据地。

我此次的追寻之旅与同行的友人轮流驾驶,友人大名陈晓斌,是军人家庭出身,从小在部队营房长大的他后来虽没能像父辈那样成为一名军人,却一直崇尚军旅,平时最喜欢阅读与军事有关的各种书籍文献,在我眼里是个不折不扣的"军迷"。我们这一路经历太多,也收获太多。此行我不想写成什么"自驾游攻略"或者游记之类的,否则整本书的篇幅都不够,所以只选印象最深、最触动内心的三个场景来呈现。

这三个场景的核心分别是:一处红军标语、一首红军诗和一面由中华苏维埃政府颁发的荣誉锦旗。

C209国道由南向北连通起广西三江和湖南通道这两个侗族自治县,行车跨越古宜河上的沙宜大桥,过了沙宜村界脚屯,前方就进入湖南了。

1930年12月至1931年7月间,红七军高强度、长距离的行军作战,一共九进九出湖南,第一次入湘就是从三江侗族自治县北上,过境通道侗族自治县的。

历史上,曾先后有三批中国工农红军从通道侗族自治县过境。第一批就是1930年底红七军由西往东走;4年后,第二批、第三批过境的分别是红六军团和红一方面军(中央红军),由东往西进军。

党史上有名的"通道转兵"就发生在这里。1934年12月13日，中央红军在通道境内突然改变行军路线，放弃从湖南西南部的湘桂黔边界北上与红二、红六军团会合的原定计划，改向敌人力量薄弱的贵州西进。这对于中央红军和中国革命的命运都是一次至关重要的转折。"通道转兵"不仅挽救了3万多名中央红军的生命，还为此后的黎平会议和遵义会议的召开奠定了基础。

此次转兵是红军长征中一次具有战略意义的伟大转折，是红军从挫折走向胜利的起点。实际上开始了毛泽东在军事上的领导。

2018年夏天，我们从湖南通道县城驶出G209国道，拐进S221省道（根据《国家公路网规划（2013年—2030年）》，2019年已升级编列为G356国道），然后马不停蹄地往西北方向驶去，直驱前方的绥宁、武冈。当年红七军走的就是这条线路。

湘西南是江南丘陵向云贵高原的过渡地带，过去这里由于大山的封闭，交通不便，加之古老神奇而又五彩斑斓的地域文化，长久以来有"秘境"之称。如今美丽的湘西南成了热门的旅游打卡地，公路两边随处可见片片稻田、古朴的木楼和云雾缭绕的远山，交通基础设施也非常完善，在通往绥宁的S221省道旁，绥宁至靖州高速公路的高架桥仿佛长龙般在群山间飞越，十分壮观。

1930年12月19日，红七军在转战三江县途中，部队获得情报：湖南绥宁县城寨市镇没有国民党正规军驻防，只有县保安大队的部分人枪守城，于是决定长驱北上，趁敌不备迅速抢攻寨市镇。

12月21日凌晨，红七军兵分两路同时向寨市镇发起攻击，保安大队兵丁四散逃命，县城很快被攻占了。打下寨市镇，这是红七军自12月5日攻打长安镇受挫以来取得的首场胜仗，极大地振奋了部队士气。

红军进入湖南攻占绥宁的消息对国民党当局的震动很大。中共中央机关报《红旗日报》对此也作了报道：

> 【24日长沙讯】红军第七军由广西义宁三江一带，进攻湘南通道、绥宁各县。由李明瑞指挥三千余人，20日攻克了绥宁，继续向武冈、城步两县进攻，声势甚张。湖南军阀何键得知消息，十分紧张，急令王家烈由靖州派兵三个团倾击通道、绥宁；令章亮基旅开赴武冈，与绥宁黔军取得联系；令段珩从广州派兵驻新宁，向武冈、城步警戒；令湘乡新化各县团队开宝庆集中，以资抵抗……

攻占绥宁当晚，红七军在寨市镇西河街龙家祠堂设立指挥所，除派出一部分警戒兵力进至长铺和竹舟江一带布防外，大部分红军战士宿营在城外。

当年红七军设立指挥所的西河街龙家祠堂已成为国家级重点文物保护单位，寨市镇是绥宁老县城所在地，据记载，唐宋时期大量苗族侗族同胞为逃避战乱迁徙至此，一姓一寨，寨子连成一片，寨内建圩场集市，"寨市"由此得名。绥宁新县城于1954年迁至东边10多公里外的长铺镇。

千年古镇寨市坐落在河谷中，修筑于山腰的S221省道看起来就像是从古镇的上空掠过。寨市周边竹影摇曳，有小桥流水、古树石墙，恬静而又生机盎然。中国工农红军第七军指挥所旧址前的西河街又被称作"小平街"，那天我们倘佯在这条青石板铺成的老街上，耳畔传来古镇人家老屋里播放着的铿锵激越的红歌旋律声，仿佛又将人带回到那个枪声和步履都十分急促的革命烽火年代。

红七军仅在绥宁老县城停留了一天时间，次日便向长铺镇开拔。

23日，红七军在长铺镇召开前委会议，讨论敌情，决定取道武冈县向湘南进军。此时接报称，武冈只有很少一部分民团驻守，兵力不过六七百人，于是红七军军部决定乘敌不备攻下武冈。

自11月初红七军从集结地广西河池出发以来，沿途没有得到过有效的军需补充，而此时湘西南的天气已十分寒冷，战士们都还穿着单衣，有的脚上甚至没有草鞋，食品也出现了短缺，物质上可谓困难至极，要完成筹粮等军需补给任务就显得非常急迫了。

24日傍晚时分，红七军进入武冈县（今武冈市）境内，到达转湾、木瓜桥村一带宿营，为即将发起的攻城作战做准备。

木瓜桥村今属武冈市邓元泰镇。从绥宁县长铺镇往东走S219省道（2019年已编列为G356国道），行车约50公里就从山区进入平畴万顷的开阔地带，在一大片稻田的深处，我们找到了这个村子。

一问红军桥的位置，就有热情的村民带着我们穿过一条狭长的老街，来到村东头这座古老的风雨桥前。

木瓜桥村因桥而得名。眼前的古桥始建年代不详，清康熙五十年（1711年）增建桥亭，清同治八年（1869年）重建，如今依旧牢固地守护在资水之上。据说，武冈以桥多著称，乡、镇、村以桥命名的就有数十个，粗略估算，大大小小的桥百余座。而木瓜桥的出名，源于90多年前从广西长途跋涉而来的那支红军队伍夜宿于此，并在西端桥头的石碑上留下了用红土书写的标语——"共产万岁"。

我在村民的引领下走到那处标语前，用目光细细地端详这粗粝却很有力道的字迹：近一个世纪的岁月沧桑，虽经时代的变迁，红土写下的4个大字已不如当初那么鲜艳，但一笔一画像是深深地刻印在坚硬的石头上，得以穿透时空，至今仍清晰如昨，昭示世人。

木瓜桥头的这条标语，是红七军在湖南境内唯一留存的用红土书写的革命标语。

这标语不仅记录了红七军当年在此地留下的战斗足迹，印证了这支队伍的征战历程，更是体现了红军指战员对革命的无限忠诚和对党的事业的坚定信念。

其实从井冈山时期开始，标语就成为红军最常用的宣传形式，同时也肩负着塑造文明之师、人民之师形象的使命和任务。他们在用最直白的方式让人民群众认识红军是一支怎样的队伍，了解中国共产党和红军战士到底在为谁而战。

时光回到21世纪的今天，我们聚焦在中国大地上正在进行着的脱贫攻坚的伟大壮举，人类有史以来，放眼世界，何曾有过哪个国家政府会组织调动如此巨大的人力物力，到穷乡僻壤、深山老林去搞扶贫开发？又有哪个国家政党像中国共产党这样，有如此深厚的人民情怀，举全国之力克难攻坚，在如此短的时间内帮助近1亿农村贫困人口实现脱贫？

曾看过一篇题为《执政的诚意与治理的难题》的文章，作者这样写道：

啥是执政的诚意？

愿意把资源不计回报沉淀给弱势人群就是最大的执政诚意！

为什么全球只有中国共产党才能对老百姓表现出执政的

诚意？

因为这个政党从成立之初就是为老百姓利益而奋斗的。

这里给大家插播一段国际共运党课。首先提出一个问题——西方发达国家老百姓的福利是怎么来的？是资本家主动施舍的吗？

不是！

是国际共产主义运动争取来的。是共产党领着老百姓通过不屈不挠的斗争争取来的。

往前追溯过去100年历史，我们可以看到一条清晰的脉络——当国际共运蓬勃发展的时候，西方国家老百姓收入水平（含福利）就提高得很快；当国际共运处于低潮的时候，西方国家老百姓收入水平就急剧下降。

在没有共产党之前，现在的人是很难想象那时工人与城市市民是啥生活。

在国际共运发展到顶峰的上（20）世纪80年代初期，美国中产阶级人数占人口总比例接近80%，但是在苏联解体二十几年后的2015年，美国中产阶级人口占人口总比锐减到49%。

你觉得这是巧合吗？

为什么过去100年历史中，西方社会对共产党与社会主义如此敌视？

原因就是，只要共产主义的红旗不倒，资本就不敢为所欲为！

……

红七军战士书写在木瓜桥头的标语，为什么历经时代变迁还能完好地保留至今，不正是体现了老百姓对这支红军队伍的信赖与支持吗？

严明的纪律和规矩是马克思主义政党的本质特征。红七军用铁的纪律迅速与国民党军阀的作风区分开来，消除了与群众之间的隔阂，使得老百姓认识到红军是人民的军队。红七军转战湖南期间，治军严明，所到之处秋毫无犯。为了让军纪深入人心，红七军编唱了《红军纪律歌》：

> 红军纪律十分严明，
> 凡我同志都要记清，
> 这是我军的主要生命，
> 沿着革命前途飞进；
> 我们都是工农出身，
> 工农痛苦知道最深，
> 工农的东西得来不容易，
> 一草一木不得害损……

与红七军接触过的百姓都由衷感慨道："粮子（旧军队）过了千千万，从没见这样好的队伍。"所以，就有了后来为了保护好这处红军标语，当地群众用砖头水泥在标语石碑上面砌了个拱棚屋顶的举动——好让字迹能永久保留下来，免遭风吹雨打而褪色脱落。

1930年12月24日那天，当红七军的队伍来到这里的时候，整个村子已空无一人。早在几个小时之前，这里的群众因听信国民党反动派的谣言纷纷举家而逃。那些躲在附近山林里的村民发现，这支队伍与他们曾经见过的军队大不一样，"冬季了还是单衣服，随身只有一条灰色军毯"，天寒地冻的时候宁肯在桥廊里、屋檐下宿营，也不去撬开村民们的家门。

第二天天刚亮，战士们就排着整齐的队列离开了。

看到人马已经远去，村民们从山上回到村子里，看到眼前的一切却让他们十分的惊讶与感动：房前屋后被打扫得干干净净，所有门锁完好无损；街道墙壁、桥上木柱到处贴了宣传标语，包括桥头石碑上用红土写下的"共产万岁"这四个大字。

忽然，有人发现地里的萝卜被拔走了，村民们都赶紧朝自家菜地里赶去。

"哎呀，出怪事了，大家快来看，萝卜眼里长铜钱了……"

"真的，真的，我家的也有……"木瓜桥头附近的菜地里，村民们发现了很多被拔掉了萝卜的土坑里，都放有一枚铜钱。

原来，红七军夜宿木瓜桥村的时候，不愿去惊扰村民，饥寒交迫中他们买不到任何吃的东西，到桥头菜地里拔了些萝卜充饥解渴。他们每拔一个萝卜，都在萝卜眼里放上一枚铜钱，以作为对群众的补偿。

此后，红七军夜宿木瓜桥，有关"萝卜眼里长铜钱"的佳话，就在当地一代又一代地传了下来。

在写着"共产万岁"红军标语的石碑旁，长有一株桂花树，村民们说，花开的时候在木瓜桥上都能闻到芳香。

25日，红七军完成了对武冈城的包围，攻坚战打响。

武冈是湘西军事重镇，清朝曾国藩曾在此办团练，历代官府都对城墙进行过加固，加之城东、城南为资水环绕，易守难攻。红七军强攻6个昼夜仍未能破城，守敌死守待援，数架意大利式轰炸机在外围阵地持续进行轰击，这时国民党3个团的援兵赶到，红七军腹背受敌，被迫撤出战斗，星夜向新宁、东安方向转移。30日，红七军甩开敌军，并侦知桂系军阀已在广西资源方向布下

● 一、初心　　　　　　　　　　　　　　　　　　　　073

重兵，于是红七军军部决定奔袭兵力空虚的全州县城。

次日拂晓，红七军翻越湘桂古道上的40公里山关，并击退了追兵，转入广西。1931年1月2日进驻全州县城。

全州休整了3天后，红七军1月5日东渡湘江，经灌阳离开广西，进入湖南道县。此时，何键的湘军已从宁远、零陵、嘉禾3个方向包抄过来。

从湖南道县南下到广西贺州，几年前修通一条名称很"讨喜"的高速公路——道贺高速公路，湖南省内编号为S81，进入广西境内后连接S31钟（山）富（川）高速，再向东可直达贺州市区。

历史上非常有名的潇贺古道（即今天的湖南X086县道小圩壮族乡、大圩镇路段），其实可以看作是古代连接湖南潇水和广西贺水的"高速路"，或说是连接湘桂两省区的"国道"。

从五岭中的都庞岭与萌渚岭之间穿过的潇贺古道，其前身即秦建新道，自秦汉至清末的2000多年里，一直都是沟通中原与岭南的驿道和军事干线，也被史学界认为是海陆丝绸之路的最早对接通道。

潇贺古道从道县出发，分东西两线：东线经湖南江华瑶族自治县的白芒营、人圩进入广西壕界（今贺州市八步区开山镇旧称），再由开山镇南和村洞尾寨经七里坳翻越桂岭山脉进入桂岭盆地，达到桂岭镇；西线则是过湖南江永县、广西富川瑶族自治县，然后汇入贺江上游的水路。

1931年1月8日夜，红七军从道县出发，往江华方向急行军，走的就是潇贺古道东线。

红七军由此开始了作战史上最为艰难的一次行军，这支队伍遭遇上的"劲敌"是严酷恶劣的气候环境。

当天晚上寒风呼啸，先是下起了急剧的冻雨，后半夜突然变成了鹅毛大雪。来自广西的战士们离开右江根据地的时候，天气还热，穿的是单衣单裤和草鞋，有的甚至还打着赤脚，在奇寒的冬夜里顶风冒雪行军，很快手脚就被冻僵而变得麻木了，而北风却越刮越猛，雪越下越大。

不久，山道也被雪覆盖了，看不见哪是路哪是悬崖深谷……

就在当年红七军那次风雪夜行军的87年后，我们驾车行驶在G207国道的道县至江华路段，道路两边满目苍翠，风景怡人，别有一种"岚浮青嶂隐，日上绿峦横"的意境。今天的人们在这段被称为湖南"最美干线公路"的国道上，很难想象那支身着夏季短装的队伍，是怎样身背肩扛着装备，像一个个雪人似的在漫天皆白的隆冬走完这50多公里山路的。

1月9日傍晚，红七军先头部队攻入江华县城。后卫连收容队深夜才到达宿营地，清点人数，中途减员近200人，其中80多名战士因寒冷和疲劳，悲壮地牺牲在行军路上。

在江华县城，红七军仅有两天时间仓促地解决寒衣和粮草的补给问题，11日晨，击退了围上来的国民党民团后，又继续向南挺进。

雪还在下。前方的勾挂岭大山，如一道万丈高墙，赫然挡住红七军的去路。

勾挂岭是江华县域东西两部分的分水岭，一列山脉分出岭东和岭西片区。由于山势险峻，要翻山而过必须备好挂钩之类的防坠工具——勾挂岭因此得名。

红七军摆脱敌人后，踏上了崎岖的山路。许多伤病员原来都被安排骑马跟着部队前进，但盘山小道越来越陡，骑马容易摔下山去，此刻也只能由战友搀扶着一瘸一拐地紧跟上部队。为加快行军速度，甚至一些笨重的装备都被推下山去。

　　沿 G207 国道从江华县城继续往南行驶，我们在白芒营镇向东拐进 S355 省道。S355 省道是一条新修建的二级公路，直通勾挂岭，以隧道的方式取代了原来 S326 省道曲折狭窄的盘山路。

　　我们驾车冲上了一个长坡，直驶勾挂岭隧道。在隧道口旁，还挂着"热烈庆祝试行通车"的红色条幅，问附近施工的工人得知，勾挂岭隧道两个月前才刚贯通，而 S355 省道离全线通车还需要些日子。

　　站在勾挂岭的这条新公路旁远眺，寥廓的天地间，但见绿嶂巍峙，山势磅礴，湘南大地壮美如画。

　　驶出隧道，由于 S355 省道尚未完工，我们又开了一段在山谷中蜿蜒的旧公路，路边正在建设中的高架桥高耸的桥墩，像士兵列队般贴着山体一字排开，各种大型施工设备在有条不紊地运转着，这一切都预示着莽莽勾挂岭大山很快"天堑变通途"。

　　翻过了勾挂岭，前面的地势就平缓多了，看地图这一带属于江华小圩壮族乡——这也是湖南省唯一的壮族乡。从小圩壮族乡驶离省道，走 X086 县道一直南行，路两边出现了很多属于喀斯特地貌的尖耸翠绿的小山，周围是连片的田畴，一些村庄里密集的民居夹道而建，潇贺古道沿线曾经的商贸繁华仍依稀可见。

　　再往前行驶就进入大圩镇地界，X086 县道从一座写着"宝镜古居"门楼下穿过。

　　这是一个建于明清时期的古村落，村前有田峒，有一井塘水清如镜，可食饮，又能灌田，故名宝镜。古村依山而建，伴溪而筑，又保留着传统人文风貌，已列入当地的旅游开发项目。

　　当年红七军翻越勾挂岭后，向南行军曾路过这里短暂休整，如今村子里复原了一些遗址。在旧居的一面展示墙上，我看到了当地人用行楷字体所抄写的一首红军诗作：

> 束装整甲楚南过，只为灾荒受煎磨。
> 踏破绣鞋埋雨径，摧残红氅恨风波。
> 沿门乞食施恩少，当面谗言忍辱多。
> 他日江边春水涨，工农站起掌航舵。

这首无题七律诗，落款写的是"红七军女战士留墨"。询问村中的一位老者，他说这首诗写的事情就发生在红七军过大圩的时候，他们为穷人伸张正义，严惩当地的土豪劣绅。诗中"沿门乞食施恩少，当面谗言忍辱多"，说的是红七军向大圩老街一个大土豪家征购部分军粮，而大土豪自恃是把持一方的恶霸，又仗着自己儿子是湘军军官，对上门来的红七军这群衣衫破旧的军人十分鄙夷不屑，竟恶语相向。红军后来把这个恶霸抓了起来，为民除害，还把他家里的粮食、衣服、被子拿出来分给老百姓。

看到红七军待人和气，不拉夫，买卖公平，帮老百姓挑水、扫地，向群众宣传革命道理，以唤醒大众的思想觉悟，村民们真切地感受到这是一支为穷人着想的队伍。

就在大圩老街，有一处红七军十九师政治部旧址，现在是湖南省级文物保护单位。在这幢木楼的二层后墙上，还可以看到当年红七军战士用毛笔写下的《士兵四字经》："我们前身，工人农民。豪绅地主，吞我田地。厂主店东，赶我出门。逼迫当兵，真是冤枉。走上战场，残废死伤。万幸得活，依然穷光。压迫□□，牛马一样。军阀老爷，高卧后方。姨太成群，洋财百万。战争失败，栖眷出洋。战争胜了，官上加官。弟兄觉悟，掉转枪口。杀死军阀，并做红军。"落款为"中国红军第七军第十九师政治部"。

红七军十九师政治部借住此楼期间，除"四字经"外，还书写了许多条标语，并画上了马克思的肖像，红七军路过江华大圩进行革命宣传时留下的墨迹，至今清晰可辨。

部队开拔前，战士们给木楼房东的两口大水缸都挑满了水，并赠送给他一件枣红色的毛线衣和一个饭盆作留念。

出于对红七军的拥护和敬仰，木楼的主人一直对这些红军留下的文字和图案加以悉心保护，并堆上废旧的家具、稻草木柴进行遮掩覆盖，直到全国解放后才公开出来。在那个血雨腥风的白色恐怖年代，一个普通的老百姓，是凭借怎样一种发自内心的真挚情感，甘愿冒着杀头危险保存这些字画，需要多大的勇气啊！

现在被抄写陈列在大圩镇宝镜古村的这首佚名红七军女战士诗，是部队随后行军到广西贺州市桂岭镇时写在一张纸上并留给那里的老百姓的。

从宝镜古村向南行进10多公里就踏入了广西境内，与湖南省毗邻的是广西贺州的开山镇。

1931年1月14日，红七军走潇贺古道进入广西境内的开山镇，并向桂岭镇行进。

这也是红七军这个建制的部队最后一次回广西。

那天，我们沿着红七军行军的线路在X086县道上驾车往广西方向行驶，恰遇湘桂交界处附近的鲤鱼塘完全小学的学生们放学回家，孩子们有的坐上了颜色醒目的黄色校车，有的则三三两两地从我们旁边路过，形成了长长的一列纵队，当时午后的阳光洒在学生们身上，看着他们背着书包欢快地唱着歌儿，歌声回响在潇贺古道上空，我们都不禁被群山中这么一幅温馨而幸福的画面所感染了。

当年红七军长长的行军队列，同样也是走在这条路上，他们打着背包、扛着武器，也许还边走边高唱着军歌……

　　他们似乎总在不停地行军，山长水远，浴血千里；他们怀着崇高的理想信念，与腐朽没落的旧势力作战，去奋斗、牺牲，打出一片崭新天地，才换来了今天的和平安宁，国家发展和人民幸福。

　　历经千年风雨的潇贺古道，如今绝大部分路段都成为国道、省道，或县、乡路网的基底，只有沿线那些星星点点分布着的、与古代道路系统有关的历史遗存，才可以为后人勾勒出这条古道的轮廓和走向。

　　而在一些崎岖陡峭且人烟稀少的偏僻路段，由于后来现代公路修建的时候裁弯取直或避开了这些地方，使盘桓在历史和山岭间的古道，得以完整地保留下来。

　　潇贺古道从贺州市开山镇到桂岭镇之间30多公里长的路程，是红七军在广西留下最后足印的地方，这条在峰岭连绵的山地中逶迤延伸的千年峤道，因为当年这支队伍曾转战行军于其上，而成为名副其实的"红色古道"。

　　新中国成立后，开山镇至桂岭镇的现代公路修通，线路选择沿着桂开峡谷底下的桂岭河边修筑，曾经商旅络绎于途的古道完成了其历史使命，渐渐远离人们的生活。于是，遗留在山脊上那长达8公里的古老石板路面，成为潇贺古道保存得最为完好的一段。越斜岭界、登百步梯、翻坪山坳、过七里亭，当年的红色铁流惊醒了这里沉睡的群山，也打破了旧时代天空下麻木的沉寂，红七军坚实的步履踩在古老的石板上，足音已经飘逝了90多年，却为今人留下了一份弥足珍贵的永久精神遗产。

　　红七军1931年走过的潇贺古道，现在成为当地干部群众开展重走红军路、党史学习教育等活动的最佳场所。那8公里长的山

● 一、初心

间石板路，称得上是古道遗迹与红色革命历史的完美结合。

开山镇通往桂岭镇的公路，编号为广西X692县道，在大宁镇赖村接入G323国道。

X692县道在开山镇南和村附近的开宁寺一侧，以公路混凝土桥梁跨越桂岭河，在没有修通现代公路的年代，这处潇贺古道上的"断点"只有一条木桥供行人通过。1931年1月14日那天，200余人的反动民团就埋伏在如今桥头一侧的山坡上，向红七军开枪射击，试图以桂岭河为天然屏障隔阻红七军的去路。红七军先头部队见对方穿着老百姓的衣服，不予还击，并喊话宣传红军政策，要求他们不要开枪，让红七军通过。见喊话无效，红七军的炮兵遂向对岸发射了两发炮弹，民团吓得仓皇逃窜，红七军顺利过河，继续朝桂岭圩进发。

我们在开山镇停留了一天，并以开宁寺为起点，沿着潇贺古道进行徒步，迈开双腿，当了一回进行山地定向越野的"驴友"，这也是我们本次追寻红色足迹之旅中唯一的徒步行程。

在红七军的军史上，桂岭整编会议是一次具有重要历史意义的会议，也是一次决定红七军生死存亡的会议。

今天桂岭镇的闹市区西门街上有一座张公庙，又称"红七军桂岭整编驻地旧址"。红七军14日进抵桂岭当晚，军部在张公庙召开了前委会议——桂岭整编会议。红七军经过2个多月的连续作战、行军，已减员过半，3个团的建制已经严重不健全。会议决定把部队缩编为2个团，力量重新配置，在桂岭进行休整，并做好发动群众的工作。

在桂岭极其宝贵的3天时间，红七军解决了部队最紧迫的粮食和冬衣问题，困难已经克服。经过整编，部队的凝聚力、战斗力得到加强，这对红七军胜利到达江西与中央红军会师起到了重要作用。

"束装整甲楚南过"——那首陈列于湖南江华大圩镇宝镜村的七律诗篇,正是红七军在桂岭整编期间,一位红军女战士写下的。诗作的原件,被桂岭镇金山村的村民保存了整整半个世纪,可惜后来散佚了。

1931年红七军来到桂岭的时候,这里是一个2000余人的小圩市,2022年,已经发展成拥有12万余人的桂粤湘区域性中心城镇及商贸重镇。那天,我们穿街过巷去找张公庙,适逢桂岭镇的圩日,阳光明媚,到处人潮涌动、摩肩接踵,来赶圩的和做买卖的熙来攘往、人声鼎沸,热闹中处处溢满着盎然的生活气息,这是一种兴盛之气。

在参观张公庙的时候,我们看到廊柱上贴着这样一副楹联:瞻古迹忆征程先烈功勋芳史册,看今朝圆国梦中枢策略胜前人。

如果说始建于明代的张公庙,如同一位时间老人,在星移斗转中见证过白云苍狗、人间沧桑,那么在新时代,更是见证着桂岭这座"一脚踏三省"的千年古镇,正焕发出勃勃生机,绽放着新的光彩。

G206国道呈东北—西南走向贯穿江西省瑞金市全境,在瑞金市叶坪镇路段,成为双向6车道的城市主干道,名叫苏维埃大道。

两年前,在苏维埃大道上矗立起了一个巨大的红五星雕塑——胜利之门,光芒四射。

这十多层楼高的红五星雕塑,设计灵感来自中华苏维埃共和国国徽,象征红色政权从这里诞生,寓意中央苏区精神永放光芒,鼓舞人们不忘初心、砥砺前行。

极具视觉冲击力的巨型红五星,横跨宽阔的苏维埃大道,使得 G206 国道瑞金市叶坪段具有了令人难以忘怀的标志性雕塑以及雄伟庄严的仪式感。

位于江西省东南部、毗邻福建省长汀县的瑞金市，是20世纪30年代著名的红色故都、共和国摇篮、中央苏区时期党中央驻地和中华苏维埃共和国临时中央政府诞生地。G206国道上巨型红五星雕塑的一侧是中央苏区故地的核心区域，距城区5公里，如今被称为叶坪革命旧址群，这里分布着第一次全国苏维埃代表大会会址、中国共产党苏维埃区域中央局旧址、红军烈士纪念塔、红军烈士纪念亭、红军检阅台、中央邮政局旧址、全总苏区执行局旧址、中华苏维埃共和国国家银行旧址等众多全国重点文物保护单位。

前文提到的那面为表彰红七军的功绩而颁发的锦旗，是我们这趟从南宁出发的追寻之旅所一直希望能亲眼见到的。

当我们走入中华苏维埃共和国临时中央政府旧址，进门的第一眼就可看到那面绣着"转战千里"四个金色大字的鲜红旗帜。我们这次行程一路上所看到和所感悟到的，都紧贴着红七军的千里行军线路和铁血军史，所以当近距离见到这面"转战千里"锦旗，我们一方面内心十分激动，另一方面也意识到我们此次追寻红七军征程之旅已接近尾声。

中华苏维埃共和国临时中央政府旧址又名谢氏宗祠，这座明代宗祠砖木结构建筑内的陈设，复原了当年中华苏维埃第一次全国代表大会（简称"一苏大"）召开时的样貌，历史的厚重感扑面而来。

党的八七会议后，工农运动风起云涌。1929年1月，毛泽东、朱德、陈毅率红四军主力离开井冈山，向赣南闽西进军，开创了工农武装割据新局面。1931年9月28日，毛泽东、朱德等红一方面军总部领导人抵达瑞金县城东北的叶坪村宿营后，苏区中央局和红一方面军总部改变原定移师长汀的计划，选择瑞金叶坪村作为召开"一苏大"的地点，并将中华苏维埃共和国首都确定在瑞金。

1931年11月7日，就在俄国十月革命14周年纪念日的同一天，中华苏维埃第一次全国代表大会召开，成立了中华苏维埃共和国临时中央政府，毛泽东当选为临时中央政府主席。大会还选举产生了63位临时中央政府执行委员，其中有来自红七军的杰出代表张云逸和韦拔群（均因故缺席会议）。

那天，我们来到这个古樟掩映的革命圣地，清风阵阵，可以听到树叶的沙沙声。叶坪的游人很多，不少是以团队的形式到此来开展主题学习活动的。在中华苏维埃共和国临时中央政府旧址前，人们纷纷照相留影，然后跟着讲解员走进旧址建筑内进行参观。

在"一苏大"会场内的四周，悬挂着数面由临时中央政府根据每支红军的特点所颁授的旗帜，分别是：红一军"奋勇决胜"、红二军"勇敢作战"、红三军"牺牲决战"、红四军"英勇冲锋"、红六军"奋勇杀敌"、红七军"转战千里"、红十军"艰苦奋斗"、红十六军"坚强苦战"、红三军团"坚决奋斗"。

在对各支红军的革命精神和卓著功绩的褒奖以及表彰用词中，只有红七军的"转战千里"四个字，才突显出长途跋涉、艰苦转战的特点。

"为什么战旗美如画？英雄的鲜血染红了它。"

从红七军走出来的共和国将军莫文骅，在他的自述中这样写道：

"那时部队流行一句话叫'革命成功'，大家都清楚它的含义，不是享福，而是牺牲。每当一个同志牺牲了，大家就说：他革命成功了。"

"梅花血战"，是红七军即将到达湘赣苏区前最惨烈的一场恶战。

如果说悲壮的风雪江华路，是缺衣少食的红七军在前有堵截、后有追兵的状况下所面临的最艰难时刻，那么，到了粤北山区的梅花镇与数倍于己的湘粤国民党军激战的时候，可以说是红七军这支队伍已经拼尽了最后的气力。

今天的梅花镇是广东省韶关市乐昌市的下辖镇，G240国道和国家南北交通大动脉——京港澳高速公路从镇子边上穿过，交通条件优越。古时从岭南北上中原、去往长安的驿路西京古道，亦取道此处。

在梅花镇的闹市区，建有一个红七军革命烈士纪念园，这是全国唯一一个以红七军命名的烈士陵园。纪念园的山冈矗立着一座纪念碑，纪念的就是90多年前在梅花战斗中牺牲的红七军将士。

站在这个山冈上，可以俯瞰群山环抱下的梅花镇。

当年红七军布下的战阵就是围绕着如今的G240国道这一线展开，指挥部就设在道路东侧1公里外山坳下的土地庙里。

土地庙前是一片开阔地，有良好的视野。附近有个莲花潭，潭水清澈，长年不干涸，当地人也把这个土地庙叫作莲花庙。如今这座莲花庙又被称为红七军指挥部旧址，属文物保护单位。

1931年2月3日午时，从莲花庙往西望过去，应该能看到不远处的几个山头阵地上硝烟弥漫，枪声一阵急过一阵，不时还伴有爆炸发出的巨响。

当时红七军据侦察得到的情报是，有粤军的1个团从连县的星子镇方向衔尾追来，于是决定利用这里的有利地形伏击敌人。战斗打响后，才发现情报有误，敌军不是1个团而是4个团。

红七军在打退了敌人的7次进攻后，敌人还是源源不断地涌上来。战斗还在进行当中，在阵地北边又出现从湖南经坪石镇压上来的大批湘军。梅花居于湘粤交界的南北交通要道上，国民党为了保护战略要地，用汽车紧急调运大量兵力"围剿"红七军。

事实上，当红七军已经转战至粤北，距离湘赣革命根据地越来越近的时候，敌人的围堵也会越来越疯狂。

此时已经是腹背受敌的红七军，以3000多名作战人员，面对近万名敌军的进攻，形势急转直下。

经过5个多小时的残酷拼杀，夜幕降临，红七军在重创敌军3个团、歼敌1000多人的情况下，撤出战斗。

2月初的粤北山区，寒风刺骨，残雪还没消融，红七军将士们殷红的血，泼洒在白雪之上，宛若梅花遍地。

这场恶战，红七军伤亡700余人，干部损失过半。红七军前委委员、红七军第一纵队司令、二十师师长李谦被子弹打穿腹部，肠子流了出来，但他把肠子塞回腹内，仍顽强地坚持指挥战斗，最后长眠在粤北大地上。年仅23岁的师长李谦，是红七军牺牲者中的最高将领。

梅花镇一战之惨烈悲壮，对红七军指战员来说刻骨铭心，无法忘怀。它不仅是红七军在粤北的一次重要胜利，更是其军事史上的一个重要里程碑。

从瑞金出发，我们驾车行驶在G323国道上。

G323国道，原称"瑞临线"，起点为江西省瑞金市，终点为

一、初心

云南省临沧市，据最新的规划，终点已延伸至临沧市耿马傣族佤族自治县孟定镇清水河（口岸）。

"红军长征第一路"，是 G323 国道最响亮的称呼。当年 G323 国道起点设在江西瑞金，就是为了纪念中央红军长征这一重大历史事件。

自从我们此次踏上追寻红七军北上江西、会师中央红军的致敬之旅，来到井冈山，再去往瑞金，转眼间就到了要回程的时刻。

我们从瑞金市区 G323 国道零公里处驱车西行 80 公里，到达于都县贡江镇。

于都，是中央红军二万五千里长征的集结出发地，也是赣南第一块红色根据地、第一个红色政权诞生地。

1931 年 7 月下旬，红七军渡过赣江，胜利到达中央革命根据地于都，与中央红军会师。3 年多后的 1934 年 10 月，红七军作为中央红军的组成部分，又在于都完成集结，开始了一场新的更为无与伦比、更加曲折艰险的伟大远征。

可以说，于都既是红七军的会师之地，更是再出发之地。

从 G323 国道向北拐上横跨贡江的于都长征大桥，在贡江北岸往东驶入渡江大道，不久便来到中央红军长征出发纪念碑。纪念碑下的江岸边就是于都县城东门渡口，这里也被称为"长征第一渡"。

我们站在渡口边望着贡水西去，想象着当年大军浩浩荡荡踏上浮桥的情景，人喧马嘶，征尘飞扬。而此刻的贡水两岸却是那样的安宁祥和、绿树葱郁、高楼林立，对岸是刚刚我们走 G323 国道所经过的地方，那里应该是新开发区，崭新的路网四通八达，各种基础设施建设正如火如荼，闪耀着银白色金属光泽的于都体育中心建筑群，设计精巧、造型新颖，成为新区最引人注目的视觉焦点。

就在我们所驻足的这片滨江区域，属中央红军长征出发地纪念园，来此参观、休憩的游客和市民，三三两两地从我们身边走过，操着各地的方言，他们中有的是亲朋好友一同出游，有的是携妻带子享受天伦之乐。到此来开展团建、进行红色革命传统教育活动的队伍也不少，人们走进中央红军长征出发纪念馆参观学习，来到中央红军长征出发纪念碑下瞻仰、宣誓，并从中了解到，长征是中国工农红军走向一个崭新的中国的启程。

在长征渡口边，回想近一个月来从广西到江西的这段踏寻旅程，有一个问题几乎一直伴随着我们：

红七军千里转战，有多少战士血染沙场，有多少英雄青山埋骨，一次次陷入绝境，又一次次绝地突围。漫漫征程，饥寒交迫，孤军奋战，也许连他们的敌人都没有想到，这样一支几乎要被打散的部队，居然始终没有垮掉。究竟是什么给了这些精疲力竭、人困马乏的红军将士以如此强大的力量呢？

我们这一路走来，此时站在于都城下的中央红军长征出发地，答案越来越清晰了——红军战士有坚定的信念和不屈的精神，有铁的意志和铁的纪律，最重要的是，有中国共产党的领导。只要有党的坚强领导，就一定能在千难万险中闯出一条路来，不断从胜利走向胜利。

当年红七军北上出征时，韦拔群曾寄语广西子弟兵："现在你们是胜利地离开家乡，将来你们就会胜利地返回家乡！"

红七军主力北上，留韦拔群率少数部队在广西进行游击战。两年后，人民敬爱的拔哥壮烈牺牲。

1949年12月11日，人民解放军挥师南下，将红旗插上镇南关（今友谊关），标志着广西全境解放。

一、初心

1978年起,广西将12月11日(百色起义纪念日)定为自治区成立纪念日。

如果从百色起义爆发的时间算起,到广西全境解放,刚好过去20年。

20年一个"轮回",历史惊人地巧合!

20年,历史印证初心。

我自从结束靖西古文村采访后,一直关注着脱贫攻坚,关注着那里的帮扶干部和乡亲们。

令人振奋的消息一个个传来:

2019年,靖西市农村居民人均可支配收入11347元,同比增长10.5%,增幅高于全区平均水平0.5个百分点,比2015年增加5420元。

这一年,全区大石山区产业扶贫、全区边贸扶贫、全区住房安全保障战役、全区粤桂扶贫协作、两省区粤桂扶贫协作等多个省级现场推进会先后在靖西召开。

2020年5月,靖西市顺利通过国家第三方评估考核,经自治区人民政府批准,彻底摘掉国定贫困县帽子。

2020年11月20日,广西壮族自治区人民政府批准融水、三江、那坡、乐业、隆林、罗城、都安、大化等最后8个贫困县(自治县)退出贫困县序列。至此,广西现行标准下634万建档立卡贫困人口全部脱贫、5379个贫困村全部出列、54个贫困县全部摘帽,脱贫攻坚取得决定性成就。

精心组织,精准施策,尽锐出战。

作为革命老区,百色的发展史就是一部脱贫史。

自1985年起,百色就开始了有计划、有组织的扶贫攻坚。八七扶贫攻坚时期开展了"十大基础设施建设大会战",2000年后,按照国家农村扶贫开发纲要又组织实施了两轮扶贫开发,取得阶段性成效。

"决不能让一个苏区老区掉队。"

革命老区,在我们党的历史和国家的历史上,有着光辉的一页。老区的人民,为了革命和新中国的成立不惜流血牺牲,为中国革命胜利作出了重要贡献。可以说,革命老区是新民主革命的基石,是建立新国家的基石,党和人民永远不会忘记。

党的十八大以来,精准扶贫、精准脱贫工作全面铺开,百色自2015年底派出1800多个工作队、1.3万余名普访队员深入到各乡镇村屯,全面精准识别贫困户,并涌现出"全国脱贫攻坚楷模"黄文秀等一大批先进个人和集体。

在百色这片英雄的土地上,12个县(市、区)、899个贫困村、102.44万贫困人口,已经历史性地解决了绝对贫困问题。

当年红七军战斗过的红色江山,风景壮美,万象更新。

二、雄关漫道

行经国道：

G108

G208

G357

G322

G336

你看那大旗，飘扬多威风

●我刚刚驾车疾驰而过的X043县道，就是当年那场名扬天下的平型关大捷战场的一部分，而主战场则在乔沟一线。

●在日军疯狂进攻和民族危亡之际，这支从湘赣根据地出发、刚刚完成二万五千里长征不久的队伍，毅然披坚执锐，北上迎敌。

●八路军在80多年前，夜袭日军机场，让今天的雁门重镇阳明堡，有着很高的知名度。

机场夜袭，八路军这一干净利落的破袭战，创造了战争史上步兵摧毁敌空军力量的经典战例。

●在这首歌的诞生地，建有一个纪念馆，这个纪念馆就在G108国道沿线。

一驶进村口，就看见那面树立在千仞崖壁前的巨幅中国共产党党旗，雄浑坚毅的山石，与猎猎的鲜红旗帜，浑然一体。

2021年7月1日，是中国共产党建党百年的纪念日。

这一天清晨，我们从文市镇出发，驾车走G357国道来到永安关，在这个具有特殊意义的日子，我们特地以登上古关之顶迎接东方日出这样的方式来开启。

这段国道的路况出奇的好，新铺设的沥青路面乌黑平整，在天光的映照下发出幽光，路面上黄、白两色的标线，随着公路毫不懈怠地默默向前延伸。

桂林市灌阳县文市镇向东行车约15公里，即可到达永安关，这是广西、湖南交界之地。在湘桂界山都庞岭北缘的一个坳口，G357国道和G76厦蓉高速公路联袂在此奋力破关而出。

作为湘桂边历史上的重要关隘，永安关与全州县清水关、灌阳高木关及雷口关并列为桂东北湘桂边界的四大名关。

永安关名称的来历与岳飞有关。宋高宗绍兴元年（1131年），湘桂时值多事之秋，边地不靖，岳飞先自广西全州攻入灌阳，再经过此处进入湖南道县平定叛乱后，在这一带广设关垒兵营，于是便有了这个被寄望湘桂边境永远安宁的"永安关"。

永安关是一道红色的关隘。

1931年至1934年，红军曾三过永安关：1931年1月，红七军北上中央苏区时从这里东出广西，进入湖南道县；1934年9月，红六军团西征时前锋部队在此对永安关下的蒋家岭守敌发起攻击；1934年11月25日，红一军团前锋最先从湖南道县通过永安关西进广西，拉开了中央主力红军大举进入广西的序幕。

2021年6月以来，我在中央红军长征当年在广西的线路（东起灌阳县文市镇永安关，西至龙胜各族自治县平等镇龙坪村）沿途进行采访，为来年计划中的"重走长征路"的行程提前做准备。我邀请在前面提到的朋友陈晓斌先生同行，他说自己也早有以重温长征历史为线索的旅行想法，想去亲眼看看长征沿途的新变化，亲身体验、感受红军长征的艰辛与豪迈，所以当我跟他讲了我的计划，才知道我们俩对此的不谋而合。

陈晓斌的父亲1959年参军入伍，所在部队是四十三军一二八师。在解放战争中，四十三军是四野的五大主力军之一，从东北的白山黑水，一直打到椰风海岸的海南岛，是作战跨度最长的一支部队。该军一二七师更是大名鼎鼎的"铁军师"，其前身最早来源于北伐时期的"叶挺独立团",该部参加过八一南昌起义和湘南暴动,朱毛会师上了井冈山,被编入中国工农红军第四军二十八团,后又编为红四军第一纵队、红一军团第四军、红一方面军红一军团第二师,是长征路上的开路先锋。

"在我父亲的一生中,参加革命工作36年直到退休,其中有19年在部队,对军旅生涯有着很深的感情。"陈晓斌说,"转业后,每逢八一建军节,或者是与战友联系过后,甚至是看到电视上正在报道与解放军有关的新闻的时候,总会勾起他在部队时的那些回忆,然后他就跟孩子们讲。那是一种无法抹去的军人印迹和军旅情怀。"

已有20多年党龄的陈兄,在他身上的确可以看到父亲对他的影响,那是一种家风的传承。他是个非常自律的人,集体观念很强,平常热心公益,人缘好,周围的人都对他十分信任。

在永安关上,那天我和陈兄尝试着寻觅当年中央红军在此穿行而过的古道,并且往湖南方向徒步。

古道原址的主体,应当大致上与今天的国道及高速公路相重叠。在山腰处,仍留存有永安关石刻,一条荒芜的小径在石碑旁隐现。古碑与古道,在数百年的时空中彼此守望,也一直在注视着从永安关上经过的云谲波诡和历史足迹。

我们沿着石碑下的这条小径走。山间小径时断时续,两旁茅草茂盛苗壮,长得比人还高,各种杂木荆棘不时横斜伸出,遮挡去路。费了好大一番周折,我们终于来到一个视野开阔的岭顶高处,这里松涛阵阵,可以望见山下村舍的白墙,如茵的稻田,以及云雾蒸腾的远山。

87年前,湘江战役三大阻击战中的首战——新圩阻击战,就在这附近打响。

核心阵地排埠江、枫树脚、杨柳井一线，即今天G357国道与G241国道（原S201省道）并线路段，距永安关直线距离不过20公里。

红军长征总指挥部设在永安关东侧的豪福村，朱德总司令在这个小村子里向红军各军团发布了抢渡湘江的命令。

湘江战役，是中国革命史上事关中央红军生死存亡的关键一战。

永安关的这条古道，成为红军的安全通道，拱卫着军委纵队等数万人马直达湘江岸边。

想当年，不远处炮声隆隆，枪声急促。

群山夹峙中，朔风古道，大军长长的队伍，夜以继日地向西开进。

中央红军过广西，历时19天，行程296公里，途经今灌阳、全州、兴安、资源、龙胜5县，突破敌人第四道封锁线，翻越了长征以来的第一座高山——老山界。

史学界认为，"中央红军长征在广西的19天，是挽救红军命运的重要的19天，是扭转中国命运的重要的19天"。

因为这19天，是酝酿遵义会议不可缺少的历程，为中国共产党历史上发生的第一次伟大转折提供了重要契机。

永安关下的山脚处，一个红色驿站刚刚竣工。

这是长征国家文化公园广西段项目的一部分。该项目主要围绕红军长征进入广西、三大阻击战、抢渡湘江、绝命后卫师、翻越老山界、践行党的民族政策等重大历史事件，以红军长征过广西行进的古道和遗存文物之间的公路连接线等为依托构建廊道，是红军长征过广西的全景展示。

根据规划，长征国家文化公园广西段将建设5个重点项目、

21个一般项目和36个其他项目。5个重点项目为：长征国家文化公园广西段红军长征文化遗产廊道、兴安县湘江战役中央纵队界首渡江遗址公园、全州县红军长征突破湘江渡口遗址群集中展示带、灌阳县湘江战役红三十四师（绝命后卫师）遗址公园、龙胜各族自治县红军践行党的民族政策研学基地。

红军长征文化遗产廊道及湘江战役中央纵队界首渡江遗址公园项目工程是2021年2月启动的，当年7月，红军长征文化遗产廊道已完成全州、兴安、灌阳段红色驿站、红军步道、文物修复、文化标识等总计24个节点项目，涉及里程约193公里；湘江战役中央纵队界首渡江遗址公园项目完成了文物监测中心、渡江浮桥、红军街、生态停车场、红军渡江雕塑群、公园标识等11个单体子项目。

中央红军长征过广西的87年后，长征精神正以红色文化建设的方式在延续。

为了理想信念，为了心中的那团火焰，去披荆斩棘，勇往直前，是人类永恒的主题，也是最崇高的精神境界。

长征精神与红色记忆，永远不会遗忘。

说起来，我长距离且行程密集的自驾之旅始于2015年。

这一年的9月3日，北京天安门广场上举行了规模盛大的阅兵式，以纪念中国人民抗日战争暨世界反法西斯战争胜利70周年。

受阅部队军容严整、意气风发，地面装备方队铁流滚滚，气势如虹。

那是中国首次在国庆节以外的日子举行大阅兵，也是作为世界反法西斯战争重要战胜国的中国首次举办如此规模的胜利日盛典。

纪念，是为了牢记历史，传承精神。

从2015年的初春开始，为创作抗战题材的作品，我穿梭在华中、华东和华北的道路上与阡陌间，寻访抗战故地和历史现场。

由于没有太长的完整时间可以支配，我的"见缝插针"式的出发采访，渐渐延宕成了跨年度的"专题自驾行"。后来想想，多走些地方总是有好处的，沿着公路这条长长的轴线，以当代的视野去探寻不同时空维度下的历史事件发生地，也许远比写作本身更具有价值。

深秋时节，我从G336国道山西省大同市灵丘段，拐上了X043县道，前往平型关大捷战场遗址。

在山谷间蜿蜒的X043县道，下穿20世纪60年代初建成的京原铁路线，路幅虽不宽，但四周景色却异常优美，道路两旁的绿化树高大茂密，不远处的山脚下秋林如霞，行驶其间就像穿行于画廊般的甬道上。

平型关，位于山西省忻州市繁峙县东北的群山之中，邻接灵丘县，其关口是这两县的分界线。

自古有"表里山河"之称的山西，地理位置险要，这个华夏文明的核心发祥地，也一直是兵家必争之地。

平型关所处的晋北大地，几千年来不知经历了多少征战，多少厮杀，哪怕是几度桑田，几度牧场，而捍卫山西，屏藩京师，无一不是古时候中原王朝坚定的战略意志。于是，从战国到明清时期，历代王朝在山西共修筑了3500多公里的长城，如今尚有遗迹可辨的仍达1000多公里，使得山西成为我国长城分布最多的地区之一。

平型关属于内长城的一处关隘，北有恒山如屏高峙，南有五台山巍巍矗立，海拔都在1500米以上。这两山之间仅有一条不甚宽的地堑式低地，平型关所在的平型岭是这条带状低地中隆起的部分，战国时的赵国就于此修筑了关岭长城。

二、雄关漫道

由于恒山和五台山都是断块山，十分陡峻，成了晋北巨大交通障壁，因此这条带状低地便成为河北平原北部与山西相通的最便捷孔道。一条东西向的古道穿平型关城而过，东连北京西面的紫荆关，西接雁门关，彼此相连，结成一条严固的防线，可谓"胸怀晋冀要塞，臂连天下雄关"。

1937年9月25日那场名扬天下的大捷，就发生在平型关外5公里处的兴庄—老爷庙梁—小寨至蔡家峪、东河南村约10公里长的山沟峡谷里。

我刚刚驾车疾驰而过的X043县道，就是当年那场名扬天下的平型关大捷战场的一部分，而主战场则在乔沟一线。

乔沟，这段长约5公里，沟深二三十米的峡谷，因其西侧有座石头砌成的小桥，当地人原将此沟称作桥沟。后来，老百姓为了省事，将"桥"字的"木"字旁去掉，索性就以"乔沟"替代。

在那场与日本侵略者首次交手的战斗打响前夜，天降暴雨，山沟里洪水奔突，八路军一一五师的六八五团、六八六团、六八七团抵达设伏阵地，这些身着草鞋单衣的战士趴在乔沟东侧坡上的庄稼地里，在关外的秋寒中忍着饥冷，等待着天明以及战机的出现。

25日拂晓，日军第五师团第二十一旅团后续部队乘汽车100余辆，附辎重大车200余辆，延绵10余里，由东向西缓慢地进入乔沟峡谷公路。7时许，日军全部进入八路军一一五师预伏阵地，指挥员立即命令全线开火，步枪、机枪、手榴弹、迫击炮的火力霎时倾泻而下。

爆豆般的枪声和爆炸声，在黄褐色的沟谷中回响，传向寂静的天空。

毫无戒备的敌人顿时人仰车翻，一片混乱。八路军一一五师随即战术展开：一部歼敌先头，阻其沿公路南窜；一部封堵日军后卫部队，断其退路；一部冲过公路迅速抢占老爷庙及其以北高地；一部阻击先期占领东跑池的日军回援；一部阻断日军第五师团派出的增援部队。

这支日军虽然是辎重部队，但同样训练有素，作为陆军后方支援兵种，战时协助步兵作战，其各级军官是从步兵、骑兵、炮兵、宪兵等兵种中抽调，自身作战和指挥能力很强，在武器配备方面，更是占有绝对优势。

经过最初慌乱，日军很快清醒过来，在2名中佐的指挥下，利用车辆、沟坎作掩护进行抵抗，企图从乔沟峡谷公路北侧的缓坡向外突围，并抢占了老爷庙梁高地。

一一五师六八六团与日军反复争夺老爷庙梁高地的战斗，在乔沟伏击战中最惨烈。

占据了制高点的日军，从老爷庙梁高地居高临下向冲到乔沟峡谷公路上的九连战士进行猛烈射击，致使八路军冲锋受阻。

六八六团团长李天佑（红七军时期的军部直属队特务连连长）命令三营冲下公路，不惜代价攻占老爷庙梁高地，二营随后跟进。三营十连以火力压制日军的同时，十一连冲下去支援九连。在十连的火力支援下，九连和十一连终于突入敌阵，将陷入混乱的日军分割包围，并与之绞杀在一起。

八路军战士子弹匮乏，有一个战斗习惯就是打3枪就冲锋。

与日军短兵相接后，有刺刀的拼刺刀，没刺刀的用砍刀，有的战士连砍刀都没有，就徒手和敌人厮拼扭打……由于双方兵力交织在一起，致使前来支援的6架敌机既无法低空扫射，也无从投掷炸弹。

八路军战史后来这样记载：

我三营指战员前仆后继，浴血奋战，全营连排干部大部分牺牲，原有140余人的九连仅剩10余人。副团长杨勇和三营长身负重伤，仍在指挥战斗……

一番殊死搏杀过后，六八六团占领了老爷庙梁高地，旋即处于极有利的战斗态势。

日军于是开始疯狂反扑，成群成队往老爷庙梁高地上爬，被六八六团打下去后，又调集更多的兵力拼命地往上攻击。

在伏击战打响后，除六八六团占据一定的地理优势外，六八五团和六八七团的战斗都是在公路沟谷间展开的。六八五团担任堵截敌先头部队的任务，就是"拦头、断尾、斩腰"战术中的"拦头"，如果顶不住日军先头部队的冲击，那么整个平型关伏击战的作战计划就会被打乱。

战斗进入白热化阶段，二营和三营的阵地上也展开白刃战。

二营五连的战场是整个六八五团的核心战场，面对的敌人最多，战斗打得最激烈。

当时，日军前锋部队的车队一过关沟路口，就被五连雨点般掷来的手榴弹炸得碎片横飞，一时间火光四起、硝烟弥漫，20多辆汽车当即被炸毁，紧接着五连的步枪、机枪一齐射击，敌人死的死、伤的伤，其余日军跳下车来在一名尉官指挥下进行还击。

二营五连吹响军号，发起冲锋。有"猛子"之称的连长曾贤生率20名大刀队员率先冲入敌阵，在砍倒十几个敌人后，力竭被鬼子刺倒，见鬼子们围了上来，他毅然拉响身上仅剩的一颗手榴弹，与敌同归于尽。指导员杨俊生身上多处负伤，仍浴血指挥部队。排长牺牲了，班长顶替，班长牺牲了，战士接上指挥。

直到战斗结束，五连包括炊事员在内只剩下30余人。

六八五团打退了敌人，并与在战场东侧的六八七团一起将敌人合围压缩，在老爷庙梁高地上顶住日军进攻的六八六团，看到六八七团攻了过来，敌人阵脚已乱，立刻发起最后的反击。

战斗持续到15时，枪声和喊杀声渐稀。

困兽犹斗的敌第五师团二十一旅团的这支部队，终遭歼灭性打击。

八路军一一五师参战的将士们当时也许不会想到，平型关前这惊天动地的一仗，打出了八路军出师华北抗日前线的第一次大捷，也是影响最为深远的一次战役。

将士们靠着勇猛顽强、视死如归的精神，敢打必胜，弥补了武器装备上的差距。平型关大捷不仅取得了歼敌1000余人、击毁汽车100余辆，并缴获一大批辎重和装备的重大战果，更重要的是，打破了所谓"皇军不可战胜"的神话，使长驱直入的日本侵略军遭到了全面侵华以来的第一次沉重打击。

共产党的军队在华北主动寻歼敌人，大获全胜，极大地振奋了民心、鼓舞了士气，增强了全国军民坚持抗战的信心和决心，令人在抗日战争的艰难岁月里，看到了中华民族的希望所在。

1937年，黑云压境。

华北危殆，中国危殆。

七七卢沟桥事变爆发后，7月29日，北平沦陷；30日，天津失守；整个华北陷入全面危机。8月13日，日军开始进攻上海，淞沪会战打响。为速战速决，日军先后投入30万兵力，动用300多架飞机、几十艘军舰，企图通过占领中心城市来迫使中国在3个月之内投降。

全国人民多么希望能看到有一支自己的队伍，能痛击侵略者，抚慰这个民族失血过多的伤口。

二、雄关漫道

全国动刀兵
一齐来出征
你看那大旗
飘扬多威风
这彪人马哪里来
西北陕甘宁

军民要齐心
救国打先锋
这一个主张
全国都响应
今番渡得黄河来
誓死杀敌人

杀退鬼子兵
一齐下关东
城头上站着
两位大将军
威风凛凛是那个
朱德毛泽东

能将带精兵
威武世无伦
百姓们欢呼
我们八路军
百战百胜天下知

杀敌胆气宏

　　……

　　长城下，黄河边，八路军的战歌嘹亮，如出征战鼓。

　　在日军疯狂进攻和民族危亡之际，这支从湘赣根据地出发、刚刚完成二万五千里长征不久的队伍，毅然披坚执锐，北上迎敌。

　　"中华民族正在经历着巨大的考验！我们共产党人，应该担当起，也一定能够担当起这救国救民的重任！"

　　——这是平型关伏击战打响前，八路军一一五师在全师连以上干部动员会上发出誓言，这誓言背后，是甘洒热血与不畏牺牲。

　　正因为他们将救国救民的重任担当起来，才能够在与侵略者拼命的时候，变得无所畏惧。

　　位于灵丘县城东南的平型关烈士陵园，主墓区的24座墓丘安放着平型关伏击战牺牲的八路军一一五师264位烈士的遗骨。这些大都在南方加入红军队伍的年轻人，行军万里，边打边走，在晋北寒冷的山岭上战死的时候，大都是17—26岁，而至今留下名字的，只有123人。

　　英烈古关血溅处，凛然正气慑敌魂。

　　今天，登上长长的台阶，从矗立在乔沟一侧的平型关大捷纪念馆前眺望，苍茫云霭间层峦叠嶂，沟岭重重，老爷庙梁和昔日浴血的沙场隐约可辨，据说在视线良好的时候，可看到远方的古长城平型关口。

　　纪念馆背后的一个山头上，当时八路军一一五师的师指挥所就设在那里，距战场不到5公里。这个不留退路的前线指挥所，显示了八路军这一仗的破釜沉舟和必胜的信心。

　　当年从乔沟的悬崖峭壁间穿过的旧公路，如今已废弃不用。

二、雄关漫道

远道而来的游客，若是徒步沿两道旧车辙走进去，会发现这条已杂木丛生的荒沟，仍处处残留着旧战场的肃杀氛围——"一夫当关，万夫莫开"的险峻地形，天然是伏击战优选的战场。

这段已永久成为战争遗址的旧公路，最早是塞北通往平型关及太原的一条古道，1936年夏，山西当局修建蔚代公路——从河北蔚县至山西代县可通行汽车的道路，公路选址就是在这条古道的基础上进行拓宽改造的。

道路沿线的老百姓是这条公路建设的主要劳动力，他们顶风冒雪，起早贪黑，用简陋的工具进行施工，1937年秋，蔚代公路建成通车。

尽管算是现代意义上的公路，但蔚代公路仍是沙土路面，乔沟路段的狭窄处只能容一辆汽车通行。

乔沟峡谷公路——这处军事意义上的绝地，最终成为骄横侵略军的葬身之地。

X043县道从乔沟边上掠过。

道路两边已渐枯黄的草丛中，点缀着一簇簇的花丛。我停下车来看，这些不知名的花卉叶子鲜绿鲜绿的，一朵朵小花顽强地盛开出自己的色彩，在原野默默绽放。

过了冉庄，X043县道就一直向着正南方延伸，在西槽沟村接入G108国道。

G108国道在地图上又称"京昆线"，经过北京、河北、山西、陕西、四川和云南6省市，全程3356公里，大体呈东北—西南走向。

在忻州市境内，G108国道在五台山与恒山山脉之间的谷地穿行，与滹沱河、京原铁路如影随形，并一直向南部的忻定盆地延伸。

我打开地图，G108国道附近的抗战故地很多，在忻州市域就有"夜袭阳明堡机场""雁门关伏击战"以及"南茹八路军总部旧址"等遗迹。

大同市境内的"平型关大捷"遗址，也是离G108国道不远。

在2015年纪念中国人民抗日战争暨世界反法西斯战争胜利70周年阅兵式上，高擎战旗通过天安门接受检阅的"平型关大战突击连"英雄集体方队，前身就是八路军一一五师六八五团二营五连。

被高高擎起通过天安门的，还有夜袭阳明堡"战斗模范连"和"雁门关伏击战英雄连"的旗帜。

这次大阅兵，共有10个徒步方队以英模部队的名称命名展现在世人面前，这些英模部队方队的前身，代表了中国共产党在抗日战争中领导的人民军队，是各个战场上抗击日本侵略的优秀代表。

一条G108国道，就串联起这些永载史册的抗战标志性事件，以及那并不遥远的战火硝烟。

雁门关，自代县县城北去约20公里，就可见到这座历史最为悠久、战争最为频繁、知名度最高、影响力最广的关隘要塞。

东临隆岭，西靠隆山，两山对峙，其状如门——这里是大雁南下北归的必经之地，故称"雁门"。

长城万里，分布着9座关隘要塞。所谓"天下九塞"，以雁门关为首，雁门关也因此被冠以"中华第一关"之誉。

"一座雁门关，半部华夏史。"

早在3000多年前的西周时期，周文王之子、周武王之弟姬幸就长期戍守雁门关；战国时期赵国名将李牧，更是常年征战在雁门关一带；秦始皇统一六国后，派遣大将蒙恬率兵30万，从雁门关出塞北，收复了河套地区，把匈奴赶到阴山以北，并且修筑了万里长城；汉代名将李广、卫青、霍去病等多次出雁门关北伐匈奴，打得匈奴远逃漠北，不敢南窥汉境；唐代名将郭子仪出雁门关平定了安史之乱，薛仁贵则长期镇守雁门关，防御突厥南犯；北宋年间，雁门关成为宋辽两国的边界线，忠勇善战的杨家将长期镇守雁门关，与辽军在雁门关一线进行过旷日持久的拉锯战，留下许多可歌可泣的英雄故事。

抗战烽烟起，雁门关下再燃战火。

1937年9月底，日本关东军察哈尔兵团突破内长城防线，直接威胁雁门关、平型关之侧。八路军一二〇师三五八旅七一六团挺进雁门关，遂行破袭大同经代县、忻口到太原的公路，切断敌后方补给线的任务。

10月18日上午9时许，满载着兵员、弹药的日军车队进入七一六团伏击地域——雁门关南山脚下的黑石头沟。

七一六团抓住时机，发起攻击。

八路军的平射炮和迫击炮首先开火。随着冲锋号响起，七一六团特务连作为主攻连率先向敌人发起冲锋。连长李子贵身先士卒第一个跃出阵地，率领连队如猛虎一般扑下山去，其他几个连也相继发起冲击。战斗中，李子贵壮烈牺牲。

20日夜，七一八团一部袭取雁门关，另一部破坏了广武至太和岭间的公路及桥梁。21日晨，七一六团再次设伏于黑石头沟一带，日军200余辆汽车分别从南北相向而来。当先头车辆驶入伏击区时，七一六团居高临下进行攻击。日军在8架飞机支援下进行反扑，经过激战，日军以3倍于我方的伤亡败退。

七一六团特务连在战斗中，以"敢打头阵，敢于拼搏，敢于胜利"的精神，英勇作战，被授予"雁门关伏击战英雄连"荣誉称号。

G108国道和G208国道交汇处，就是代县阳明堡镇。

历史上，阳明堡就是雁门关军事防御体系的一个重要组成部分。

山西的国道上重卡很多，不时有长长的车队，隆隆呼啸而过，大地颤动……这个能源大省以自身的天然禀赋和经济活力，为共和国提供着源源不竭的发展动力。

八路军在80多年前，夜袭日军机场，让今天的雁门重镇阳明堡，有着很高的知名度。

阳明堡机场遗址就在G108国道边上。

在一家竖着"晋K补胎"招牌的汽车修理点对面，很容易看到那条通往机场遗址的小路，因为路旁有一幅展现八路军在机场与日军拼杀的大型喷绘作品，上面写着"'夜袭阳明堡机场'遗址"这几个大字。

这分明是一条让人走进旧战场的"历史小径"……

被载入战史的那天深夜，一支八路军的部队在当地老乡的引导下，从东南面顺着漆黑的山谷，前出苏龙口，北涉滹沱河，进入到飞机场外围。

战士们一律轻装，棉衣、背包都放下了，刺刀、铁铲、手榴弹，凡是容易发出响声的装备，也都绑得紧紧的。

一切都按计划进行，战士们悄无声息地翻越铁丝网，冲进飞机场内。

机场的探照灯像往常一样四处照射，小鬼子看到"如神兵天降"的中国军人，顿时呆住了。下一刻，震耳的爆炸声和冲天的火光，将让这次夜袭永远留在了抗战记忆中。

二、雄关漫道

今天从机场遗址连接G108国道的小路，是阳明堡镇小茹解村的村道。

开车进去，首先映入眼帘的是一大片种满玉米的开阔地。时值收获季节，老乡们在开着收割机采收玉米，采收下来的玉米棒正一车一车地往国道上运。

只有来到了这里，才会瞬间明白当年的机场为什么会在此选址：

阳明堡机场遗址介于G108国道边的小茹解村和小寨村之间，交通运输便利，土地平展，从边缘流过的滹沱河也便于取水。除了远处分布着一些低山外，净空条件良好。更重要的是，这里离忻州市的北门户——忻口山之断缺处，直线距离约40公里，日军轰炸机可以快速飞抵战场。

1937年9月底，日军第五师团和关东军一部突破中国军队内长城防线后，奉令向太原进攻。忻口是太原北部的屏障，守住了忻口就能守住太原，守住了太原就可定山西而保华北。

10月7日，日军攻下崞县（今原平市）后，兵锋到达忻口。10月13日晨，敌军开始发起全线大规模进攻，而阳明堡机场就成了日军进犯忻口、太原的飞行起降地和攻击发起点。

10月初，八路军一二九师三八五旅七六九团（该师的先遣团）从西安出发，徒步数日，并渡过黄河，受命在忻口以北的崞县与阳明堡之间截击日军。

此时忻口战役已经打响，公路上，日军的坦克、装甲车与兵员在调度；天空上，日本军机肆无忌惮地嗡嗡飞过，成群结队地扑向中方军队的防御阵地。10月17日至19日，日军陆空协同不断猛攻，中方守军顽强抵抗，战况惨烈。自20日起，日军开始大量施放毒气，并向中方守军阵地实施爆破。

由于在地面攻击受挫，日军位于阳明堡机场的战机出动更频繁，加紧了对忻口阵地的轰炸。

凭借绝对的空中优势，日军对中方阵地进行压制，已造成严重伤亡。

10月16日上午，七六九团前进至滹沱河东岸苏龙口、刘家庄地区。"苏龙口是滹沱河东岸一个不小的村庄。顺河南下便是忻口。战事正在那里进行，隆隆的炮声不断由南方传来。敌人的飞机一会儿两架，一会儿三架，不断从我们头顶掠过，疯狂到了极点。战士们气得跺脚大骂：'别光在天上逞凶，有种下来和老子较量较量！'"时任团长的陈锡联后来在他的一篇回忆文章中写道。

"从敌机活动的规律来看，机场可能离这儿不远。问老乡，才知道隔河十来里外的阳明堡镇果然有个机场。"

出于对日本侵略军嚣张气焰的愤慨，各营干部纷纷向团长陈锡联请战："下命令吧，坚决干掉它！"

那时候的八路军，别说没有空军，战士们恐怕也没有谁能近距离见过飞机。该怎么干掉这些会飞的"钢铁怪兽"，以配合正面战场，七六九团决定先摸清敌情。

为了设法弄清敌人机场的情况，陈锡联团长带上几名干部抵近侦察。"……来到了滹沱河边。登上山峰，大家立时为眼前的景象所吸引：东面是峰峦重叠的五台山，北面的内长城线上矗立着巍峨的雁门关；极目远眺，管岑山在雾气笼罩中忽隐忽现……滹沱河两岸，土地肥沃，江山壮丽，只可惜，如今正遭受着日寇侵略者的浩劫！……突然，二营长叫道：'飞机！'"陈锡联记述道。

"我们不约而同地举起望远镜，顺着他手指的方向看去，果然发现对岸阳明堡的东南方有一群灰白色的敌机整整齐齐地排列在空地上，机体在阳光映照下，发出闪闪刺眼的光芒。"

正在这时，一个衣衫褴褛、打着赤脚、神色慌张的男子向他们跑来。当他得知眼前的几位军人是"来打鬼子"的八路军时，便哭诉道：他家在机场附近，被鬼子抓去修机场做苦力，鬼子逼着他整天往机场搬汽油、运炸弹。从早到晚，不仅不给饭吃，还经常挨打受骂。他不愿意为鬼子卖命，便趁鬼子不注意逃了出来。

老乡的介绍，与八路军经过侦察了解到的情况大体一致。三营营长赵崇德还带着便衣侦察员跟着老乡巧妙地混进民夫队伍，把机场的里里外外摸了个透彻。

阳明堡机场里面共有24架飞机，成3列停放，每列8架。白天分3批轮番出动轰炸，晚上全部返回。机场内构筑有掩体、地堡、掩蔽部，周围有铁丝网。此外，日军的一个联队大部驻在北面4公里外的阳明堡镇。

当晚，团领导经对敌情的详细分析，决定部队夜间行动，出其不意地袭击机场。

三营为突击营，负责袭击机场。

土地革命时期，三营能攻善守，以夜战见长，曾得过"以一胜百"的奖旗。这次对日军机场的夜袭，他们将继承着红军时期的优良传统投入了新的战斗。

当时陈锡联的战斗部署是：以七六九团二营的第十、十一、十二3个连参加夜袭机场战斗，九连从东面的泊水村绕过机场，对阳明堡镇方向阻击打援；团直属的迫击炮连和机枪连在滹沱河东岸占领阵地，准备随时增援三营。此外，还派了二营一部对机场以西的班政铺村附近公路（即今天的G108国道路段）桥梁进行破坏，派一营在公路南方更远处对崞县方向警戒，以确保任务万无一失。

今天阳明堡机场遗址所在的村子十分宁静，欢快的鸟雀在村边杨树的枝头聚了又散，不时俯冲下来，落在已经收割的庄稼地里。远处是刚毅的石山，长空湛蓝，白云如絮。

环顾这片类似于一个浅盆地的村落原野，如果不是开阔地中央耸立着的抗战英雄纪念碑，以及那一条条呈直角纵横相交、如同棋盘格般方正笔直的村道，不会让人记起这里是个曾经发生过战斗的飞机场旧址，在金黄的秋色里，给人的感受更多的应该是光阴如水、岁月静好吧。

1937年10月19日凌晨1时，率先发起攻击的是十连。

三营营长赵崇德带着十连向机场西北角运动，准备袭击日军守卫队的掩蔽部。十一连直向机场中央的机群扑去。

十连率先接敌，与日军的哨兵遭遇，随着几声枪响，鬼子哨兵被击倒。营长赵崇德高喊了一声"打！"——就在这一瞬间，十连和十一连在两个方向同时发起了攻击。战士们杀声震天，勇猛地冲向日军和机群。机枪、手榴弹一齐倾泻，多架飞机起火燃烧，腾起的火焰照亮了机场的夜空。

顿时，机场警报声大作，正在周围巡逻的日军扑了过来，掩蔽部里的鬼子守卫队也意识到遭袭并开始组织还击。

就在这20多架被炸得东斜西歪的飞机之间的空隙当中，敌我混在一起，展开了白刃战。

阳明堡机场到处是枪声、格斗的撞击声和叫喊声。甚至连日军在飞机机舱里值勤的驾驶员也加入了缠斗，他们惊慌之中盲目开火，后边飞机上的机枪子弹接连打进了前面的机身，接着就是"轰"地爆燃起冲天的火光。机场跑道一片狼藉。

赵崇德营长一边指挥战士们击退日军，一边提醒"快炸敌机"。

"突然，他看见一个鬼子打开机舱，跳下来抱住了一个战士，那个战士回身就是一刺刀，结束了鬼子的性命。赵崇德同志大声喊道:'快!手榴弹,往飞机肚子里扔!'只听'轰!轰!'几声,两三架飞机燃起大火。火乘风势,风助火威,片刻,滚滚浓烟卷着熊熊的烈火,弥漫了整个机场。"陈锡联回忆道。

"鬼子守卫队的反扑被杀退了。赵崇德同志正指挥战士们炸敌机,突然一颗子弹把他打倒了。几个战士跑上去把他扶起,他用尽所有力气喊道:'不要管我,去炸,去……'话没说完,这位'打仗如虎,爱兵如母'的优秀指挥员就合上了眼睛。他的牺牲使同志们感到万分悲痛,战士们高喊着'为营长报仇!'的口号,抓起手榴弹,冒着密集的枪弹向敌机冲去……"

我驻留在这秋日里的战场遗址已多时,西边落日斜照在滹沱河畔的芦苇上,摇曳的芦花闪动着一层层耀眼的光。

我的思绪回到了眼前。时候不早了,还要继续赶往国道旅程的下一站。

开车离开村子。村道旁老乡家的院墙外,以砖墙为画布,绘制有一幅八路军炸飞机、打鬼了,以及老百姓支前、参军的宣传画。技法十分质朴的画面上,八路军战士与鬼子拼刺刀、甩手榴弹,有的甚至像"武松打虎"那样威武地骑在日木飞机上用力砸……宣传画上方的标题是:夜袭大捷。

历史是不会被忘记的,它在老百姓心中,永远鲜活。

80多年前,阳明堡机场那数十分钟的夜袭,八路军七六九团以伤亡30余人的代价,消灭日军100多人,炸毁日军飞机24架。

机场夜袭,八路军这一干净利落的破袭战,创造了战争史上步兵摧毁敌空军力量的经典战例。

七六九团三营十连在战后被授予"战斗模范连"荣誉称号。

我的车子从阳明堡机场遗址的小路开出,重新驶上G108国道。车窗外能隐约听到京原铁路线上火车的鸣笛声，声音随风传送，能传出很远很远。

秋天是收获的季节。沿路，两旁行道树的叶子金灿灿的，仿佛两道金色的院墙，随着视线延伸至道路的尽头；国道边不少的院子里，晒满了黄澄澄的玉米粒儿……若从高空俯瞰，晋北大地一定像是一幅点缀着金黄色的美丽锦绣画卷。

在抗战烽烟四起的年代，三晋大地是中国共产党领导的人民武装实行抗战的"立足点"、发展抗战的"出发地"和坚持抗战的"根据地"。正因为有了山西作为华北抗日的战略支点，八路军才得以在晋东北、晋西北、晋东南、晋西南4个地区实行战略展开——晋察冀、晋西北、晋西南、晋冀豫各抗日根据地先后创建，形成了八路军在山西进行抗战的基本格局。

中华民族抗日的武装斗争，是一场人民战争，战争形态迥异于第二次世界大战其他主要参战国。敌强我弱，要取得胜利，只有最广泛地动员民众，"陷敌于人民战争的汪洋大海"。

于是，中华大地上，无论是在林海雪原、太行山脉、华北平原，还是在江南河汊、南粤大地……人民群众得以广泛动员，全民皆兵，使侵略者成了囚笼困兽。正如毛泽东所说，"战争的伟力之最深厚的根源，存在于民众之中"。

从抗日烽火自平型关点燃始，八路军只有3个师、45000人的编制，到1945年春则有60万主力军，比出发时扩大了13倍多；新四军出发时只有3个支队，12000人，到1945年春发展到7个正规师，近26万主力军，比出发时扩大了20多倍；华南抗日游击纵队，抗战开始时几乎是白手起家，到1945年春也发展到2万余人的主力。共产党的军队在作战中，依靠夺取敌人的武器，不但武装了自己，而且还武装了220多万民兵。

从抗战开始至1945年3月，在14年的抗战中，八路军、新四军和华南抗日总队，开辟和坚持了华北、华中、华南抗日战争的敌后三大战场，创立了18个解放区，其中华北6个、华中10个、华南2个，总面积95.6万平方公里。特别重要的是，解放区是全国最重要的战略地区，所有全国最大城市，如北平（今北京）、天津、保定、太原、济南、青岛、徐州、郑州、洛阳、开封、武汉、安庆、南京、镇江、上海、杭州、广州等，均处在八路军、新四军等抗日军队的包围之中，所有全国几千里海岸线和重要港口，均在八路军、新四军等人民抗日军队的控制和活动范围之内。

在解放区里，已建立了24个行署、104个专员公署、678个县政府。在抗日民主政府区域内的人口有9550余万，占全国总人口五分之一强。

在这场中华民族共同抵御外侮、奋起抗击的伟大斗争中，广大的抗日军民用血肉之躯筑起了一道道新的长城。

> 红日照遍了东方，
> 自由之神在纵情歌唱。
> 看吧，
> 千山万壑，铜壁铁墙。
> 抗日的烽火，燃烧在太行山上，
> 气焰千万丈！
> 听吧，
> 母亲叫儿打东洋，妻子送郎上战场。
> 我们在太行山上，我们在太行山上；
> 山高林又密，兵强马又壮！

敌人从哪里进攻，我们就要它在哪里灭亡！
敌人从哪里进攻，我们就要它在哪里灭亡！

1938年5月，由桂涛声作词、冼星海作曲的这首《在太行山上》，就是为在山西境内浴血奋战、抗击日本侵略者的抗日军民创作的一首合唱曲。

同年6月，日军拉开进攻武汉的序幕。危急关头，在6月12日，中共中央长江局机关报《新华日报》头版头条刊登社论《保卫大武汉》，提出"保卫大武汉"口号，强调保卫大武汉对整个抗战"有特别重要的意义"，号召"全民动员保卫武汉"。

由中国共产党最先提出的"保卫大武汉"战略思想，对武汉抗战乃至整个中华民族的抗战产生了积极而深远的影响。

从1938年6月到10月，中日两国军队围绕武汉进行的武汉大会战，是抗日战争时期中日双方投入兵力最多、战线最长、时间最久、规模最大的一次战役，也是中国军队歼灭日军人数最多的一次战役，大大消耗了日军的有生力量。此后，中国抗日战争进入战略相持阶段。

《在太行山上》这首最早创作于"太行之巅"山西陵川的著名抗战歌曲，于1938年7月在武汉"七七抗战一周年纪念活动"的歌咏大会上唱响，并迅速传遍大后方及各敌后抗日根据地，鼓舞和激励着千千万万的抗日民众奔赴战场。

诞生于战争年代的歌曲，是血与火淬炼出的旋律，是一个民族坚韧顽强精神的英雄史诗，这些歌曲，有的成为战斗的号角，有的在感怀悲壮与坚忍，有的则是表达忠诚坚定的信仰和掷地有声的宣言，一经传唱，便成为永恒。

2015年4月，国家新闻出版广电总局组织开展了"我喜爱的抗战歌曲"评选，从各类经典抗战题材音乐作品中推选出100首优秀抗战歌曲，《在太行山上》入选，经后来的网络投票，还成为"我最喜爱的十大抗战歌曲"之一。

在这首歌的诞生地，建有一个纪念馆，这个纪念馆就在G108国道沿线。

G108国道向东，从灵丘县离开山西，一头扎进了河北涞源县太行山那坚毅苍劲的层层峰峦之中。

太行巍峨，如铜墙铁壁般纵列护卫在沃野千里的华北平原之侧。

沿G108国道过了隶属河北省的最后一个村落马各庄村，就进入了北京的西南门户——房山区。

放眼望去，群山盘踞，道路蜿蜒，这里是北太行的支脉，古称"太行山之首"，这里又属于北京西部山地的范畴，故统称为北京西山。

G108国道的京冀交界处位于一个清幽秀美的山坳间，从地图上看，这一带纵横600平方公里的连绵山地叫"野三坡"，现已建成国家AAAAA级风景名胜区。国道京冀交界的河北一侧地势略为平缓，一个功能完备的"平安驿站"就设置于此，供旅人休憩、观景。

野三坡地处河北省涞水县境的太行山脉和燕山山脉交会处，太行自此沿冀、晋、豫边界千里南下，燕山于斯顺京、津、冀一路东行。这里雄踞紫荆关深断裂带北端之上，特殊的地质结构，造就了鬼斧神工的山岳风貌：有号称"北方桂林山水"的拒马河风光，有全长52.5公里的"百里峡"，有挺拔苍劲、直指天穹的京西四大高峰之一的"刺天峰"……

今日有"京畿胜景"美誉的野三坡，因山势高耸，道路迂曲，昔日荒僻而闭塞,"三坡隶属涿由来久矣,无可稽查"。《涿州志》有记载:"初,涿县政令不行于三坡。"

地方志载有元、明、清诗人对"盘坡积雪"(古涿州八景之一)吟赋的若干诗词,有这样一首:此地即桃源,不知汉魏,遑论金元。逃名岩谷,遁迹林泉。大好河山,忍终袖手无人管。满坡积雪,山色有无间。

历史上曹操过此,曾作《苦寒行》:"北上太行山,艰哉何巍巍!羊肠坂诘屈,车轮为之摧。树木何萧瑟,北风声正悲。熊罴对我蹲,虎豹夹路啼。溪谷少人民,雪落何霏霏!延颈长叹息,远行多所怀。我心何怫郁,思欲一东归。水深桥梁绝,中路正徘徊。迷惑失故路,薄暮无宿栖。行行日已远,人马同时饥。担囊行取薪,斧冰持作糜。悲彼《东山》诗,悠悠使我哀。"

在"平安驿站"休息片刻,驶离停车场,随车携带的地图册上,"危险路段"提示的标记箭头,指向了我即将要行经的山路:

河北省进北京市,至东村有3处急转弯且路较窄;宝水至下石堡有9处急转弯且部分弯道呈反超高地况且较窄;十三亩地、松树岭隧道南和戒台寺盘山道(俗称十八盘),这些路段不仅弯急坡陡又较窄,夏季还可能有落石、塌方……

正因为这些路段弯急坡陡,所以少了像其他国道通常的车水马龙,加上崭新的沥青路面维护良好,清晰的道路标志、标线,以及各种完备的安全设施,一切都那么令人赏心悦目,倒挺适合体验山地驾驶的乐趣。所以网评"北京十大绝美公路"之一的G108国道北京段,是获推荐最多的自驾线路。

当然,网评推荐的理由,在安全前提下驾驶的惊险刺激是一方面,关键还在"绝美"两字。

山路越险峻,四周的景色随地貌变化而变换着,越发美不

二、雄关漫道

胜收。

开车跑过太多的公路，像这样的既能满足悬崖弯道上的驾驶操控感，又能收获视觉感官愉悦的国道路段，唯独此处。

车子再往前开，进入到了G108国道的房山段，那里更有绝佳景致，满眼是雄奇瑰丽的大气象。

金秋，北京西山的山体颜色开始丰富起来。

沿途很幽静，随意往车窗外一瞥，都能让你惊喜连连。

经过百转千回的盘山道，一路向上爬坡，终于驶上了大山的顶峰，放眼望去，苍山如怒涛汹涌，层层叠叠、排山倒海般奔向地平线的远方。

这里已经是北京房山区霞云岭乡的地界。据说从飞机上鸟瞰，百花山下的霞云岭乡是华北地区生态环境保护最好的地区，G108国道霞云岭乡全长44公里路段，平均海拔千米，越往高处，秋林越美。

西山红叶好，霜重色愈浓。

1937年8月，八路军主力从陕西出发开赴华北抗日前线，发动独立自主的抗日游击战争，担负配合正面战场、开辟敌后战场，以及建立抗日根据地的战略任务。9月下旬，八路军总部到达晋东北前线。此后9月、10月，八路军在平型关、雁门关、阳明堡机场等地取得一系列重大胜利，拉开了开辟华北敌后战场、创建晋察冀抗日根据地的序幕。10月25日，中共中央军委华北军分会在《关于冀察晋绥军事部署的报告》中正式提出："平绥以南、同蒲以东、正太以北、平汉以西为晋察冀军区，以聂荣臻为军区司令员兼政委。"

聂荣臻受命之后，率一一五师独立团、骑兵营、教导队等约

3000人，分兵挺进敌后开辟工作。

11月18日，晋察冀军区从山西五台山移驻冀西阜平。至1939年这两年的时间里，晋察冀这块根据地不仅在军事上取得了一系列胜利，在敌后站住了脚，而且充分发动了群众，发展壮大了自己。在艰苦卓绝的对日作战中，晋察冀军区部队前仆后继，浴血奋战，大批抗日将士血洒疆场，11.6万人献出宝贵生命，以血肉之躯筑起捍卫民族尊严的钢铁长城，挺起中华民族不屈的脊梁。

晋察冀抗日根据地，是抗日战争时期共产党领导的八路军在敌后创建的第一块根据地，这里处于华北抗战最前沿，被中共中央誉为"敌后模范的抗日根据地及统一战线的模范区"。

这块后来被称为"新中国的雏形"的抗日根据地，同时也是中国新民主主义制度实施较早的地区，建立了敌后第一个共产党领导的各抗日革命阶级联合专政的民主政权，即新民主主义政权，让群众在政权中占了绝对优势，又团结了抗日各阶层人士。把新民主主义中国的"模型"具体地、科学地体现出来，改造了旧社会，创造了一个新社会，使全国人民看到了新民主主义中国的光辉前景，对于促进全国政治的进步起了巨大的推动作用。

随着晋察冀边区的建立、巩固与发展，以抗日救国为目的的文化教育事业也逐渐蓬勃发展起来。无论在文化教育、新闻出版，还是在文学艺术、医疗卫生、科技事业等方面均取得了骄人成绩。据统计，曾经在晋察冀边区战斗过的文化工作者有5000多人。抗战期间，晋察冀边区培养和造就了一大批新中国文学艺术的建设人才，他们植根于人民群众的土壤中，创作了不同题材、不同形式的文艺作品，成为发动群众、坚持敌后抗战的有力武器。新中国成立后，他们又用无数的优秀作品点亮了新中国璀璨亮丽的文化星空，在我国近代文艺史上留下了光辉灿烂的一页。

二、雄关漫道

1938年2月，晋察冀军区派八路军邓华独立一师第三团挺进野三坡，开辟了平西（即北京西边）抗日根据地，并建立了4个抗日联合县政府和党的工作委员会。

平西抗日根据地东北临平绥（京张）铁路，东南至平汉铁路，以野三坡为中心，不仅是晋察冀边区的东北屏障，而且地扼日军在华北的政治军事中心北平、天津、张家口地区的咽喉，能够给敌人以直接的威胁。平西既是控制敌人交通命脉的要冲，又是我军日后向冀东、热河、察哈尔、辽宁挺进的前进阵地。此后，八路军还在这里建立了平西第一个兵工厂，有力保证了平西抗日的武器供应。

事实上，平西抗日根据地不仅生产战场上消灭敌人的武器，而且也创造出用于武装广大人民群众头脑的思想武器和精神食粮。不久后，一首名叫《没有共产党就没有新中国》的最具代表性的红歌，就诞生在这大山之中的房山区霞云岭堂上村，进而在长城内外、大江南北广泛传唱，至今回荡在亿万中国人民的心中。

抗战时期，现在北京的房山属于房、涞（涞水）、涿（涿州）联合县，是平西抗日根据地的重要组成部分。1943年9月，19岁的曹火星与群众剧社40余人，组成若干小分队到平西地区宣传抗日。根据资料记载，曹火星及剧社所在地原建在百花山下山坡西边，属于涞水县九龙镇庄头村。

曹火星原名曹峙，1924年出生于河北省平山县西岗南村。1937年全民族抗战爆发后不久，13岁的曹火星刚考入保定中学，日寇的铁蹄又踏进平汉铁路沿线，他辍学回乡投身到中国共产党领导的抗日救国青年联合会的工作中，担任了本村青救会主任，带着儿童团站岗放哨、编演节目、宣传动员。

1938年春节后，曹火星到平山县农会工作，同年四五月间被调到平山县抗日救国青年救国会的宣传队——铁血剧社，这个宣传队就是后来晋察冀边区群众剧社的前身。1939年冬天，随着剧社影响力的扩大，党组织送剧社队员们去华北联合大学文艺学院学习，曹火星进入音乐系学习，开启了音乐创作之路，其间，创作出第一首歌曲《上战场》。

1943年，抗日战争进入到战略相持阶段的后期。太平洋战争爆发，美国对日宣战，世界反法西斯阵营正式形成。中国战场成为世界反法西斯战争的重要战场，牵制了日军的大量兵力，共产党所领导的敌后抗日军民度过了抗战中最困难的阶段。

战火的洗礼锤炼了曹火星，这一年，19岁的他已是晋察冀边区抗日救国联合会群众剧社的音乐组组长。为了反"扫荡"，群众剧社化整为零，进一步开展群众工作，宣传党的抗日主张。于是，就有了曹火星和张学明等队友的堂上村之行。

10月，曹火星所在的小分队一行4人从边区总部阜平出发，徒步来到了抗日前沿的平西地区。

从涞水庄头村转战到房山堂上村的小分队，宿营在中堂庙的东厢房。当时的堂上村交通闭塞，条件十分艰苦，当地干部帮助粉刷了只有30平方米的这间陋室，修了一个土炕，放上一张低矮的炕桌，小分队就住了下来。曹火星和队友们却热情很高，刚放下背包，就立即投入到工作中。

他们一边书写抗日标语，组织村里的文艺宣传队唱歌、排戏，一边搞创作，还利用当地流行的《霸王鞭》民歌曲调填新词。小分队用几天时间就填写了4首歌，宣传党的抗日政策，以及减租减息的好处等，但总是觉得没有写到位。曹火星决定再写一首能高度概括主题的歌。

《北京晨报》在2015年一篇纪念人民音乐家曹火星的文章中

二、雄关漫道

有这样的描述：

> 10月里山中深秋的夜晚凉意很浓，队友们都睡了，曹火星还披衣坐在土炕上，在马蹄灯下专心致志地进行词曲创作。他回想到之前在剧社和大家在一起的日子，感到生活在革命队伍中的温暖。再联想到目睹的抗日根据地广大人民群众在共产党的领导下，克服种种困难坚持抗战的情形，脑海中突然跳出前几天读过的延安《解放日报》上的一篇社论文章——《没有共产党就没有中国》。想到这些，曹火星不禁心潮澎湃，便在纸上写下了一句话："没有共产党就没有中国"。新歌的题目诞生了。"没有共产党就没有中国，……他坚持了抗战六年多，他改善了人民生活。他建设了敌后根据地，他实行了民主好处多……"曹火星轻轻呼出一口长气，满意地反复默读。接下去的几天，曹火星一有空了就坐在东屋的炕沿上，一边哼唱一边写写画画，经过反复修改，《没有共产党就没有中国》诞生了……

曹火星生前在回忆文章中说："我写这首歌是动了感情的，抗日根据地的广大人民群众在共产党的领导下，克服种种困难坚持抗战，搞民主建设，使人民当家做主。搞土改发展生产，给人民改善生活……这些活生生的事实是我亲眼所见，人民的抗战积极性，对党的深情，我有亲身体会。党和人民同生死、共患难，人民群众为抗战送儿、送夫参军，支援前线流血牺牲……就我本身来说，一个普通的农村小孩子，不愿意当亡国奴，而投身到革命队伍中，是党培育我成长，是党给了我文化知识，成为一名革命文艺战士……没有党怎会有今天？我讲了真理，说了实话，写了实情，反映了人民的心声。"

《没有共产党就没有中国》诞生后,小分队首先教会了堂上村的儿童团员、村剧社的演员们。后来他们边舞边唱,很快把这首歌唱遍了霞云岭。1943年10月底,涞水县的一位干部第一次油印成歌片在县里传唱。尔后,边区在易县办1000多人的干部冬训学习班时,曹火星又教唱了这首歌。

就这样,这首歌在霞云岭、涞水和易县一带传唱了起来,后来词曲也在《晋察冀日报》刊登,很快便唱遍了晋察冀,唱遍了各个抗日根据地。真情的旋律飞出山坳,飞上云端,不朽的歌曲随着抗日战争和解放战争的节节胜利传遍全中国。

路边的房子和旅馆渐渐多起来,国道旁一家写着"108大院"店招的民宿,在车窗边一晃而过。

根据G108国道上一块路牌的指示,距离《没有共产党就没有新中国》纪念馆不远了。一打方向盘,车子沿道旁的一条水泥盘山路往山下开,路标显示,纪念馆所在的堂下村,就位于国道路基下的一个深深的山谷中。

又是一个接一个的急转弯,我把住方向盘,挂低挡位下长坡。

距目的地越来越近了。

一驶进村口,就看见那面树立在千仞崖壁前的巨幅中国共产党党旗,雄浑坚毅的山石,与猎猎的鲜红旗帜,浑然一体。

在花岗岩铺就的广场另一端,与巨幅党旗遥遥呼应着的,正是《没有共产党就没有新中国》纪念馆。

藏青色的屋顶,纯白的立柱,远远望去,仿佛与四周的群山和蓝天白云融为一体,让这座依山就势而建的单层连体建筑,显得格外的庄严肃穆。

在2019年被中宣部命名为"全国爱国主义教育示范基地"的

二、雄关漫道

《没有共产党就没有新中国》纪念馆，落成于2006年，2017年进行升级改造，共设3个展馆，大型主题展览分为"历史回响·人民心声""深山里飞出不朽的歌""让心中的歌代代传唱"3个部分。

堂上村，这个北京西部高峻群山之中的普通小村庄，作为一首亿万中国人耳熟能详的红歌的溯源地，这段史实曾经被时间的长河悠悠漂流远去，幸运的是，后来还是被一种信仰的力量推回到岸上。

1990年，房山区霞云岭乡的领导带队来到堂上村搜集抗战故事，找到一些歌曲创作的历史材料，当时就推断这里是《没有共产党就没有（新）中国》的原创地，还在中堂庙立了纪念碑。

而由曹火星本人亲自确定下词曲创作地，是在4年之后。

新中国成立以后，曹火星在天津工作，由于时隔较长，他已记不清楚这首歌的具体创作地。记忆中自己创作歌曲的地方是在河北省境内，但因行政区划的变更，他一直未能如愿寻找到。

1994年，一次偶然的机会，曹火星路过G108国道，他一眼就发现了路旁人山的山腰处有两个山洞，这山洞对面的院子就是他当年写作时住的地方。

来到村了里，在村干部的陪同下他还遇到了当年曾跟他学唱这首歌的儿童团员，一番交谈，故人旧交，风物依然，他站在那间东厢房外肯定地说："我就是在这里写的《没有共产党就没有（新）中国》这首歌曲。"

那一刻，时光相隔已半个多世纪。

曹火星依稀间一定"看见"了当年那个激情燃烧、风华正茂的自己：一身发白的粗布军装，旋律初成的那天清晨，疲惫而兴奋地推开房屋的大门，叫住正在庙旁空地嬉戏玩耍的几名儿童团员——"来，我今天教你们一首新歌"。

> 没有共产党就没有（新）中国
>
> 没有共产党就没有（新）中国
>
> 共产党辛劳为民族
>
> 共产党他一心救中国
>
> 他指给了人民解放的道路
>
> 他领导中国走向光明
>
> ……

这是《没有共产党就没有（新）中国》的歌声，在中国大地上首次唱响，至今经久不息。

歌曲唱响了一个时代，而时代也在不断地赋予歌曲以新的意涵。

历史细节，更刻画出了历史的真实。

1943年10月，距离新中国成立还有整整6年的时间。

曹火星在堂上村写出的《没有共产党就没有中国》，后来在"中国"之前，十分精到地加上了一个"新"字。

这当中的故事，流传有多个版本。

一说是：1946年，延安剧团正好到晋察冀边区作慰问演出，其间，听到了这首歌曲特别新鲜，就把它带到了革命圣地延安。当毛主席听到这首歌时，也觉得非同一般，值得推广，只是认为"没有中国共产党的时候，中国已经存在"，建议在歌名和歌词中的"中国"前添加一个"新"字。

另一说来自当年小分队的成员——与曹火星一起驻扎堂上村的张学明，据老人后来回忆：为写这首主题歌，当时19岁的曹火星花了一天一夜工夫。平津战役前后，毛主席亲自在歌名中加了一个"新"字，并相应修改了歌词。

还有一种说法,来自著名党史专家、中共中央文献研究室主任逄先知在《毛泽东和他的秘书田家英》的文章中所写:1950年的一天,毛主席听到女儿在唱《没有共产党就没有中国》,便纠正说,"没有共产党的时候,中国早就有了,应当改为'没有共产党就没有新中国'"。

在堂上村的《没有共产党就没有新中国》纪念馆,采用了后一种说法。

从"中国",到"新中国"——使定义更确切。纪念馆的一块碑刻上这样写道:"经过这么一改,歌曲具有了更加严密的逻辑性。《没有共产党就没有新中国》成为中华大地最嘹亮的歌曲,这首歌已成为中国'红歌'第一歌。"

一个"新"字——

是破旧立新的大气魄,昭示着共产党人开天辟地、创造新世界的磅礴伟力。

早在1940年,毛泽东主席所发表的《新民主主义论》中,就高瞻远瞩地指出:"我们要建立一个新中国。"

一代伟人目光如炬,洞彻寰宇——

"新中国航船的桅顶已经冒出地平线了,我们应该拍掌欢迎它。举起你的双手吧!新中国是我们的。"

没有共产党就没有新中国,这既是历史的答案,也是人民的心声。

《没有共产党就没有新中国》,这首歌颂中国共产党的经典之作、真理之歌,就这样随着广大军民胜利的脚步,唱响在延安、唱响在西柏坡,直至响彻在北京天安门广场的开国大典上……

中国精神

● 19世纪中叶,清廷腐败,民不聊生……在民族危亡、一息尚存的漫漫长夜里,"东方睡狮"也在渐渐苏醒,数不清的中华儿女在变革图强的历史进程中前仆后继,让中国近现代史写满了不屈与抗争。
● 经过对镇南关一带地形的勘查,冯子材将预设战场选在了距镇南关4公里处的关前隘。
就在这高筑于悬崖河段的X456县道之侧,立有一方巨石,上刻有"中国第一路"五个大字,一笔一画,写尽沧桑边关军路的岁月与光荣。
● 我从广西凭祥友谊关的"南疆长城",辗转半个中国,来到北方茫茫的塞外长城。
上万公里的行驶与行走,披星戴月,风雨兼程,有时候也在问自己,我的前方何处是终点?我到底在找寻什么?
● 中华民族所迸发出的磅礴伟力从何而来?
这种强大的力量是一种非凡的凝聚力,来自万众一心、风雨同舟、和衷共济。
这就是国家精神、民族精神之所在。

"胸怀千秋伟业,恰是百年风华。"

2021年6月28日,中共中央党史和文献研究院发布《中国共产党一百年大事记(1921年7月—2021年6月)》。

中共百年大事记在前言部分是从1840年(以鸦片战争为标志)

二、雄关漫道

讲起的：

> 1840年以后，由于西方列强的入侵，由于封建统治的腐败，中国逐渐成为半殖民地半封建社会。实现中华民族伟大复兴成为全民族最伟大的梦想；争取民族独立、人民解放和实现国家富强、人民幸福，成为中国人民的历史任务。许多献身于民族进步事业的爱国先驱，前赴后继、不懈探索。太平天国运动、洋务运动、戊戌维新运动、义和团运动，一次又一次地失败了。
> ……

同日，《人民日报》发表任仲平文章——《百年辉煌，砥砺初心向复兴》，文中这样写道：

> 一百年来，我们党为民族谋复兴。中华民族以五千年传承不绝之文化，卓然于世界。自1840年起却一路沉沦，被迫签订了一系列不平等条约，一幅列强争食的《时局图》就是写照，"多屈辱啊！多耻辱啊！那时的中国是待宰的肥羊"。中国共产党带领亿万人民，救国、兴国、富国、强国，创造了世所罕见的经济快速发展奇迹和社会长期稳定奇迹，书写下震撼世界的巨变。

19世纪中叶，清廷腐败，民不聊生。帝国主义的坚船利炮，轰开了这个东方古老国度的大门，伴随着政治、经济的压迫，又给中华民族带来新的灾难。国家积贫积弱，人民饱受欺凌。在民族危亡、气息尚存的漫漫长夜里，"东方睡狮"也在渐渐苏醒，数不清的中华儿女在变革图强的历史进程中前仆后继,让中国近现代史写满了不屈与抗争。

历史的洪流滚滚向前。

百年风雨,历史和人民选择了中国共产党。

中国共产党对中华民族的伟大贡献,体现在带领亿万人民彻底结束了过去的悲惨命运,迎来了从站起来、富起来到强起来的伟大飞跃。

"却顾所来径,苍苍横翠微。"

中华民族正昂首阔步行进在伟大复兴的征程上。

这一切都是从1840年开始的。

而将中共党史、中国革命史上溯至1840年,早在1949年新中国成立前夜就已经确定了。

1949年9月30日,开国大典的前一天,在天安门广场举行了人民英雄纪念碑奠基典礼。

奠基典礼上,毛泽东主席宣读了他亲自撰写的碑文。这一碑文后来经周恩来总理手书,镌刻在人民英雄纪念碑上:

三年以来,在人民解放战争和人民革命中牺牲的人民英雄们永垂不朽!

三十年以来,在人民解放战争和人民革命中牺牲的人民英雄们永垂不朽!

由此上溯到一千八百四十年,从那时起,为了反对内外敌人,争取民族独立和人民自由幸福,在历次斗争中牺牲的人民英雄们永垂不朽!"

这些饱蘸深情、与日月同辉的不朽文字,闪耀着中华民族无

● 二、雄关漫道

数仁人志士经过百折不挠、奋斗牺牲而凝结成的精神光华，更升华成了中国亿万人民心中永恒的精神丰碑。

天地英雄气，千秋尚凛然。

始于2015年的抗战专题自驾之旅，让我在一次又一次的出发和抵达中发现，许多国道可以串联起一个个动人心魄的历史瞬间，有的国道路段往往就是曾经血色焦土的旧战场。如果以时间为记忆之线，沿着国道穿行，可以如珠链般串起一个个重大历史事件，拎起来，就是一部厚重的史书。

G322国道，曾叫"衡友线"（根据《国家公路网规划（2013年—2030年）》，现已向东延伸至浙江瑞安），起点为湖南衡阳市，终点为广西凭祥市友谊关，全程1039公里。

一千多公里的长度，在国道"大家族"中不算起眼，这条从我所居住的城市中间穿过的国道，我不知道曾多少次徒步走过或驾车行驶而过，寻常如斯，从不会过多关注。然而直到有一天，我忽然意识到G322国道就是一条横亘在大地上、以反侵略的铁血战争为主题的历史长廊，或刀光剑影，或枪林弹雨、炮火纷飞，在中华民族抵御外侮的史册上，那一个个节点，书写着浴血坚守的故事，也传来大捷的战报。

从这个角度打量G322国道，是有中华民族最坚硬的骨头的，也因此有着沉甸甸的分量。

我曾利用几个短假，驾车从南到北驰行，断续踏访那些历史节点。

南宁至凭祥友谊关，地图上直线测距不足200公里，如果跑高速公路，去友谊关就是"几脚油门"的事。

G322国道在丘陵山地间路转峰回，向南踽踽独行。

直到西跨明江，即将离开宁明地界，才与聚拢而来的中越国际铁路线、南友高速公路相伴齐头并进。

还没到谷雨节气，南疆的炎日就不遗余力地散发出光和热，道路旁的山林蝉鸣阵阵。

沿途的木棉树渐渐多起来。

木棉树高大挺拔，躯干壮硕，盛花期几乎叶落殆尽，只有鲜红的硕大花朵似火焰般一团一团地在枝头炽烈燃烧，所以古时候又称为烽火树。

边疆多烽火，也多英雄。

木棉树天生具有英雄气质，花开时，满树殷红如洒英雄血，清人有诗颂曰："浓须大面好英雄，壮气高冠何落落。"

此行没赶上花期，错过了怒放的英雄花。但凭祥市街头道边多有木棉的雕塑和图案，这是一种精神图腾，永远盛开不败。

南疆红土地，盛开英雄花。

凭祥市区往西南方向10多公里就是友谊关。这里关山拱卫，关楼左侧是左弼山城墙，右侧是右辅山城墙，地势雄峻，千年要塞林密苔深。

这块边关重地始建于汉朝，原名雍鸡关，又名界首关、大南关；明洪武元年（1368年）名鸡陵关，明初改名镇南关；1953年，经当时的政务院批准，改称睦南关；1965年1月，经国务院批准，正式命名为"友谊关"。

友谊关是中国"九大名关"中唯一的边关，今天的G322国道终端，穿过友谊关拱城门，与越南公路相接。作为国家一类口岸，随着新的旅客联检大楼、服务中心、货物检验设施等基础设施的建成与完善，目前，友谊关口岸已发展成为广西第一大陆路口岸、中国对越贸易最大的陆路口岸。

古关要塞，浸润了太多的岁月风霜，也见证了太多的时代暴

二、雄关漫道

风骤雨。

中国的近代史，交错着苦难与抗争。鸦片战争以后，西方列强耀武扬威乘虚而入，自此，华夏神州风云突变，面临"三千年未有之大变局"。农耕文明与工业文明爆发血腥碰撞。

清光绪十一年（1885年）2月23日，法国侵略军进攻镇南关，下午5时，镇南关失守。法军焚关并炸毁两侧城墙，退回文渊（今越南同登）前，还在关墙废墟上立起一根写着"广西门户不复存在"的木桩，对中国进行挑衅。

同日，年近古稀的冯子材（字南干，号萃亭，广西钦州人）率18营共9000人的萃军，进抵镇南关前线。

此次临危受命，冯子材把两个儿子带在身边随军出发，以示合家赴难。临行时他嘱咐家人，一旦广西守不住，就全族迁回江南（冯妻是江苏镇江人），誓死不做亡国奴。众将士闻此无不感动。

大战来临前，他整顿军备，稳定局面，把各支军队的指挥关系统一起来，众将推举他任前敌主帅，统领作战指挥。"今无论湘、粤、淮军，宜并受冯公节度。"

鉴于当时的战争情势，冯子材料敌有可能再攻镇南关，且企图北取龙州。

龙州的重要性在于扼左江航道，而从左江沿江而下，"东出太平（今崇左）、南宁……且自龙州以东，河滩渐广，舟行下水，直达浔（今桂平）、梧（今梧州）。其视全桂腹地，东省上游，据有建瓴之势，实为两粤利害所关"。

冯子材认为当务之急是坚守镇南关，拒敌于国门之外。守住镇南关，就可确保凭祥、龙州直到南宁，乃至整个岭南地区的安全。

经过对镇南关一带地形的勘查，冯子材将预设战场选在了距镇南关4公里处的关前隘。

战场选定后，冯子材下令浚深壕、修长墙、筑坚垒，配备较强的策应之师。用土石筑起高7尺、宽4尺、长3里的拦岗长墙，并在长墙前挖了数百个梅花坑，坑上盖着草皮进行伪装，准备了大量滚木礌石，并在东西两岭的山顶上修筑炮台，构成较完整的多层次山地防御阵地。

为打乱法军作战部署，21日夜，冯子材先发制人，出关突袭法军的前哨据点文渊城，毁其炮台，诱使法军不待援兵到齐提前发起进攻。

3月23日10时，法军主力2100余人攻入关前隘阵地，冯子材指挥诸军死守两翼制高点，并以预备队抄敌侧后，并传命："有退者，无论何将遇何军，皆诛之！"战至午后，东岭上所筑4座炮台被敌攻占了3座。见战场态势逐渐危急，冯子材于阵前高呼："法军再入关，何颜见粤民（明清时广西别称粤西）？必死拒之！"他身先士卒，率部依托长墙顽强据守。

下午4时，苏元春援兵赶到，守住了第4座炮台；王德榜军抄敌后路，使敌陷入困境。这时天已擦黑，法军停止了进攻。

"料次日必有恶战，相率露宿，连夜补修营墙，严防以待。"冯子材重新部署停当，祭出奇兵，派出400名敢死队员趁夜越墙而出，埋伏在法军进攻路径两旁的杂草丛中，待机予敌致命一击。

24日晨，法军分三路在猛烈炮火掩护下发起进攻。当时欧洲陆军多以线式队形，依赖其优势的排枪火力进行作战，"前队枪炮密排，队如山立，连环迭进，任我军枪炮齐击，伤之不顾"，而且"步步紧逼"。

冯子材深谙"避敌之长，攻敌之短"的用兵之道，令"各军静伏壕内",躲避炮火,以待近战。长墙前,"枪弹积阵前厚寸许"。

卸下背囊的法军步兵,步枪上刺刀,在炮火中已攻至墙下,并开始翻墙而上。

此时,令人震撼而感奋的一幕出现了——

七旬老将冯子材,"帕首短衣"持矛大呼,一跃而起,跳入敌阵肉搏。

谁言英雄迟暮,皓首银须尚疆场效命的老将舍身拼力一跃的身影,就这样长久地定格在了历史时空中。

"二子相荣、相华亦跃出搏战",在这决胜的时刻,我军将士用命,持刀执矛喊声震天,如洪流般涌出长墙,杀向敌人。

埋伏着的400名壮勇听到号令,突然掀开覆盖的乱草,跃起猛然砍杀敌人。

法军被这出其不意的伏兵冲杀得阵中大乱,洋枪洋炮失去威力,开始溃败。

经过两天的全力拼杀,一举歼敌千余人,生擒侵略者数百人,缴获一大批枪炮和干粮。

取得关前隘阵地的压倒性胜利后,看到穷寇夺路而逃,冯子材旋挥师出关猛追,数日内一口气连克文渊、谅山、长庆府等地,"擒斩法酋六画至一画(各级军官)数十,法军司令尼格里重伤,法之精锐尽歼"。

法军战败的消息传到巴黎,导致了法国内部政治矛盾激化,迫使茹费理内阁倒台。

镇南关大捷,是鸦片战争以来清朝唯一大获全胜的一役,也成为中国近代史上抵抗外来侵略的经典一战。

130多年前关前隘的鏖战地，今天到处是活跃边贸带来的兴盛与繁荣。

G322国道驶过友谊镇隘口村，往南约3.5公里处，可见道路西侧有一处大理石牌坊建筑，匾额上题写着"护国忠魂"4个大字。当年那场大战结束后，在阵前捐躯殉国的清军忠勇将士遗骸，被收殓起来葬于此处的高高山冈之上，与拱卫雄关的右辅山融为一体，永远守护着几百米外的巍巍国门。

"近百年来多痛史，论人应不失刘冯。"

1962年，《义勇军进行曲》词作者、著名剧作家田汉自广东湛江到钦州凭吊冯子材陵墓，所赋七律中有这样两句。

"刘冯"中的"刘"，即曾在越南抗法、在台湾抗日，曾任帮办台湾防务的黑旗军将领刘永福。冯子材和刘永福这两位著名爱国将领都是钦廉人士，逝世后都葬在了钦州。

1894年，是冯子材领兵出战镇南关后的第9个年头，中日甲午战争爆发，他又奉命召集旧部驻节镇江，以备调遣。后因《马关条约》的签署，撤离江南。光绪二十二年（1896年），中英片马争界交涉事起，他赴云南提督任，稳定了云南局势。

光绪二十九年（1903年），年已85岁的冯子材再度出山，会办广西军务兼顾广东钦廉防务。老将扶病强起赴任，行军途中中暑，牵引旧伤，在南宁行辕辞世。他在临终前口授的《遗摺》中，仍念念不忘巩固边防，捍卫国土。

在镇南关一役中战功卓著的另一位广西籍将领苏元春，阵前协助主帅冯子材指挥战斗，战后担负起了重新打造镇南关防御体系的重任。

中法战争之后，广西提督兼广西全边对汛督办苏元春立即主持修复战争期间损毁严重的镇南关。对于边防安全，他认为"惟

● 二、雄关漫道

有严锁以扼要冲，庶可安常而应变"，由此，他构想并实施建造了一个具有近代军事理念的庞大防御体系——连城要塞。

他率员从镇南关至龙州，翻山越岭，沿边界踏勘，选定连城要塞的走向和炮台地点，然后用了10多年时间，在连城沿线险要的地方，依山就势，建成了连接镇南关、平而关至龙州水口关（包括宁明、大新边境古城墙和古炮台）、长达数百里的带状军事防御工事。这些国防设施包括墙高2—8米、宽1—1.5米的大小连城，以及与之配套的109处关隘、66道关卡、165座炮台、碉台和附设的300多座兵营、弹药库、地下通道、敌楼等建筑。

自此，镇南关这样一座冷兵器时代的关塞，就随着时代的演进，因边境战情而转型成了具有火力打击及支援功能的近代化军事要塞。

这样一个被称为"南疆长城"的边关防御体系，在很长一段时间内，有效遏制了法国殖民者的侵略野心，使其不敢贸然进犯广西边境。

清末广西的边防建设格局，是"以镇南关为要，城邑则特重龙州"。光绪十二年（1886年），苏元春将广西提督府从柳州移驻龙州，开始沿边境线修筑用于兵力部署调度，以及拉运从海外购置的克虏伯巨炮等装备的军用道路网。

由此，戍边的军情及国防需要，催生出了中国最早的现代公路——龙南军路。

据人民交通出版社1991年出版的《广西公路史》记载，龙南军路"是为各省筑路之始"。近年来，当地政府曾组织各方专家对龙南军路进行过调查和考证，结论为："该路是广西最早修建的公路，也是中国第一条具有国防和经济、贸易、旅游交流往来的现代意义上的公路。"

如今编号为X456县道的公路的前身是龙南军路，今天仍然发挥着连接凭祥与龙州间最便捷运输通道的作用。根据最新的国家公路网规划建设，凭祥至龙州刚刚贯通了G243国道（全线起点为重庆市开州区，终点为广西凭祥市），很多车辆改走G243国道的凭祥至龙州段，这让两地的交通往来多了一个选择。

新的国道设置，通常是为了完善路网结构，将原有的一些县乡公路贯穿起来，提高道路通行等级，统筹全国的交通路网格局。

而今要去寻觅这条已逾130岁"高龄"的龙南军路，可以从友谊关景区上G322国道，向北行驶约20公里拐进G243国道，这段国道往龙州方向直至扣浮屯，就是由X456县道改造而成的。

从扣浮屯沿X456县道继续北行至鸭水村，就来到了左江的上游平而河河畔。

当年龙南军路的国防价值，某种意义上更体现在鸭水村至镇南关的这一路段上。

镇南关那一仗击退法军后，为防止侵略者卷土重来，苏元春将边境地带军事要塞化，以重炮封锁可能遭遇敌人越境进犯的隘口及通道。当时广西边防所需的一批120毫米口径的克虏伯巨炮，从德国鲁尔区的埃森港发运，以远洋船舶运至我国广州，再用内河船舶过驳运载，自珠江上航，经西江、浔江、郁江、邕江、左江，分别到达龙州、平而关，以及鸭水码头上岸。

这些巨炮上岸后，即通过沿我方边境一线铺展开的大小军路，运抵安装在沿边重要关隘的炮台上。

鸭水村至镇南关这段由于没有水路连通，只能以马车走龙南军路的方式进行拉运。

事实上，无论是国防装备的运输、炮台工事的建造，还是边防路网的修筑，都是广大的军民付出了巨大的艰辛，用心血和汗

二、雄关漫道

水经年累月打造出来的。在《屯甲山炮台碑记》上这样的文字描述了当时工程之艰巨和不易：

"然而事不经历，莫知甘苦……我将军自经始奔临，指授规制。凡半砖滴水，皆工匠勇丁等如蚁载粒，出入于蛮烟瘴雨之中，往来于垒巘重山冈之上，其胼胝情形，甚于他处，有难尽以形容者。"

光绪二十二年（1896年）竣工的龙南军路，修筑质量及路面条件高于传统的驿道、官道，龙州至那堪段路面后来还在碎石上铺浇了沥青。良好的道路通行条件，原先的出发点是服务于军事防务，但对民众生活的影响也是显而易见的，公路所经过的一个个村寨改变了过去闭塞的面貌，边关交通条件的改善，也极大便利了边境商旅的往来，促进了边疆经济的发展。

光绪末年，常有法国汽车从越南驶入龙南军路，到凭祥、鸭水滩一带进行客货运输和贸易，这不仅是广西最早的行驶汽车的公路，也是有记载的中国现代最早通行汽车的道路。

那一年春末夏初，我行车于青山绿水间盘绕的X456县道，既穿越进龙南军路保家卫国的沧桑历史间，也穿行在南疆边境真切而生动的山野田园中。

这条昔日的军路，如同一位从容的老者，阅尽了风霜寒暑，只沉淀下了一份谦和与安详。X456县道上车辆不多，灼灼的阳光下树影婆娑，静谧得仿佛时间也静止了一般。

车轮驶过光影斑驳的路面，车行其上，我感觉是在向百年军路致敬。

凭祥至鸭水村路段，我看到的是以岩溶峰丛、村舍田畴、蕉林果园、古榕和池塘为背景的旖旎风光长廊；鸭水村至里城村段，则尽显当年军路之险奇，在当地人称之为"半山洞"的临江险段，

100多年前的筑路工匠用近代的工程手段，在陡直崖壁上一点一点地凿挖出一个"C"形剖面的通行空间，今人若是初次到访此处，一定会感慨工程之艰巨，以及民力之伟大。

碧绿的平而河，静水深流，与百年军路默默相依相伴。

就在这高筑于悬崖河段的X456县道之侧，立有一方巨石，上面刻有"中国第一路"五个大字，一笔一画，写尽沧桑边关军路的岁月与光荣。

风雨如磐，公路似箭，穿过多少历史风云。

自G322国道的终点友谊关出发，驾车北上往起点方向行驶。G322国道大体呈东北—西南走向，驶入南宁市区路段，从葫芦鼎大桥跨过邕江，再往东北方向行进约50公里，就进入一片群山屏藩之地，不久即会在国道右侧的山体上，看到昆仑关景区的旅游设施。

昆仑关在军事地理上的价值，实则是作为南宁的北部屏障——失却此关，南宁将无险可守。

清乾隆年间进士张鹏展游历昆仑关，登临咏哦留下诗篇："北水归临浦，南云控古邕。一关通鸟道，万仞锁螺峰。垒石层塬旧，明珠置泽重。无须谈将略，薄海尽尧风。"

承平年代，古关内外，尽是尧风舜雨、河清海晏；当国家危难，狼烟四起时，多少雄关险隘，尽是碧血黄沙，干戈满目。

1939年末至1940年初，中国军队为收复昆仑关，与日本侵略军铁血碰撞，以巨大代价，取得抗战相持阶段的攻坚战首胜。

战火猝然降临这座桂南的关隘，中日两军主力在此拼死攻守，全因山脚下的这条公路线。

七七卢沟桥事变两年后，大片国土沦陷，中国抗战形势日趋

● 二、雄关漫道

严峻。日军妄图进一步切断我方华南地区交通补给线，对中国实行全面封锁。当时，中国为取得国际援助的抗战物资和各种设备，开辟了由越南海防、河内经桂越公路通往南宁的国际运输线，走南柳公路，然后通过湘桂铁路北运衡阳。

1939年4月，日本海军提出"攻占南宁，切断通过该地的中国对外联络补给干线，并使其成为海军向内陆进行航空作战的基地"的作战计划。10月，日军大本营发布命令，切断中国军队从凭祥、龙州到南宁的补给线，甚至狂妄叫嚣："这是中国事变的最后一战。"

11月中下旬，日军在钦州湾企沙、龙门等处登陆，攻占桂南地区，侵占南宁并控制昆仑关。为打破日本战略企图，中国军队作战围绕保卫广西的南北运输线展开，争夺重点就是作为交通咽喉的昆仑关。

今天的昆仑关仍保留着古时候的驿道遗迹，险仄的山路直通关楼。不过，中日争夺的隘口交通线并非穿关城而过的古驿道，而是邕宾公路的路段。

当年的邕宾公路，即现在的X028县道，是1926年开辟的邕人公路之一段。

邕大公路从南宁起，经宾阳、米宾迁江至忻城人塘，全长201公里，与柳州至忻城大塘段连接，是广西腹地沟通南宁至柳州的公路干线。1925年秋开始进行的邕宾公路修建，南宁至五塘段由于地形较平缓，在原有官道基础上略为填挖改直，加铺沙砾路面即达到行车要求。工程量最大的就在昆仑关一带，从1926年春干到次年夏天才全线完成通车。

现代筑路技术的使用，使得邕宾公路不需再沿着驿道，爬上陡坡越过昆仑古关，而是劈山开路、绕关而出。

1927年完工的邕宾公路，没想到12年后成了战争的焦点，被列为前线公路，要求除了能行驶一般军车，还可以通过各种战车、炮车（150毫米重炮车，重达22吨）。战争期间公路既要保证我方的畅通无阻，也要防止被敌人所利用，所以当战局不利于我方，需迟滞敌人进攻时，就要将公路上的关键设施悉数破坏殆尽，在当时有些路段甚至经过多次破坏后，路基完全消失。"随着军事的进退，临近前线的公路迭破迭修，历经沧桑。"

　　《广西公路史》这样写道：

> 　　抗战期间，广西总计自行破坏部管、省管公路共达3724公里，占原有公路里程的87%以上；破坏桥梁1.6万余米，涵洞约4700道，道班房约2.4万平方米……基本上把20多年惨淡经营起来的公路精华部分破坏光了。
>
> 　　此外，广西还自行破坏了能通车的县道约1582公里……
>
> 　　自行破路，是在军事失利的情况下被迫进行的，是为了反侵略的民族解放战争需要。广西公路之所以遭受严重破坏，其根本原因是日本对华发动侵略战争。要是没有日军的侵入，广西人民就不会遭到空前浩劫，公路事业亦不会遭受如此惨重损失。

　　时间过去了一个多甲子，发生了天翻地覆的变化，换了人间。

　　现在的G322国道经过昆仑关下，选线与X028县道并行，只是在山脚下，国道和县道来了一个平面交叉。

　　这个"×"，像是昭示着历史时空节点在此的一个交汇，也恰似书写在昆仑关下一个巨大的拒止符号，是对侵略者的警告与蔑视。

二、雄关漫道

当年那场以昆仑关下的邕宾公路及周围山头制高点为主战场，战火遍及南宁周围数百里的江岸、公路、田野和村庄的战役，经过半个月的鏖战，终以痛歼日军5000余人、击毙日军第五师团第二十一旅团长少将中村正雄而结束。

车来车往、一派繁忙的G322国道，冲出历史烟云，慨然北去。X028县道的昆仑关下一隅，敌酋中村正雄的孤坟在滚滚的车轮驶过处，寂寂无语地成为那场战役的一个历史注脚。

2021年6月19日，在庆祝中国共产党成立100周年之际，中共中央宣传部新命名111个全国爱国主义教育示范基地。位于广西南宁市东北郊的"昆仑关抗日战役纪念地"，名列其中。

G322国道向北飞越红水河、柳江，来到了美丽的漓江边，放缓了匆匆的脚步。

中山北路14号——叠彩山下一栋具有桂北民居风格的黛瓦白墙两层小楼，见证了在这场神圣的民族解放战争中，中国共产党领导全国人民开展抗日救亡运动，巩固和扩大抗日民族统一战线所发挥的重要作用。

"万祥醋坊"，这家桂林旧时街头普通的制酒作坊，在风云际会间一度是中国共产党统筹南方抗日大局的重要支点。

抗日战争全面爆发，广州、武汉等大城市相继沦陷，广西成为抗日的大后方。当时的桂林不仅是广西政治、经济、文化的中心，而且是联络华中、华南和西南的交通枢纽，也随之成为八路军、新四军及南方各省党组织与延安党中央联系的重要中转站。

在周恩来、董必武、叶剑英的组织领导下，1938年11月，八路军桂林办事处建立。作为中国共产党在桂林的军事、政治联络站，八路军办事处就设在"万祥醋坊"里。

为党领导的抗日军队筹集和转运抗战军需物资，是八路军桂林办事处的一项极为重要的任务。1938年10月后，由于日军的封锁和国民党政府停止对共产党领导的八路军、新四军等抗日武装的一切军需供应，为解决党中央和我军抗日前线军需奇缺的困难，党中央明确指示八路军桂林办事处充分利用与桂系的统战关系，以及广西当时可通往海外唯一便捷的国际通道，为延安和抗日前线筹集、转运各种急需的军用物资。

桂林城是战时沦陷区人员进行疏散的地区，大批文化人和文化团体云集。在中共南方局的影响和领导下，桂林成为抗战时期著名的文化之都，同时也是全国文化抗战的传播辐射中心之一。

中国共产党是全民族团结抗战的中流砥柱。活跃在桂林文化城的中国共产党人，是桂林抗战文化运动的灵魂。抗战时期的桂林军民与全国各地来桂文化工作者、国际反法西斯战士一起，在抗日民族统一战线旗帜下，以文化抗战和武装斗争等多种形式，积极参战、团结抗战，创造了足以辉映历史天空的桂林"抗战文化城"奇迹。

2015年8月《广西日报》所刊载的一篇学者文章，对桂林"抗战文化城"现象作了非常精彩的论述："中国共产党抗日救亡的民族呼声，正好切合这一大批文化人的民族解放意识的觉醒，他们面对艰难时世，自然燃烧着强烈的时代使命感和忧患意识，以艺术的眼光来寻找光明，寻找温暖灵魂的火焰，把自己的生存境况与民族的生存紧密地联结在一起。他们在文艺的创作过程中，流亡与复兴、时艰与责任、生与死、个体与民族情感等一系列的复杂感受都转化为激扬文字，变成一篇篇讴歌抗战，赞美人民的灿烂诗篇，显示出中华儿女深沉的民族情感底色。"

岁月如漫长公路上滚动的车轮，一往直前，永不停歇。

二、雄关漫道

在G322国道上回望八路军桂林办事处旧址，80年多前的抗战烽烟中，仿佛有一颗璀璨的红星，闪烁在漓江之畔，照亮南国大地。

从桂林市中山北路往北行车，过了北辰立交，直上灵川大道。G322国道继续北去，两边喀斯特地貌渐稀，但见公路尽头处南岭赫然横亘，群山逶迤，自古岭南通往中原地区，多走眼前这条越城岭与海洋山之间的湘桂走廊。G322国道桂林至全州段，又叫桂黄公路，起始于桂林市，终点在全州县黄沙河，1989年动工，1997年6月全线贯通，是当时广西的第一条一级公路。

广西首条一级公路选择在湘桂走廊上修筑，说明了这一南北交通要道的重要性。

也许很难再找出一处比湘桂走廊更能体现历史的古今对应，以及交通元素多样性呈现的地理空间了。

在这个由都庞岭、越城岭及其余脉围夹而成的狭长平原地带，早在春秋时期便有了勾连中原与岭表的"楚粤通道"；此后，秦在这条湘桂走廊上开凿了灵渠，让"湘桂运河"畅通水路运输，并以古老的"楚粤通道"为基础拓建成驿道，而在驿道一侧，还有由民间商贩开辟出的"湘桂古商道"；近现代以来，这里又出现了公路和铁路，随着时代的进步和国家的发展，在现有的G322国道、湘桂铁路线一侧，又增建了G72泉南高速公路和扩能改造而成的衡柳快速铁路，将来还计划建设时速350公里的湘桂高铁线。

白驹过隙，日月如梭，G322国道穿过湘桂走廊，也在穿越岁月时光。

在湖南永州之南，G322国道与G207国道并线，然后在零陵潇水之畔分头前行。G322国道继续北上祁阳过湘江，再直上祁山,在熊罴岭以北折向东行。

过了祁东进入衡南县,衡阳市区就在望了。

"塞下秋来风景异,衡阳雁去无留意。"

对于湖南衡阳,许多人第一时间所能联想到的,除了南岳衡山,还有就是北宋词人范仲淹在《渔家傲·秋思》中的这一名句了。

衡阳有"雁城"之称,因为中国古诗词中有太多的关于"衡阳雁"的吟咏,甚至还有"衡阳雁断"这样的专属成语。

唐人孟贯有一首《归雁》,这样写道:"春至衡阳雁,思归塞路长。汀洲齐奋翼,霄汉共成行。雪尽翻风暖,寒收度月凉。直应到秋日,依旧返潇湘。"

我也是在一个秋日来到衡阳市,万里无云,楚天寥廓。

G322国道由西向东贯穿衡阳市区,在国道北侧湘江左岸,是衡阳著名的地标建筑——回雁阁,从回雁阁北行不到千米,有一处"衡阳抗战纪念城"遗迹。2014年9月1日,国务院发布《国务院关于公布第一批国家级抗战纪念设施、遗址名录的通知》,"衡阳抗战纪念城"进入名录当中。

湘南重镇衡阳,地处华中通往西南的公路网中心,也是当年粤汉铁路和湘桂黔铁路的接轨点,故为西南的门户和军事要地。

1938年10月以后,衡阳作为与重庆、昆明并列的战时中国三大中心城市之一,无论是在军事上还是经济上,都是战略倚重的区域。那时以衡阳为战时中心的湖南省,则将妄图向我国西南以及东南亚国家进犯的日军,死死地拖在湘北之境长达6年之久。在这6年里,作为第二次世界大战中国战场最前沿的中心城市和坚强军事堡垒,衡阳城岿然屹立。

在1944年,即抗战胜利前一年,同盟国军队在各个反法西斯

二、雄关漫道

战场连续发动反攻，日军大本营意识到，从日本本土到东南亚的海上交通线可能很快会被盟军切断，因此，从马来西亚经中国到韩国釜山的大陆交通线将成为日军在东亚大陆作战的最后生命线。于是，衡阳首当其冲成为日军所谓的"1号作战计划"中打通平汉、粤汉、湘桂等铁路交通线的攻击目标。

6月下旬，这里发生了一场震惊中外的城塞争夺战，史称"衡阳保卫战"。

衡阳保卫战是抗日战争时期作战时间最长、敌我双方伤亡官兵最多、激战程度最为惨烈的一场城池争夺战。在这场残酷的攻守大战中，我军伤亡1.6万人，日军死亡2万余人、伤6万余人——也是日本战史中记载的唯一一次日军伤亡超过我军的重大战例。此役极大震撼了日本朝野，日本首相东条英机因此下台。因担心衡阳之战的重大伤亡影响军心，日本甚至刻意淡化这场战事。

四面被围，孤军奋战，既没有援军，又没有任何武器、弹药、粮食、药品补给，空中炮弹横飞，毒气四处弥漫，在方圆不到2平方公里的弹丸之地，中国军人顽强抵抗综合军力10倍于自己的日寇达48个昼夜，粉碎了日本侵略军妄图3天拿下衡阳城、7天打通西南大陆交通线的计划，也由此牵制了日军用于打通大陆交通线的5个师团、1个独立旅团、1个重炮部队共计11余万兵力，缅北重镇密支那重回盟军手中，扭转了中缅战局，并为欧洲战场诺曼底的成功登陆，以及世界反法西斯战争取得最后的胜利赢得了宝贵时间。

可以这样说，衡阳保卫战是中华民族与日本法西斯进行的一场悲壮血战，鼓舞了全国人民的信心。它与第二次世界大战盟军在欧洲大陆及太平洋战场上的反攻遥相呼应，成为世界反法西斯战争的重要组成部分。

在1944年8月12日的延安《解放日报》上,毛泽东主席亲自起草社论评价道:"守衡阳的战士们是英勇的,衡阳人民付出了重大牺牲。"

今天,以毛主席的手迹作为题刻的石碑,就竖立在衡阳保卫战纪念馆前的广场上。

衡阳保卫战纪念馆又叫陆家新屋,位于衡阳城西南的蒸水之滨。

依山傍水的这处湘南古民居,是由清代振威将军陆成祖于光绪七年(1881年)建造的。衡阳保卫战期间,陆家新屋成为解围的中国援军与阻援的日军外围争夺焦点之一,双方曾在此爆发激烈战斗,现外墙上依旧保留着数十处清晰可见的弹痕,这处抗战遗址的内部如今被改建为衡阳保卫战纪念馆。

带着战争留下的"累累伤痕"仍如山岳般屹立的纪念馆,正以一件件抗战史实、实物,以及一块块展板上的文字资料、照片、图标,无言地讲述着70多年前那场惨烈的战事。

"衡阳军民以英勇卫国,拼死杀敌的爱国献身精神,为中华民族反侵略战争史写下了最悲壮的一页。"当你了解了那48天的孤城困守,以及衡阳城军民令人钦佩的英勇顽强抵抗,你也许就会理解纪念馆里展板上写着的这一段话的含义。

沿着G322国道,从桂南的边陲雄关,到湘南巍巍衡岳。

一路上,我时时在想,当民族危亡、国家有难之际,那种全民族奋起共同抵御外侮、坚韧不屈、舍生忘死的精神从何而来。途中,我的车子从青山簇拥着的G322国道柳州市西南郊路段驶过,车窗外翳郁的山上忽然闪过一座白色的纪念碑,我觅得一条

二、雄关漫道

山路前去看个究竟。走到近处才看清上面写着"百子坳军民抗战胜利纪念碑"的字样,一看手机的定位,此处是柳州市柳江区里高镇。

我据此搜索了相关资料,才得知这个路段又是一处公路战斗遗址:1945年6月中旬,大势已去的日本侵略军一个联队溃退时经过此山坳,被广西军民合力阻击,200多名日军被歼。

纪念碑下的石门上有这样一副对联:桑梓遭蹂躏,坳前雪耻辱。

史料记载:1944年11月11日,柳州城区、柳江县沦陷,日军侵占柳江县23个乡镇后,造成近2万名当地百姓死亡和失踪。

日军的暴行,激起柳江人民同仇敌忾的怒火,他们纷纷拿起刀枪,全县组织起70多个抗日武装自卫队,以村为战,以乡为战,联乡联村为战,先后发生大小战事120多次,毙伤日军500多人。战斗最激烈、战果最辉煌的一仗,就在百子坳。

知悉了这段历史,同样的也就会对纪念碑下的那副对联产生共鸣。

一条国道,就有那么多可歌可泣的战场故地和英雄故事,而在我们广袤的中华大地上,又有多少反抗侵略、捍卫民族尊严的悲壮历史,在为我们的民族精神注入不屈的意志,以及百折不挠的坚韧品格呢?在烽火狼烟的年代,当"我们万众一心,冒着敌人的炮火前进",那种不朽的民族之魂迸发出来的强大精神力量,就会在亿万中国人胸中磅礴涌动,也在为这片土地铺上一层永不磨灭的英雄底色。

那一年,我到晋蒙交界地带看塞外长城。G208国道进入内蒙古自治区丰镇市,再转向S102省道东行四五十公里,就来到山西省阳高县的长城乡。长城乡的乡政府所在地，位于紧依长城的二十六村，地处镇川口与守口堡之间。

这里的长城及烽火台，皆为平地起墙，倚山筑台。长城乡以西，每隔数十公里均建有一座军堡，镇边、镇川、宏赐、镇鲁、镇河合称"边墙五堡"，它也成为这段明长城的代称。

镇川口至长城乡一带是高原山地间的巨大豁口处，地势平坦，当年外长城直面蒙古铁骑冲击而无险可据，为了弥补地形上的不利，明军在长城两侧密集地修建高大的墩台，它们与边墙共同组成了互为犄角的交叉防御网络，造就了墩台林立、气势如虹的独特景观，加之当地黄土直立性稳定，夯土墙体坚固保存较好，使这里成为考察和拍摄山西长城的必选之地。

我从广西凭祥友谊关的"南疆长城"，辗转半个中国，来到北方茫茫的塞外长城。

上万公里的行驶与行走，披星戴月，风雨兼程，有时候也在问自己，我的前方何处是终点？我到底在找寻什么？仅仅是找寻那些历史遗迹和战场故地吗？当我来到了塞外长城脚下，我忽然意识到，我是在找寻一种精神，一种矗立于厚实大地上的、顶天立地的中国精神。

莽原千秋，边塞万里。

站在空谷悠悠、苍凉萧瑟的长城下，触摸岁月侵蚀的夯土边墙，如同触摸真实的历史，古今对话。

荒烟蔓草，四野寂静。塞外朔风劲吹，唯有长城在苍穹下坚强挺立，护卫着身后的大好河山，并且穿越时光，远远地向着未来延伸……

何为中国精神？

要读懂中国精神，除了从中国数千年历史长河里寻找答案，

二、雄关漫道

我们的目光还将投放到何处？

回答是：现实是最好的读本，也是最真实、鲜活的历史！

2020年，是进入21世纪20年代的第一年。历史不仅要记录一场突如其来的疫情，还将见证一场发生在中华大地波澜壮阔的全民抗疫大战，并见证中国的最后胜利。

一种人类历史上从未出现过的新型病毒，2019年12月底在武汉露出了獠牙。

这场后来被命名的"新型冠状病毒肺炎（COVID-19）"的疫情，开始席卷全球，造成了第二次世界大战结束以来最严重的全球公共卫生突发事件。

面对前所未见、突如其来的新冠疫情，中国率先报告、率先出征，以对全人类负责的态度，打响了一场疫情防控的人民战争、总体战、阻击战。

1月23日，农历除夕的前一天——武汉"封城"！

这是人类历史上第一次对一个人口千万级别的大城市采取最严厉的防疫措施。

也是人类历史上最勇敢的防控措施和前所未有的主动牺牲。

千万人口大城、九省通衢之地关闭离汉通道。

疫情阴霾下的武汉进入至暗时刻，这也是中国战"疫"最吃劲时期。

2月14日，中央赴湖北工作组发布动员令，一场武汉保卫战、湖北保卫战全面总攻正式打响。

武汉胜则湖北胜，湖北胜则全国胜！

举国一盘棋。

上下同心。一方有难，八方支援。

响应党中央号令，四面八方的战"疫"力量火速向武汉、向湖北集结。

新中国成立以来规模最大的一次医疗力量调遣迅速启动——340多支医疗队的4.2万名医务人员白衣执甲,星夜驰援武汉,筑起了一道坚不可摧的白衣长城。

紧接着,19个省份对口支援湖北除武汉市外16个市州（林区）,快速提升当地抗疫能力。

14亿多中国人信心坚定,众志成城!

生命至上,刻不容缓。以"中国速度"建造的火神山、雷神山医院和临时改建的方舱医院成为照亮至暗时刻的"光"。

操着各种方言的建设者们昼夜施工……

武汉"封城"当天,火神山医院启动建造,仅仅10天后就开始接收患者。随后雷神山医院和16家方舱医院投入使用,为患者打开生命和健康之门。

与此同时,各个省、自治区、直辖市纷纷启动一级响应机制,加密织牢防护网,中国战"疫"全民皆兵。

在党中央的坚强领导下,中国以坚决果断的勇气和决心,采取前所未有、科学精准的防控策略和措施,经过艰苦卓绝的努力,用1个多月的时间初步遏制了疫情蔓延势头,用2个月左右的时间将本土每日新增病例控制在个位数以内,用3个月左右的时间取得了武汉保卫战、湖北保卫战的决定性成果。

中国人民挺过来了!

中国的抗疫斗争,是全球抗疫大战的第一道阻击防线。中国所调动的精锐之师、所投入的巨大资源、所组织的战略支援更是世界级的。

每当民族危难,面临生死存亡的关头,中华民族所迸发出的磅礴伟力从何而来?

这种强大的力量是一种非凡的凝聚力，来自全国人民万众一心、风雨同舟、和衷共济。

这就是国家精神、民族精神之所在。

对于我们这样一个民族、一个国家而言，越是艰难的时刻，越能挺起脊梁，越能升华不朽的精神。

为国而战，不惧生死！

这场疫情，因为有无数逆行而上、坚毅勇敢的英雄而感动着亿万国人，铭心刻骨，让每个人的心底里都充满力量。一位网友在居家"禁足"期间，曾用手机微信写下了这样的文字，阅之令人动容，以至于获得很多点赞和转发量：

"己亥末，庚子春，荆楚大疫，染者数万，众惶恐，举国防，皆闭户，道无舟车，万巷空寂。然外狼亦动，垂涎而候，华夏腹背芒刺，幸龙魂不死，风雨而立。医无私，警无畏……政者、医者、兵者，扛鼎逆行勇战矣！商家、名家、百姓、仁义者，邻邦献物捐资。……能者竭力，万民同心。"

这次战"疫"取得成功，是我们全体中国人共同努力的结果。

有学者这样评论：只要了解中华民族的历史，了解中华文明的独特性，就会明白这一点，中国经历的任何一场空前危机或灾难，一旦放在了中华民族历史的背景中，并列于历史上众多的磨难中，实际上就是在提前宣告最后的胜利，也是在提前憧憬更大的光明。

可以认为，这是中华民族和中华文明最为突出的一个特点——无论多么大的危难都能够闯过去，而闯过去之后一定是一个更好的明天。

回溯历史，在中国史书上从殷商到近代有过明确记载的瘟疫灾难就达261次之多,而其中大多数都会造成"出门无所见,白骨蔽平原"的惨象。但瘟疫其实还只是整个民族生命历程中经历的各种大灾大难中不大不小的一部分,而经历再大的灾难,中华民族每一次也一样能够重新生机勃勃地走向复兴而且不断地发展壮大。

习近平主席在统筹推进新冠肺炎疫情防控和经济社会发展工作部署会议上的重要讲话中指出:"中华民族历史上经历过很多磨难,但从来没有被压垮过,而是愈挫愈勇,不断在磨难中成长、从磨难中奋起。"

愿山河无恙,中华无恙。

行经国道：

三、万水千山，
最美中国道路

G107

G321

G209

G324

G358

景行行止

- 国道本身就是风景。当你驾车一直沿着国道开行,就是在用车轮丈量祖国的大好河山,也是在用"现在进行时",去阅读我们这个最美好的新时代。
- G107国道,又名"京港线",起点为北京市西城区,终点为香港特别行政区北区,全长约2600公里。"1"字头的国道,大都是从首都北京向外引出的呈放射状分布的线路。G107国道由北向南,过黄河、跨长江,直抵珠江口,纵贯北京、河北、河南、湖北、湖南、广东、香港特别行政区7个省级行政区。
- 以G107国道的"变迁史",来观察中国的路桥史,乃至新中国的建设史、城市发展史,都是一个极好的参照系。

没有目的,没有目的地——自驾旅行,仅仅是因为公路在那里。追逐永无尽头的道路的前方,本身就是一种意义。

在我这样的公路爱好者眼里,《诗经》中的那首《小雅·车舝》,就是实打实的中国最早的"公路文学"作品。

一共五节的诗文就不在此引用了。今天读着这些吟唱于两三千年前、极富生活气息的诗句,你会发现里面竟集齐了诸如"车辆""驾驶员及乘员""道路""路途风景""行驶过程中的心理活动"等要素。

尤其是知名度最大的那两句：

高山仰止，
景行行止。

今译：抬头仰望高山高，宽阔大道任驰骋。
这是对该诗句最直白的"原生态"解读。
当然也是驱车在途时，精神最饱满最愉快的状态。

我一直对公路有一种特殊的执迷。
也因此喜欢研究地图，那些在二维图册上被标注成各种颜色的公路线，是蕴含着政治、经济、社会等密码的最智慧、也最有韵律感的线条。
在现实中，公路的意象非常丰富，且都具有正向能量。公路代表着沟通、远方、探索、活力、希望、想象力……我甚至不吝用最美好的词语去赞美它。
公路中，最有代表性的就是国道了。
国道是我们国家最主要的一种干线公路，在无比广袤的国土上纵横跨越，无远弗届，穷山距海，不能限也。
每一条国道都是最美的国道，每一条国道都有其独一无二的个性和气质。
国道本身就是风景。当你驾车一直沿着国道开行，就是在用车轮丈量祖国的大好河山，也是在用"现在进行时"，去阅读我们这个最美好的新时代。
"万水千山，最美中国道路"——有一首很好听的歌曲这样唱道，十分地打动人，让人听过就一下子记住了。

是的,最美的中国道路,也是最美中国前进的方向。

如果你想以一种精练、简明的方式去感知一个真实而立体的中国,没有比沿G107国道——这条华夏腹地的历史人文廊道进行走读更适合的了。

2014年春,我给自己安排了一次"说走就走"的旅行——驱车走一趟G107国道。

此前的很长一段时间,在自驾跑遍了周边的省份后,不想再随大流般地跟在成群结队游客后面亦步亦趋去逛所谓的热门景区景点,我开始寻找一种更有深度更具价值的自驾旅行体验。

其实,自驾旅行毕竟不是什么"掐表计时"式的公路竞速,在不赶路的情况下,我想选择高速公路以外的道路。

高速公路是以"快"字优先的道路系统,效率排第一位,保证较高的行车速度,却不利于驾驶员观景,更缺乏与道路边的自然和社会生态进行交流的便利性。

相对而言,我们国家标准的二级公路是很适合自驾观光的,双向车道,车速不需要太快,道路没有全封闭隔离,方便交通参与者自由进出。在我国广袤的中西部地区,非城区范围内的国道路段,基本都以12米左右宽的路面、中间有黄色标线的二级公路为主,路况良好。一些东部发达省份的国道非城市路段,也有建设成一级公路或高速公路等级的,不过在我的行车印象中,我们国家的国道大部分路段主要还是以二级公路为主。

很多省道和部分县道,也都是二级公路等级的,我为何唯独对国道"情之所钟",想想,也许还有一个原因就是"国道"这两个字,无形中能给人提供了一种"去往远方"的想象力,那是最令旅人着迷的。

当然,国道不光是"诗性"的、带着"文艺范儿"的,更是严谨、严肃的，体现着国家功能与国家意志。

国道的定义，是指具有全国性政治、经济、军事意义的主要干线公路，包括重要的国际公路、国防公路，连接首都与各省、自治区的省会、首府，以及直辖市、特别行政区的公路，连接各大经济中心、港站枢纽、商品生产基地和战略要地的公路。

我关于国道的自驾体验尝试，首选G107国道，原因就在其重要性。

G107国道，又名"京港线"，起点为北京市西城区，终点为香港特别行政区北区（通过文锦渡口岸连接），全长约2600公里。"1"字头的国道，大都是从首都北京向外引出的呈放射状分布的线路。G107国道由北向南，过黄河、跨长江，直抵珠江口，纵贯北京、河北、河南、湖北、湖南、广东、香港特别行政区7个省级行政区。

这条国道虽然长度上不及总里程数突破一万公里的G219国道的三分之一，但它径直穿过我们国家历史积淀最厚重的地带，也是人口密度最大的区域。正因如此，G107国道是我国最繁忙的国道，也是中国仅有的加入亚洲公路网的国际公路。1987年，G107国道率先试行公路GBM工程——实施具有中国特色的公路标准化、美化建设工程；1994年，被打造成全国第一条"文明样板路"。

这么说吧，G107国道全线几乎与京广铁路、G4京港澳高速公路、京广高速铁路并行，在这条狭长的陆上交通"高能地带"，连通起华北平原上的首都北京市、华中城市群与华南的粤港澳大湾区城市群，是加强中国南北经济、文化交流的纽带，堪称"黄金大通道"，其重要性可类比历史上水路交通时代著名的京杭大运河。

这是一条交织着传统与现代的公路线。

循线行车，可以感怀历史，可以感知现实，还能望见未来。

可以说，我有意识地以个人的视角和体验，对国道及其周边建立起的立体的认知，就起自G107国道。

跑国道全程，很难有那种能从头到尾"一竿子插到底"式的理想行程。上千公里的路况千变万化：有时候是由于各种原因造成拥堵；有时候遇上道路大修或拓宽改造，有时甚至是线路整体迁移、改道，施工单位就会竖起暂时封路或提示绕行的蓝色彩板。

还有一个难题是，你不能确保能一直行驶在自己出行前"规划"好的某一条特定的国道上，哪怕是在有导航设备的情况下。因为导航软件只向你提供从A地到B地的交通优选方案，而并不一定是你所需要的国道（你想走的那条国道甚至没有出现在软件提供的备选线路中），更可能推荐的是某条比较便捷的道路。

好在G107国道如同是我国中部地区的一条中轴线，在后来的几年时间里，只要我驾车经过的地方离G107国道不远，总喜欢专程驶入这条公路线，在那些记忆中感觉特别舒服的路段，或者以前曾缺漏的部分，跑上一程。

与其他国道相比，G107国道全线的走势几乎是直通通的。

向北驶进北京市房山区，G107国道路段就成为首都的市政道路"京深路"；向南驶进深圳市南山区，G107国道路段则是全封闭的城市主干快速道路"北环大道"。

像我这样更专注于公路的自驾旅行者，实际上，旅途中都不太愿意开车进大城市寻找住宿和餐饮，而更喜欢选择在国道边上的旅店宾馆和小饮食店、大排档上住宿和餐饮。原因一则是节省盘缠开支，二则是为了避开市区道路上的各种行驶限制和拥堵。大城市的交通复杂，进城出城都需要花费大量的时间。

在公路边解决夜间休息和能量补充问题，第二天早上醒来，出门启动车子就可以继续沿着国道出发，方便快捷。

靠近国道边的旅店宾馆，噪声是需要避开的，一般情况下会挑选背着公路那面的客房住下。有时候没得选，晚上过往车辆隆隆的车声可闻，车灯照进房间窗户，隔着窗帘光影变幻，一阵接着一阵不停息。这样的住宿条件虽然不够理想，但对车辆噪声"免疫"绝对是一名公路自驾旅行者应具备的基本素质，伴着公路的声音入眠，梦境中仍在穿州过省，马不停蹄。

G107国道的人文气息是最独一无二的。

除了相对僻远的山林原野路段，国道沿途两边大部分都充满了人间烟火的生活气息，尤其是那些穿过大大小小的集镇、村落的路段。

不知道这些村镇是因为国道经过那一带而后聚集起来的，还是国道原本就要穿越那些人烟稠密的区域。

国道如同一个长长的展示地域特色文化的全景式"橱窗"，不同的地域，则呈现出不同的生活场景。几百上千年形成的道路，两侧所呈现的人文元素，早已经与所在地的文化、生活深深地交融在一起了。

道旁的绿化树、防风林，密密麻麻的电线杆、高压线塔，周边田地的各种农作物，还有楼房屋舍、店铺，以及屋前院边摆放的各式各样的生活物品，在所有这些所构成的国道景观系统中，又以那些由数字和文字呈现出来的信息符号，对人产生最为鲜明和直截了当的视觉认知：路沿的里程碑上一直变动着的数字、路边石碑标牌、或悬挂或立着的横幅及广告牌、房屋前和围墙上刷写的文字，其中内容有交通安全提示、有标语口号、有店铺名称和商品信息，甚至不乏寻人启事、红白喜事……当然，出现频率最高的还是——"加水、洗车""住宿、餐饮"这两大公路主题。

三、万水千山，最美中国道路

一条国道，是社会经济运行的血脉，也是文化长廊，还是可以在车轮上阅读的"大百科全书"。

沿着G107国道，西出湖南的省道1823线，我曾在春天来到青山环抱的韶山冲。尽管春寒料峭，毛泽东同志故居前坪却人流如潮，暖意融融。"东方红，太阳升，中国出了个毛泽东"，人们怀着无比崇敬的心情，从天南地北赶来，到此参观瞻仰，缅怀这位开天辟地的一代伟人和新中国的缔造者。

沿着G107国道，东上S3700津雄高速，在2019年的一个冬日，我造访过未来的千年之城——雄安新区。"千年大计、国家大事"，在这片一马平川的广阔平原上，到处是林立的塔吊和热火朝天的工地，感叹身处这个大时代是何其有幸，我们将亲眼见证新的中国规划、中国速度，这里崛起的未来都市的新样板，一定是远比人们想象中还要美丽的模样。

G107国道从"衔远山，吞长江，浩浩汤汤，横无际涯"的洞庭湖之畔穿过。"洞庭天下水，岳阳天下楼"，我在盛夏的一天登上岳阳楼，眺望烟波浩渺的八百里洞庭，聆听在湖天一色的苍茫处传来的历史回响：先天下之忧而忧，后天下之乐而乐……

此正可谓，"四面湖山归眼底，万家忧乐到心头"。岳阳楼与《岳阳楼记》相互成就，让中国传统文化中"济天下"的雄阔心怀，在洞庭之滨隽永千年。

G107国道从雄踞武昌蛇山的黄鹤楼下穿过，然后与武汉长江大桥"合体"——"一桥飞架南北，天堑变通途"。黄鹤楼有"天下江山第一楼"的美誉，历代文人墨客在此留下了诸多千古绝唱，如崔颢的《黄鹤楼》、李白的《黄鹤楼送孟浩然之广陵》等，阅千载白云，看一江奔流。

我驱车来到长江南岸,武汉长江大桥与黄鹤楼是必须要去打卡的知名地标。

武汉最具代表性的三大城市符号——长江、黄鹤楼、武汉长江大桥——在这里彼此交融。

从黄鹤楼之上,目光越过那座写着"江山入画"的牌坊之顶,奔来眼底的画面其磅礴之势,远胜古人笔下的"长江巨浪拍天浮,城郭相望万景收"。你看,武汉长江大桥之下江水奔涌,巨轮劈波斩浪,G107国道以伟岸大桥的钢铁身姿,亘越茫茫江波,桥面上车流滚滚,永不停歇,这幅图景是中国腹地最激越沉雄的都市生命乐章,也是中国经济发展最澎湃的律动。

事实上,G107国道真正意义上的实现全线贯通,是以武汉长江大桥的竣工通车为标志的。

以G107国道的"变迁史",来观察中国的路桥史,乃至新中国的建设史、城市发展史,都是一个极好的参照系。

G107国道这条交通线,其有迹可循的最早雏形,距今有多少年了?

答案是超过2000年。

河南省的考古人员在G107国道的驻马店市确山县任店镇路段旁边,发掘出了布满车辙痕迹的汉代官道,与G107国道相重叠。2018年3月的这次考古发现,标注了这条最早的"G107国道"的前世今生及其区位的重要性。

这条汉代官道是在确山县的朗陵故城遗址内发掘出的。G107国道从朗陵故城遗址西部穿过,将遗址分为东西两部分。被G107国道叠压着的汉代官道,展露出了252米长、约3米宽的"真容"——由碎陶片、碎石子、碎砖块等材料铺成的路面一层叠着一层,车辙痕迹一道压着一道,还带有规模宏大的路边沟排水系

三、万水千山，最美中国道路

统——这些都证明了这条官道驿路在修筑及维护上的高规格。

我驾车到过G107国道边的朗陵故城，那段时间正遇上G107国道确山段施工，往北行驶的大中型货车禁止通行，交管部门的蓝色告示牌提醒司机"绕行京港澳高速"。

少了大中型货车的国道，方便了自驾者的观光览胜，感觉这段路上连专门到此进行公路自行车骑行的也多了起来。

这段国道西边有薄山水库，那里是电视连续剧《西游记》《长征》的外景拍摄地之一；东侧麦田的尽头是曲线优美的马尾山，远处还能见到白色的羊群在林间觅食。朗陵故城这一带离淮河不远，附近京广铁路的火车汽笛声可闻，是过了大别山由南往北进入华北平原的必经之途，《确山县志·形势》对这里的地理位置这样描述："为天中奥区，远控荆襄，近依宛洛。其东北旷野平原，与汝遂各界壤地相接牙错……形胜天成。"

河南省有着"中国历史天然博物馆"之称，全境现存有价值的不可移动文物点超过3万处。沿着G107国道继续向北行进，在漯河市临颍县路段的边上，还有小商桥、大沟桥和大石桥等多处古代的桥梁遗迹，建造的年代跨度从隋至明，从这些古路桥文物遗存上，今人就能在脑海中勾勒出一条作为G107国道"前身"的中原官道的大致样貌。

G107国道浓缩了中国几千年的路桥建造史，在这条曾经的年代久远的古道、官马大道上，架设起的桥梁数不胜数，这些大小桥梁在历史长河中，或圮废，或修缮，或重建，它们连接起此岸彼岸，有的桥梁更是连接起了历史与现在，成为历史大事件的坐标。

卢沟桥，1937年7月7日响起的枪炮声，让历史奔流至此，撞击起滔天巨浪。七七事变，又称卢沟桥事变，是日本继九一八事变对中国发动侵略战争的继续和发展,也是中国全民族抗击日本侵略战争的起点。

距离北京市广安门外10公里左右的卢沟桥,已历800多年风雨。

此处原先是个古渡口。1153年,金朝定都燕京(今北京)之后,河上的浮桥成为南方各省进京的必由之路和燕京的重要门户。

《大金国志》记载:"离良乡三十里,过卢沟河,水极湍激。燕人每候水浅,置小桥以渡,岁以为常。近年都水监辄于此河两岸造浮桥。"

卢沟桥真正始建于金大定二十九年(1189年)六月,明昌三年(1192年)三月完工。最初称为"广利桥",因桥身跨越卢沟河,到了元代,人们改称它为"卢沟桥"。

这座华北地区现存最古老的11孔联拱石桥,所跨的卢沟河古称"桑干河",是海河的支流,因上游流经黄土高原,河水含沙量之高仅次于黄河,故有"浑河""小黄河"之称,其下游河道常泥沙淤积,形成地上河,而且河道迁徙不定,故旧称"无定河"。清康熙三十七年(1698年),在疏浚和整修了河道、河堤之后,改名为"永定河",此名沿用至今。

永定河被誉为"北京的母亲河",河水出官厅山峡后,冲积形成的平原为老北京城提供了最初建城的基础。

今天的G107国道就是在卢沟桥以南500米处横跨永定河,新建造的桥梁名叫"卢沟新桥"。

相对于卢沟桥以"长虹卧波"的古典优雅姿态跨过有"小黄河"之称的永定河,G107国道要跨越真正的黄河——这条中国第二大河流,其施工难度以及工程量之浩大,显然就不是一个量级的了。

要说汽车最早是怎么通过桥梁过黄河的，这里不得不提到一条有着百年历史的铁路线。

50多年前，G107国道是"借用"了郑州黄河铁路大桥老桥，才得以横跨黄河天堑。

郑州黄河铁路大桥老桥，原名平汉铁路郑州黄河大桥。平汉铁路，即今京广铁路北段的旧称。1898年动工修建，初称卢汉铁路（卢沟桥至汉口玉带门）；1901年接通北京正阳门站，改称京汉铁路；1928年6月北京改名北平，故又被称为平汉铁路。

要打通京汉铁路，关键问题是如何过黄河。在清末那个风雨飘摇的年代，国力孱弱，清政府只能找来洋人设计建造。

"人间更有风涛险，翻说黄河是畏途。"九曲黄河万里流，到了河南旋即水面开始变宽，河床也不稳定，由于郑州境内黄河南岸的邙山头土质坚硬，压迫了整个河床的宽度，即"滩窄岸坚"，于是大桥桥址选定于此。

1903年9月，黄河上的第一座铁桥动工建造，为单线铁路桥。1906年4月，平汉铁路郑州黄河大桥通车，平汉铁路也随之全线贯通。

在时局动荡中建成的这条铁路线及铁路桥，一"出生"便注定命运多舛。

日本侵略军在卢沟桥事变中强攻宛平城，实际上背后的战略图谋就是控制由卢沟桥向南延伸的这条交通线，以利于占领华北。平汉铁路郑州黄河大桥在修通后的40多年间，屡遭战火毁坏，加上建设之初的"先天不足"：桥墩是扎在淤泥里，而非岩石层，这样的浅基桥影响了桥梁的稳固。随着工程质量问题的显现，大桥自身开始老化。

新中国成立后，新中国的建设者们多次对大桥进行加固和修复，使这座建于清代的铁桥得以继续超期"服役"。

1958年5月，新中国第一座自行设计建造的郑州黄河铁路大桥新桥，在老桥的下游破土动工。

新中国成立伊始，百废待兴。

人民当家作主的崭新国家，处处是大规模社会主义建设的火热场景，在各条战线上迸发出了无穷的力量。郑州黄河铁路大桥新桥是双线铁路桥，从开工到建成通车，用了不到两年的时间。在此后的54年中，以每天通行数百趟列车的频次，维系着郑州这颗"中国铁路心脏"的跳动，直至2014年5月，位于下游不到200米处的郑焦城际铁路黄河大桥竣工通车，才宣告郑州黄河铁路大桥新桥完成历史使命。

作为黄河上唯一的四线铁路特大桥，郑焦城际铁路黄河大桥的启用，也是京广铁路百年来第三次更换桥梁以跨越黄河天堑。

再说回那条"背负沉重"的平汉铁路郑州黄河大桥。

当火车有了新桥过黄河之后，腾出的老桥就可以服务于公路运输，供汽车行驶了。

1969年10月，平汉铁路郑州黄河大桥被改造为单行道公路桥，当作黄河上的一座公路大桥通车使用。

在对桥面进行加铺钢筋混凝土板等工程措施后，这条狭窄的老铁路桥可以定时单向放行汽车：根据南北两岸的车流量，定时换向通行。换向时，车队的最后一辆车上挂一块"车队已过完"的提示板或一面专用的红色"尾旗"，对岸交管人员见到尾车，收回提示板或小旗并确认桥上无车后，即开放相对方向的车队通行。每次放行只能通行汽车40辆左右。

尽管通行能力有限，但连接华北平原和黄淮平原的公路线，

● 三、万水千山，最美中国道路

首次贯通了黄河南北两岸。

G107国道这条南北交通大动脉想要"一脉相连"，还必须跨过长江。

新中国成立后，武汉长江大桥的建设被列入第一个五年计划的重点工程，由桥梁专家茅以升主持完成，技术顾问委员会则包括梁思成、李国豪等众多国内一流的建筑人才。

这回，武汉长江大桥的交通功能被确定为"公铁两用"。这就意味着被寄予无限希望的武汉长江大桥将一步到位，再也不会出现像平汉铁路郑州黄河大桥那样的、由铁路桥改公路桥的"权宜之举"。

1955年9月1日，武汉长江大桥提前动工。湖北10多万干部群众到工地义务劳动。

仅在武汉长江大桥建造期间，毛主席就一共三次前往工地考察。

毛主席多次畅游长江，都与武汉长江大桥建设有着密切联系。也许没有哪一座桥梁，能像武汉长江大桥这样，引起主席如此多的关注。

1953年2月，毛主席登上蛇山亲自实地勘察大桥的桥址线。

1956年5月31日，他乘轮船在建设中的武汉长江大桥武昌岸边8号墩附近下水，这是他第一次畅游长江。

同年的6月初，毛主席在考察武汉长江大桥工地后，连续三次畅游长江。当第二次游到大桥水域时，一边踩水，一边观看轮廓初现的大桥。临近桥墩时，他挥臂侧游，从大桥2、3号桥墩间穿过。第三次畅游长江后，毛主席写下了《水调歌头·长江》，发表时将标题改为《水调歌头·游泳》。

才饮长沙水，
又食武昌鱼。
万里长江横渡，
极目楚天舒。
不管风吹浪打，
胜似闲庭信步，
今日得宽馀。
子在川上曰：
逝者如斯夫！

风樯动，
龟蛇静，
起宏图。
一桥飞架南北，
天堑变通途。
更立西江石壁，
截断巫山云雨，
高峡出平湖。
神女应无恙，
当惊世界殊。

  1957年9月5日，毛主席第三次去考察，这时候大桥已经竣工合龙。他高兴地徒步在这座"万里长江第一桥"上，从一个桥头堡走到另一端的桥头堡。很多人都记得毛主席这样说道："以后我们在长江上、黄河上要建20座、30座这样的大桥，能够走来走去。"

● 三、万水千山，最美中国道路

1957年10月15日，武汉长江大桥举行隆重的通车典礼，万众欢腾，人们兴高采烈地自发赶来庆祝这座雄伟大桥的落成。

当时的政务院于1954年1月21日作出《关于修建武汉长江大桥的决议》，批准了大桥的初步设计和工程预算，以及1958年铁路桥通车和1959年底公路桥通车的工期要求，而实际上，武汉长江大桥比原计划提前两年实现建成通车。

此时，新中国成立仅8年时间。

一辆辆汽车和一列列火车，从龟山脚下驶过钢铁巨龙般的大桥，这不但标志着对中国腹地具有政治、经济、军事等战略重要性的南北向公路大动脉被彻底打通，而且也宣告被阻隔了几十年的平汉、粤汉铁路终于在长江之上实现了对接。"九省通衢"的武汉，"内陆核心"地位由此名副其实。

1957年11月11日，也就是武汉长江大桥正式通车的一个月后，已经连为一线的京汉、粤汉铁路，正式合称为京广铁路。

与G107国道几乎紧挨着的京广铁路，经过了这么多年来一直不断的优化、完善，以及功能的提升，堪称"老当益壮"，迄今仍是我国最重要的一条南北向铁路干线——经过省会城市最多、连接其他线路最多、运输最繁忙。

"茫茫九派流中国，沉沉一线穿南北。"

毛泽东在其创作于1927年的《菩萨蛮·黄鹤楼》中所提到的"沉沉一线"，就是指当时还未贯通的京广铁路。他与这段南北交通线"结缘"颇深，新中国成立后，多次坐火车沿京广线视察祖国大江南北。

在大革命处于低潮时期的1927年，毛泽东来往粤汉铁路武（汉）长（沙）段，写下著名的《湖南农民运动考察报告》。

时间再拨回至1918年。为了组织湖南青年赴法勤工俭学，探索救国救民的真理,那年的8月,年轻的毛泽东平生第一次走出三湘大地,前往北京。他从长沙坐小火轮走水路到汉口,再搭汉口的火车去北京。

也许令他没有想到的是,铁路的这趟旅程竟花去了4天时间——其中有3天居然是需要乘客们离开火车步行。

当时是洪水冲毁了河南漯河段铁路路基,火车被迫做临时停靠。就这样,毛泽东和同学沿公路徒步到许昌,再乘车继续北上。

京汉铁路边上毛泽东走了3天的那条公路,就是G107国道漯河至许昌路段的"前身"。

粤汉铁路是京广铁路南段的旧称。这段比平汉铁路还短的铁路线,修建的时候一波三折,数十万人凿山填水、逐段修筑,过程漫长而艰难。

19世纪末,帝国主义为了进一步奴役中国人民和掠夺中国财富,开始对中国进行铁路投资,争夺铁路的修筑权。粤汉铁路的施工建设不仅耗时近40年,是中国修建时间最久的铁路,而且数度伴随着最尖锐的国内外矛盾。宣统三年(1911年),清廷假铁路"国有"之名,将已归民间所有的粤汉、川汉铁路筑路权收归"国有"后,马上又出卖给英、法、德、美4国银行团,却未能补偿民间损失,由此激起湘、鄂、粤、川等省人民的强烈反对,掀起了现代史上著名的保路运动。

保路运动最先从粤汉铁路纵贯省境的湖南开始爆发,湖南人民行动迅速,随后粤汉铁路株洲至长沙段的上万筑路工人进城抗争,最后怒火燃遍湘鄂川三省,以四川最激烈。保路运动最终直接导致了辛亥革命的总爆发,武昌首义成功。

一条交通线,令庞大而腐朽的清王朝瞬间轰然倒下。

三、万水千山，最美中国道路

有一种豪迈，叫"天翻地覆慨而慷"。

如今驾车行驶在G107国道上，如果你是一个有心人，你会用一双可以洞察历史的眼睛，去感知时光的洪流在这条国家公路上强力冲刷出来的印迹，有峥嵘岁月的沧桑留痕，更有改天换地的风云激荡。

也许是生长在广西所处岭南之地前往华中、华北山长水远的缘故，我每回驾车驶过黄河、长江，心底里还隐约保留着一种兴奋和激动，那是以车轮丈量祖国大地时所必须致敬的两道最明显的地理刻度，甚至是中华的精神象征。

当现实的车轮越转越快，你会感觉到国家发展的脚步也正越来越快，腾飞所积蓄的动能也越来越强劲。

河南省境内的跨黄河大桥，我走过好几座，从西到东包括：豫西的三门峡黄河公路大桥，豫中的郑州黄河公路大桥、郑州黄河高速铁路公路混合特大桥、刘江黄河大桥。

驾车循线G107国道过黄河，交通导向标志指向了郑州黄河高速铁路公路混合特大桥。

以驾驶员的视角看去，但见索塔高耸、桥面宽阔平坦，气势宏大。这座G107国道上的新桥梁公路部分2010年9月建成通车，又名郑新黄河大桥，与京广高速铁路线共用。

这是世界建桥史上标准最高、规模最大、跨度最长的公铁两用桥，桥面上汽车车流浩荡，桥的下层设计时速350公里的高铁动车如闪电疾驰。这样的场景，真的是当今中国的建设成就与前进速度的最生动写照。

G107国道飞越黄河，从大桥上看中原大地天空苍阔，辽远无垠。

河南通，则全国畅。

G107国道河南省境内的大部分路段，不仅在"十二五"期间已改造为四车道的一级公路标准，而且由于一座座新桥梁的陆续建成通车，G107国道自西向东一共4度变更了跨越黄河的路径，所过境的黄河南岸省会城市郑州也为此6次进行国道改线，30多年间，G107国道的城区路段向东迁移了近30公里。

　　在郑新黄河大桥的上游约7公里处，是1986年10月1日正式通车的郑州黄河公路大桥。作为替代那条"老迈"的平汉铁路郑州黄河大桥的公路专用桥梁，郑州黄河公路大桥是改革开放后建成的第一座公路特大桥，也是服务G107国道时间最长的一条跨黄河桥梁，日平均车流量高达3.7万辆。

　　也就在郑州黄河公路大桥通车的数月后，经国务院批准，平汉铁路郑州黄河大桥被拆除，这条"古董"级别的老桥终于"谢幕"，只留下边缘5孔桥墩作为文物保存在黄河南岸的原址上，供游人参观。

　　黄河水东逝，徒留下历史的注脚，映照古今。

　　郑州黄河公路大桥的南岸是黄河花园口，所以别名花园口黄河大桥。1938年抗日战争时期的花园口曾经是历史上一道被撕裂的伤口，经过岸堤加固强化、环境美化，如今这里建成了一个公园式的水利风景区，供市民休憩观景。

　　这个水利风景区其实就是黄河大堤的一段，郑州黄河公路大桥从大堤上跨越，游客在此拍照留影是个绝佳的位置。

　　我从G107国道专程拐进郑州市北部的惠济区，在黄河岸边驻足遥望，浊浪滚滚，大桥岿然。

　　一位上了年纪的市民过来跟我搭讪，得知我是从广西自驾过来"看黄河桥"的，便热心地向我一一介绍郑州市的众多跨黄河桥梁。

三、万水千山，最美中国道路

他说："看看这些老桥新桥，回想起来感觉我们国家发展真是太快了！20世纪七八十年代我坐班车从原阳到郑州，那时候花园口黄河大桥还没建起来，走的是老的那条黄河铁路桥，车多桥窄，等待过河的汽车排着望不到头的长队，时间最长的一次过黄河竟用了12个小时，现在就是几分钟的事儿。"

郑州黄河公路大桥已不属于G107国道，改成了河南S101省道的一段，而随着后来郑新黄河大桥的投入使用，原来从郑州黄河公路大桥上过的G107国道，也于2010年9月走新桥而改线东移。

经济的繁荣，所带来的必然是城市的繁华以及扩容增量，直观地表现为城市版图的扩张。

新的跨黄河大桥在改革开放后纷纷上马建设，与黄河沿岸城市总体规划的发展步伐之间是有着密切的内在逻辑关联的。

城市化率是衡量经济发展水平的一个重要指标。

可以看这么一组数据：中国的城市化率，在1982年仅为20%，2000年是35%，2016年达到了57.35%，2022年达65.22%。

中国城市的发展，是改革开放40多年成就的集中体现。在这个发展进程中，我国的人口也在逐渐向直辖市、省会城市、计划单列市等一二线大城市集聚，城市的体量也因此不断壮大。

国际上有一种通行的TOD开发模式，TOD是英文transit oriented development的缩写，翻译过来意为"交通引导开发"，用大白话表述就是，城市要开发哪里，首先把路开通到哪里，道路先行。

近年来郑州等城市的规模不断扩大，G107国道已逐步被城市包围，公路客货运与城市交通重叠、道路功能不明确的问题逐渐凸显，国道线整体东移已是势在必行。

2016年9月，又一条新的跨黄河公路桥梁开工，因选址在郑州市东部中牟县所在的官渡之战古战场上，被命名为官渡黄河大桥。此桥是专供G107国道过黄河使用，从而也将过境的G107国道市区路段引导至郑州市新开发的东部新城，为郑州拉开城市框架、调整产业空间布局，乃至加快整个中原城市群建设起到道路引领城市发展的先导作用。

2019年10月，G107国道官渡黄河大桥正式通车。

以后若有机会再自驾G107国道，一定要造访这条跨黄河的干线公路中桥面最宽的全新特大型桥梁。

据统计，截至2021年5月，黄河仅河南段已建在建的大桥就达38座，涵盖铁路、高速公路、普通干线公路等不同用途的桥梁。

黄河黄，长江长。

从黄河南岸的郑州市驾车南行，走G107国道直驱500多公里，即抵达长江之滨的江城武汉市。

G107国道从武汉过长江也早已不走通车逾六十载的武汉长江大桥，而是改线至上游约9公里处的白沙洲长江大桥。

60多年前，武汉长江大桥结束了三镇隔江相望的历史，但这仅仅是一个开始。"安得五彩虹，驾天作长桥"，长江上建桥的节奏在加快，特别是近20年来，武汉掀起了一轮建造跨长江大桥的热潮。

作为中国经济地理中心，武汉如今已有12座桥梁飞跨长江。

大江大河之上，"缥缈飞桥跨半空"，再没有任何地理障碍能够阻挡得了中国高速发展的滚滚车轮。

国道通达处，所及皆坦途。

三、万水千山，最美中国道路

逢山开路，遇水架桥。

开行G107国道，看路、看桥、看中国。

新中国成立初期，公路通车里程仅有8.08万公里。截至2022年，在960多万平方公里的国土上，公路通车总里程已超过535万公里，其中高速公路通车里程达17.7万公里，稳居世界第一。

事实上，中国的高速公路建设，直到20世纪80年代才刚刚开始起步。1988年，第一条高速公路——沪嘉高速公路在上海建成通车，包括沪嘉高速在内陆续开通的3条高速公路长度，均不足20公里。而眼下，中国高速公路网已实现20万以上人口的城市基本全覆盖。

大国广土，地远山险，在不断开拓前进的时代，中国的万千建设者以勇气、智慧和汗水，筑大道、架大桥，在全球赢得了"基建狂魔"的称号。近几年来，世界超过一半的大跨度桥梁出现在中国，"最长""最高""最大""最快"等纪录纷纷被刷新。

目前，世界在建的主跨1000米以上悬索桥有13座，中国占9座；世界建成和在建跨度600米以上的斜拉桥21座，中国占17座；世界已建跨度420米以上拱桥12座，中国占9座。

路网通，百业兴。

道路基础设施越完善，投用的桥梁越多，经济社会的发展就越快，其背后展现的是一个国家强大的综合国力。

长长的国道，驾车向前。

车来车往间，你能感受到一个流动着的中国。透过车窗，追赶着路上的美景，你会发现每一个瞬间都是那么生机勃勃、活力无限。

春天的故事

● 车行在南粤的土地上，处处能感受到一种如春天般的蓬勃气息。

尤其是进入珠三角城市群的核心地带，从车窗向外望去，道路两边尽是各种工业园区和现代化厂房，一幢幢高层楼宇密集排列、鳞次栉比，像是在自豪地展示着粤港澳大湾区这个世界级城市群最"酷炫"的天际线。

● 在北环大道与深南大道这两条新老 G107 国道之间，有一个莲花山公园。

都说莲花山如同深圳的精神地标，这朵"莲花"，时时盛开在深圳人的心中。

  距离 2018 年的春节还有 5 天，我和老班利用即将到来的这段假期空当，出发去广东。

  这是我俩在半年前的"望海岭之约"后首次结伴出行，而实现当初那个"宏愿"——穿越大半个中国"万里遐征"去踏寻西域丝路古道，真正动身则又是一年半之后的事了，毕竟，摆脱现实生活中的各种琐碎事务，"奢侈"地花费时间去"寻路远方"，做起来并不容易。

  自驾的目的地选择广东，我的想法主要是为了把之前因故没有行经的 G107 国道珠三角路段这条线路缺漏给补上。

  尽管 G107 国道进入珠三角的路段都改建成了城市主干道和高

速公路等级的公路干线，但是越往东莞、深圳这些制造业高度发达的城市开行，就越能感受到庞大而拥挤的车流所带来的压力，当时索性就放弃了继续往前，改道驶离。

老班对于此行赴粤，是想沿着西江走走，探访若干民俗文化遗存。南宁市域内的武鸣河由北向南在隆安县注入右江，然后一路往东奔涌而去，不断接纳众多大小支流，成为邕江、郁江、浔江，终以西江之名径直从珠江口汇入大海。

这一条横贯于岭南南部的大江，具有深厚的骆越文化基因：在干支流汇合处多建有罗波庙或龙母庙，"罗波"在古骆越语中意为祖母王，罗波庙即祖庙。到了五代十国时期，南汉朝廷册封"罗波神"为龙母夫人后，西江流域的众多罗波庙才改名为龙母庙。

武鸣大明山下罗波镇的罗波庙是骆越祖庙的源头，顺流而下，下游最东边的祖庙位于珠江口北岸、广州市东部，叫南海神庙，当地人多称"波罗庙"。

古骆越语的词序倒装，被修饰词在前，修饰词在后，"波罗庙"当为罗波庙的汉语词序习惯。

广州市的这座南海神庙，G107国道正好从其北侧掠过。

在陆上交通因汽车、火车的出现而占运输方式的主导地位之前，利用江河湖泊进行船舶水运，一直是最便捷也是历史最悠久的交通方式。

西江水路除了客运，千年来，江上所运载的货物也体现了资源、功能互补的地域优势和特点。

"西米东盐"。从宋代至明清，这条江是广西米粮输往广东的水道，由此有"西江粮道"之称；岭南的盐场多在广东沿海各地，所产盐斤大多由海船集运至广州，然后用内河船只经西江转运到广西各地。

南宁是陆上交通可直达、距离广东最近的省会城市。

我们决定选择沿江公路自南宁经梧州进入广东,这也是一条最贴近历史的人文地理行车线路。

也许是从古至今西江的水运所占权重过高,南宁至梧州段的西江边上并没有我们想象中的那条相伴"挽手"并行的国道。

对着地图一番研究,确定好线路,我们驾车驶上S101省道。

S101省道是最为靠近邕江、郁江的二级公路,起点为南宁南郊,终点在横州市那阳镇与G209国道相接。如今这条省道已成为改线取直后的G324国道的一段。

我们从那阳镇自G209国道向北直驶,然后在郁江边的贵港市走S304省道往梧州方向。

S304省道即大名鼎鼎的南梧二级公路的贵港至梧州段。这条全线从南宁邕宁至梧州苍梧总长400多公里的公路,1991年初动工,1993年底通车投入使用,项目设计路面宽9米至18米,是当时广西在建公路中里程最长的二级公路。

南梧二级公路作为横贯桂东南的东西走向经济大干线,车流量长期呈现饱和状态,这也从一个侧面反映了两广间紧密的联系。

现在广西与广东之间已有多条高速公路相连,并且修通了南广高铁,南梧二级公路的交通压力得到缓解。而根据最新的国家公路网规划,S304省道现已入编为G358国道,以便更好地发挥东西向交通走廊的功能。

在广西的东大门梧州,有一条G321国道贴着西江北岸进入广东,通向广州市。

梧州市区的G321国道路段,两旁城市骑楼与苍山碧水相呼应，在满眼南粤风情中，一路东行。

我们在沟通两广的西江边行车，为了访古庙、踏江湾，不时需要拐进一些县道、乡道，以及狭小逼仄的街巷，这时候全靠手机导航，使得我们一路上都能精确无误地抵达目的地，整个行程紧凑有序。

于是我和老班在车上聊起手机导航的有趣话题。

近些年，自从有了导航以后，人们开车但凡去往不熟悉的地方，肯定会打开手机上的APP，一切按照导航的指引走，几乎无须再带上地图册。好处不用多说——哪怕是"路痴"都能安心上路，但由此而来的"副作用"则是形成设备依赖，弱化了司机应具备的方向感和路感，以至于还出现了"菜鸟"司机"根据导航"盲目开到了断头路或钻进死胡同，甚至不乏车子一头扎进水里去的搞笑例子。

当然，我们聊到最后得出的结论倾向于：手机导航是科技的进步、时代的进步，在提高行车效率的同时，节省了驾驶员大量的时间及经济成本。

这点我是深有体会，几年来天南海北的行程，因为有了手机导航，估算起来我至少省掉了三分之一的可能走"冤枉路"的时间，这里面关联着汽油费、食宿等成本。

小小的手机导航得到普及这件事情，如果放到国家的层面上衡量，其意义是非同一般的，首先是神州大地上手机信号的无处不在（这是全国600多万座基站在"保驾护航"），其次是手机网费的大幅度降低。

事实上，在国家高歌猛进的现代化进程中，每一个进步都显而易见地惠及了我们普通百姓。

车行在南粤的土地上，处处能感受到一种如春天般的蓬勃气息。

尤其是进入珠三角城市群的核心地带，从车窗向外望去，道路两边尽是各种工业园区和现代化厂房，一幢幢高层楼宇密集排列、鳞次栉比，像是在自豪地展示着粤港澳大湾区这个世界级城市群最"酷炫"的天际线。

这里城市与城市之间的边界已经模糊，密如蛛网的城市道路和多制式融合互联的轨道交通网将每座城市都紧密地连成一体。尽管我已多次到过珠三角，但视觉上仍有新鲜感，那种财富创造与建设规模所呈现的巨大成就，让人不禁惊叹连连。

我们驾车穿行珠三角，正是大年初一到初五期间，车辆不像平日那么多，晴空碧透、道路畅顺，眼底是一派欣欣向荣的现代化都市景观，那真有一种心旷神怡之感。

"现代中国的崛起是人类前所未见的奇迹，中国创造了人类发展史上规模最大、速度最快、持续时间最长的高速发展奇迹。"由清华大学国情研究院副院长鄢一龙所著《中国道路与中国道理》一书中有这样的论述：

> 新中国成立以来，中国用短短数十年时间，从世界班级中的"差等生"成长为一名不折不扣的"学霸"。今天，中国已经成为世界第二大经济体，人均GDP突破1万美元，即将跨过高收入国家的门槛，发展成就举世瞩目。现代中国崛起打破了世界三大发展迷思，一是打破了发展中国家的"玻璃天花板"；二是打破了只有资本主义制度才能更快发展的迷思；三是打破了西方列强"国强必霸"悖论。对于21世纪的人类而言，中国的崛起不但是新现实，更具有新意义，不但是中国力量，更是"中国主义""中国道理"。

当今的珠江三角洲地区，不就是对这一"中国道理"的内在逻辑的最好诠释与演绎吗？这里是具有全球影响力的先进制造业基地和现代服务业基地，是我国参与经济全球化的主体区域，全国科技创新与技术研发基地，全国经济发展的重要引擎，南方地区对外开放的门户，辐射带动华南、华中和西南地区发展的龙头，是我国人口集聚最多、创新能力最强、综合实力最强的三大城市群之一。

这里是春潮涌动的神奇土地，也是能够实现梦想的地方。

在珠三角自驾的那个春节假期，看着城市的繁华，大街小巷、公园商场里欢乐的人群，停车休息、或驻足赏景的时候，我和老班两个人的话题总是不由得进入到"夸夸咱的国"模式，老班喜欢以自身的感受去关注和体会中国社会这些年来的变化：

"我们这些过来人，还是有一定的发言权的。看过一份资料，中国曾经的人均收入只有非洲撒哈拉沙漠以南国家的三分之一，但是经过40多年的艰苦创业和砥砺奋进，我们终于实现'逆袭'，宣告'王者'归来。如今单说衣食住行这方面，哪样不是翻天覆地的变化？现在的生活品质真是过去不可想象的，国家取得的这些成就，说是人间奇迹毫不为过。

"比如说私家车，无论是城市还是乡村，可以说普及化了吧，现在大家担心的是车太多、路太堵。中国的汽车产销量是世界第一啊。

"再细数那些让国家发生深刻变化的大事，比如说取消农业税、脱贫攻坚，还有全面推行义务教育、建立面向全体国民的社保医保体系等，每一件都意义重大，也必将让每一个中国人都可以拥有更美好的未来。我们所在的城市，近几年不也通了高铁、地铁，建设了快速公交系统（BRT）了吗？在个人生活便利性方面,一部手机搞定所有——原以为属于'科幻'的场景,已成为我们生活的日常。当下的中国,正处在上升期,前方还有无数的机会与机遇,普通人只要你奋斗,只要你努力,就能够搭乘上国家发展的快车,抵达你所希望的那个目的地。

"我们的现在,不就类似于史书上的那个汉唐盛世吗?我坚信,国家还在大步迈向顶峰——历史上最好的一个时代。"

粤港澳大湾区作为城市高聚集能量区域,以占比不足全国1%的土地面积、不足全国总人口6%的人口数量,却创造了占全国11%的国内生产总值,在国家经济发展中的重要地位不言而喻。

珠江口如同一个大写的字母"A",顶端是广州,右边斜杠为珠江东岸一侧,排列着东莞、深圳、香港;左边斜杠斜为珠江西岸一侧,分布着中山、珠海、澳门。

利用这次难得的行程,我们都想尽可能地多跑些地方,"一日看尽长安花"嘛。于是,从早到晚,自驾的线路都在珠江口两岸纵横穿梭。

传说中"世界上最堵"的大桥——虎门大桥,是必须要去走一趟的。

1997年6月建成通车的虎门大桥,是广东十大地标之一,作为我国自行设计建造的第一座大型悬索桥,它是连通广东省东西两翼的重要交通枢纽,也是珠江口东西两岸直接往来的必经之地。当年此桥的修通,一举改写了粤港澳三地"一水隔天涯"的格局。

由于珠三角经济活跃度极高,设计通行能力为10万辆/天的虎门大桥,很快便满足不了快速增长的交通流量,最高峰日车流量超过18.5万辆,大桥两端天天堵成长龙,很多车辆不得不绕行广州外围其他路线。如果不是受制于通行能力的话,虎门大桥每天

20万辆车的流量恐怕不是问题。

因此，有关虎门大桥的各种"梗"便传开了：

"不堵在虎门大桥，不知道广东有多大。"

"我被堵在虎门大桥看日出。"

"虎门大桥果然是世界第一长桥，一天都走不完。"

"虎门不是你想来就来，想走就走的地方。"

"虎门大桥热度秒杀一切景区。"

……

好吧，这样一个有着最高热度的"景区"，怎能不去体验一把。

我们从虎门镇的威远立交开上大桥，当时还很担心春节假期走虎门大桥会不会是"送上门去堵"，结果我们的运气不错，当天的车流量不算太大，车子汇入长长的车河后，缓慢地走走停停，不到一个小时走完了全长4.6公里的"最堵大桥"。

从虎门大桥上看珠江口，烟波之上江天一色，珠江干流狮子洋出海航道船影点点。

自从驾车驶过虎门大桥，我对珠江口跨江跨海的交通状况便多了几分关注。其实，虎门大桥的拥堵也许很快就会变成"过去式"。我们后来看到有关报道，当时在上游约10公里处的虎门二桥正在兴建中，这座连接广州市南沙区与东莞市沙田镇的跨江跨海大桥2018年11月完成合龙，并在2019年4月建成通车时被正式命名为"南沙大桥"。

南沙大桥是继世界上最长的跨海大桥——港珠澳大桥之后，又一条连接珠江口东西两岸的特大型桥梁。该桥通车后，至少分流虎门大桥三分之一的车流量，"世界上最堵"大桥的通行压力，应该得到极大缓解。

而在2024年6月通车的深中通道，这个世界级的"桥、岛、隧、地下互通"集群工程，也已于2018年9月动工建设。该工程亦称"深中大桥"，位于虎门大桥与港珠澳大桥之间，作为跨越珠江口的特大交通项目，建成后不仅可以缩短深圳与中山之间的行车距离，还是中国国家高速公路网深圳—岑溪高速公路的组成部分，以促进大西南与粤港澳大湾区城市群在经济、物流、人文等领域的交融发展。

自《粤港澳大湾区发展规划纲要》颁布以来，大湾区建设不断加快，产业加速发展，据估算，到2050年，粤港澳大湾区总人口可能会达到1.2亿至1.4亿人，占全国的10%，这与当下7200多万的人口相比还有接近一倍的增长空间。第七次人口普查数据显示，广东省总人口1.26亿，近十年来平均每年增加217万人，其中超过八成涌入珠三角。

这些新流入人口，一方面将为大湾区经济发展提供强大动力，一方面也给大湾区交通带来更多压力。因此，要更畅达地将人流、物流、资金流、信息流在珠江口东西岸之间输送，还需更多的桥梁。

根据2020年至2035年的交通规划，珠江入海口区域，未来将有9座跨江跨海大桥，堪称我国桥梁最为密集的一个入海口。

所谓的交通拥堵，是指交通需求超过道路的交通容量时，超过部分的交通量滞留在道路上的交通现象。而对于交通拥堵现象与经济学上的关联，不知专家学者对此又会有什么样的研究结论。

大约在10年前，网络上流传着这样一句话：东莞一塞车，世界电脑就涨价。

东莞有"世界工厂"之称，作为世界上最大的制造业基地之一，其制造业总产值占规模以上工业总产值的比重达到90%以上。世界500强企业中有45家在此建厂，还有来自20多个国家的800多家境外上市公司和国际知名企业。

当时的东莞是世界上最大的IT配件生产地之一，世界上绝大部分的电脑配件也都是东莞产的，此外，全球平均每6部智能手机就有一部来自东莞，华为终端总部，OPPO、vivo总部都在东莞。

所以只要东莞与外部联结的交通要道发生拥堵，势必会导致电脑零配件的配送缓慢，而零配件运不出去造成到处缺货，电脑的价格能不上涨吗？

G107国道从广州市北部的花都区向南延伸，穿过市区，直抵珠江北岸。然后随着珠江入海口的走向，沿东岸越过东莞、深圳，到达深圳罗湖区与香港新界之间的文锦渡口岸。

我和老班驾车在珠江口寻路G107国道。

在到处是高架道路和立交桥的繁华都会区，外地车辆如若不依靠导航、仅凭纸质地图或观察道路上的标志牌，想去到一个比较冷僻的目的地，几乎是一项"不可能完成的任务"。

手机导航在寻找并引导到地图上某个你定位好的"点"上，可以说是精准、好用，比如说我们想去虎门大桥，跟着导航走就行了。不过，如果你输入"107国道"，并不会如愿地准确行驶在这一条道路线上……

原因一是导航的"目的地"选项上不能是一条长线；二是国道在市区里往往都以城市大道或街道的面貌出现，而且随着城市的壮大和交通的优化，国道大多已进行迁移改线。

在珠江口东岸这一成熟的都市化地带要找到G107国道，靠的还是行前充分的资料搜集和自驾攻略准备，再加上多问熟门熟路的当地人。当你能确定好线路,再辅以手机导航就方便快捷多了。

我们大致是沿着广州市的黄埔大道—中山大道—黄埔东路—广深大道、东莞市的莞穗路—莞长路、深圳市的广深公路—前海路—北环大道—泥岗路—布心路—爱国路—文锦中路—文锦南路,这条被标识为G107国道的最新线路行驶。

车水马龙,巨大且高密度的交通流量,是这段国道最突出的特点。

旧的G107国道纵贯珠江口东岸的这一段,同一走向、建成于清宣统三年(1911年)的广九铁路,在历史上的重要性乃至名气都没这么大。

我在人民交通出版社1989年版的《广东公路交通史(第一册)》中,翻查到了与之相关的不多的内容:

> 1937年7月,日本帝国主义向我国发动侵略战争,我国军民奋起抵抗,进行伟大的抗日战争。中国共产党号召全国人民起来抗击日本帝国主义的进攻,实行全民抗战,党领导的八路军开赴华北前线,与国民党军队协同作战,打击日军的进犯。国民党军队在华北和华东战场,奋起抵抗,给日军很大的打击。由于全国人民的奋起抗战,给日军严重的打击,阻止了日军的迅速深入,粉碎了日本帝国主义速战速决和在三个月打败中国的迷梦,使抗日战争持续下去。在1938年秋季以前,战争是在华北、华东战场进行,还没有扩大到华南地区。这时,华北沿海已被敌人完全封锁,华东沿海也大部被敌人封锁,海外物资进口甚为困难,而华南沿海尚未被封锁,香港还是资本主义商品向中国倾销的转运点,因而各项抗战物资都由华南沿海输运进来。

● 三、万水千山，最美中国道路

> 从华南沿海运进的物资，大部分经由广九、粤汉铁路转运大后方，也有一部分利用粤港公路（即广州至深圳、九龙公路）输运进来，特别是战时军用汽车和民用汽车都由香港顺装物资开进内地，因而粤港公路运输较繁旺，载货汽车奔驶频繁。但是，这条公路都是商民集资分段修筑的，极为简陋，不能适应需要。因此，省公路部门组织工程处进行重点整修广州至深圳路段，填铺路面，修补桥梁，设置渡船等，维持战时交通运输，从而使不少战时物资经由这条路线输运进来。……

没有人能想象得到，距离那个战火硝烟弥漫的1938年过去40余年后，在粤港公路、即今天的G107国道的最南端，曾经的海防重镇宝安县将会拥有崭新而响亮的名字——深圳市，并且在蛇口那一声震耳欲聋的"开山第一炮"如同惊蛰的春雷炸响之后，又一个整整40年过去，这片土地上会崛起一座高端制造与科技产业创新足以辐射全球的超级大城。

今天的深圳经济特区，由西向东横贯于市区中心地段的深南大道，不仅是这座背山面海呈带状分布的城市最显著的空间轴线，而且也是最繁华的一条大街。

深圳市的许多标志性建筑都在这条大街上一字排开，车行其上，就好像驶进了一条华美绚丽的现代都市景观廊道，由此，这条城市大街入选了广大市民评出的"深圳八景"之一，并以"深南溢彩"这四字来形容它。

事实上，深南大道本身就已经是公认的深圳地标之一，因为它一开始就承载并记录着这座城市的发展脉络，其标识意义已远远超越了一般道路的概念。

也许没多少人知道：深南大道原本也是G107国道的一段。

可以这样说，深圳的城市建设，就是在G107国道上"孵化"出来的。

深圳经济特区建立之前，对外交通主要靠G107国道广州至深圳段——这条当时还是由沙土铺成、两边布满鱼塘和稻田的狭窄的乡间公路。

这是所有由汽车承担的客货运输都需走的必经之路。

G107国道广州至深圳段曾称为广深公路，这段公路也是最早经受商品经济大潮以及大流量交通压力的"冲击"的。中山大学出版社1994年版的《广东公路史（第二册）》对此记载道：

> 广深公路由广州市郊杨箕村起，经黄埔、增城、东莞、宝安等市、县，至深圳文锦渡桥止，全长158.96公里，系我省通往香港的主要公路干线。其中杨箕至黄埔大沙地16公里系广州市管养路段，大沙地至文锦渡桥142.96公里系省管养路段。原公路技术标准低，全线中四级公路占118.7公里，等外路24.25公里……其余属城市马路与桥涵等。由于路面标准低，又损坏严重，以致行车颠簸，时速很慢，加上两个渡口（中堂和江南渡口）经常待渡，汽车从广州至深圳要走8个小时，交通极为不便。而且，每遇台风，渡口停渡，公路交通受阻。
>
> 1979年广东实行特殊政策和灵活措施之后，香港与内地的贸易交流日趋繁旺，由香港进入内地的车辆急速增加，且大多是大吨位的客货车，日夜奔驶在广深公路上。特别是由于珠江三角洲各市、县、区、乡大量引进外资，经营工厂，"三来一补"工厂、企业，星罗棋布分布在许多城镇乡村，因而来往香港、深圳、内地的大小客货车辆络绎不绝，全线交通量急剧上升。1979年，全线交通量平均每昼夜达到847车次，1980年剧

● 三、万水千山，最美中国道路

增至3049车次，一年增长2.6倍。1981年以后继续增长。这样大的交通量，远远超过了广深公路的负荷能力，无法承受急速增长的行车密度和大吨位车辆的碾压，已不能适应运输需要了。为了加快开放地区的经济发展，为了加速广东经济和对外交流的发展需要，必须对广深公路全线进行全面而彻底的技术改造，提高整条路线的通过能力，成为刻不容缓的急迫任务。

与此同时，广东省开始对这条不堪重负的国道按二级公路标准进行全线改造，远景上可提升为一级公路等级。

对这条改革开放前沿公路的更新升级，是新中国成立以来广东省第一次以高标准对老路线进行全线彻底的改造，"为今后有计划地进行路线改造创造了经验"。

1979年，宝安县撤县建市，特区的基础设施建设同样一切从修路开始。

"为不让公路上飞扬的尘埃把刚跨过罗湖桥的港商'呛回去'"，深圳市政府首先决定对G107国道的深圳镇至南头的路段进行改造。拓宽、降坡、拉直，并在碎石路面上铺上沥青，深南大道的雏形——"深南路"就这样在国道的线路上"诞生"了，也由此成就了一份献给特区的"奠基礼"。

此后的十多年时间里，深圳迎来了迅猛的发展局面，深南路也在不断延伸、拓展中变成了深南大道。有记录深圳特区成长历程的文献如此描述：深南大道的修建，启动了中国城市化的宏大进程。

深圳的城市发展史，其实就是一部改革开放发展史。自经济特区建立以来，深圳地区生产总值增长了近一万倍，人均地区生产总值连续30多年领跑全国。这个中国改革开放的窗口，已然成为中国实现历史性变革并取得伟大成就的一个缩影。

被誉为"深圳第一路"的深南大道,在40年奋斗与辉煌的岁月中,与这座青春洋溢的滨海新城一道以现代化、国际化姿态来了个华丽变身,它不仅是深圳的窗口和名片,而且也在驱动着城市的蓬勃向前。

一条道路的变迁,折射了一座城的嬗变,甚至是一个国家政治、经济和社会发展的历史走向。

1995年,作为外环线承担过境交通任务的北环大道建成通车,G107国道深圳市区段正式于此迁线改道。

在北环大道与深南大道这两条新老G107国道之间,有一个莲花山公园。

这个正好处于深圳市区"C位"的生态型市政公园,因7个山头相拥、状如盛开的莲花而得名。

莲花山并不险峻雄伟,海拔只有100米,山顶上的广场是深圳市最高的室外广场,那里是登高览胜的最佳位置。

我和老班在即将结束这趟巡礼珠三角的行程之前,来到莲花山公园,打算登上山顶饱览鹏城胜景。

当天深圳的大街上车辆行人不太多,莲花山公园内却游人如织,到处是欢声笑语,充满了春节特有的欢乐喜庆氛围,大家都趁着假日和家人们一起到此享受春日的阳光。我们沿登山步道拾级而上,道旁的户外园林音响在播放着那首大家非常熟悉的歌曲——《春天的故事》。伴随着悠扬、大气的旋律,我们上到山顶。

远远地就看到了山顶广场上苍翠的松柏间伫立着的邓小平同志铜像,铜像基座周围满是到此瞻仰和敬献鲜花的人们。偌大的广场,竟显得有些拥挤,人流还不断涌来,我们好不容易才来到铜像前细细端详并拍照留念。

铜像的基座下早已放满了鲜花,仰望铜像,只见小平同志面露微笑,极目远眺,身上风衣的一角随风飘拂。

都说莲花山如同深圳的精神地标,这朵"莲花",时时盛开在深圳人的心中。

我们站在大理石铺设而成的山顶平台边上,倚着花岗岩栏杆,这个位置的正南方向是福田中心区——在这片都市开阔地两侧,楼宇如林,气势恢宏。

顺着小平同志铜像的目光望去,我们看到前方有大鹏展翅,天高地远。

国道带我回家

● 我们没想到这次的东行，会邂逅国道上的这个摩托车骑行群体。
● "成规模的'摩托车大军'骑行国道回家，我记得是从2000年春运的时候开始的。我至少比这早了三四年。"
返乡摩托车的车流，在一段时间的各种春运场景中，是全社会最为牵挂的一幕。
● 中国有多少这样的普通劳动者，他们走出家乡，白手起家，在异乡为了改变自身命运摸爬滚打，挥洒汗水努力实现梦想，并为社会创造财富和价值。在这个过程中，个人在成长，国家在发展。

几年的国道自驾旅行，一路上遇到的人和事很多，不过随着旅程的延长，前面的记忆就越来越淡了。

也有例外的，比如在G321国道上认识的一个归乡客。

那次我和老班春节前的广东之行，当行驶进G321国道的时候，明显感觉到对向车道的摩托车渐渐多了起来，越往东开行，看到的摩托车车队越密集、队伍越长。

"返乡摩托车大军"——脑子立马蹦出这几个字。

不知从什么时候开始，各大新闻媒体每到春节前都会报道一个从广东骑摩托车返乡的庞大打工者群体，关注他们的出行安全和路途情况，久而久之，这个群体从珠三角到自己家乡——两点间往返、如"候鸟"般骑摩托车奔波于途,不但广为人知,成为节前 G321 国道上的一道年度"人文景观",也几乎成了社会热议一种现象。

我们没想到这次的东行,会邂逅国道上的这个摩托车骑行群体。

当天下午临近黄昏,夕阳西下,金黄色的光影洒在国道上,骑手们戴着的摩托车安全头盔因为反光而亮成一片"繁星"。这段公路上此时的车辆大多数是由东往西行进的,我们成了这股归乡过节车流中的"逆行者"。

老班是个专业级别摄影爱好者,看到国道上的这支"摩托车大军",下意识地就拿起照相机,想找一个角度拍几个镜头。无论是人物题材摄影还是社会纪实摄影,这都是个稍纵即逝的抓拍好时机。

国道上为了安全起见,不能随意停车,我们只能一路往前开,试图找一处好停车的地点。

不久后,我们开到国道边上的一个加油站,这里已经是广西、广东交界处附近。

这时候天色暗了下来,路上的车辆也少了,老班的拍摄想法只能暂时中止。

"我们在这附近找个地方住下吧,明天早上起来看看还有没有机会再拍。"老班显然感觉到有些遗憾。

第二天,我们早早起来,又来到这个加油站的国道路口边"蹲守",等候"摩托车大军"的出现。

国道上的摩托车明显比昨天少了很多,差不多一个上午过去,老班并没有等来预期中的"大场面",临近中午,更是只有零零星星一些摩托车驶过,从他们车后架上绑着的行李可以判断出这些是行色匆匆的归乡客。

　　这个加油站也是当地政府多部门联动为返乡摩托车驾驶员群体提供服务的一处爱心驿站，此时可能因为路过的摩托车骑行返乡车流已到尾声，职能部门的工作人员和志愿者们都收队撤点了，我和老班决定不再停留，顺便在加油站加满油后继续按原计划往广东行驶。

　　给车加油的时候，我们和加油员聊了几句有关话题，加油员脱口而出："现在都快大年三十了，哪还有什么'摩托车大军'……"

　　我们旁边站着一位也在等着加油的中年男子，他听到了我们的聊天，笑眯眯地插了一句："早几年骑摩托车返乡的人还是很多的，那时候开进这个加油站来休息歇脚的都挤满了这边的场地，现在是一年比一年少了。"

　　我转过头去，好奇地问他："哦？！您常走这条国道吗？"

　　他回答说："以前我也是骑摩托车回来的，就是你们刚才说的'摩托车大军'的一员。我也是在广东那边打工的，今年有事才晚回了几天，要是往年这个时候，我早已在家请客吃饭啦，哈哈哈！"

　　我打量了一下这位颇为开朗健谈的男子，再看了看他身旁那辆等着加油的私家车，感觉"有了"——眼前不正是活生生的采访素材吗？干了十几年新闻记者所养成的职业敏感，告诉我一定不要放过这样的"自己找上门来"的采访对象。

　　我当即构思出了一个采访计划，想与他一道，共同走一趟今年的返乡回家之路，聊一聊今昔之别。

　　接下来我要做的，就是说服他同意我的想法。

　　在我和老班的一番自我介绍并坦陈了目的之后，他同意了。

此人后来成了我和老班的朋友，我们经常联系。有一次，我问及他当时为什么如此爽快地同意我们一起走归家路，他直截了当地说道："你那时好像不停地说了什么一大通，我都听烦了。"

"主要吧是我不介意带着两个外人回家过年，这样家里的气氛也热闹些。我知道你们一定是记者或者作家，因为没有谁会这么详细地问这么多的问题。每年春节前不也有好多记者来采访所谓的'返乡摩托车大军'吗，这些我都见过。"

在那个加油站，我们3人交换了名片。他叫全叙兴，是在广东省中山市小榄镇开工厂的。我们称呼他"全老板"，他自谦道："我这只是小打小闹，不算什么老板，在厂里那班伙计都喊我'兴哥'，你们叫我'阿兴'就得了。"

他的白话带有广东口音，想必在那边已打拼多年。

阿兴为人宽厚且大方，与人交谈的时候常在不经意间展露一种温和的微笑，有着一张人到中年在经历过生活的风霜磨砺后依然从容坦然的脸，这样的人在日常中往往理性而不偏激。

他的家是在贵港市平南县人安镇水村，从我们所在的加油站沿国道西行，大约还有百公里就可到达。

"我们的村子离国道很近，直线距离也就几百米。"

阿兴的妻子几天前已和同乡坐动车回家了，他是年底有事情要处理，所以推迟了几天返乡。

我说："我坐你的车吧。"我打开车门，坐进副驾驶的位置。我想着能方便一路跟他聊。

老班开着我那辆车跟在后面。

岭南的草木，很难看得出季节之分。

国道两旁的竹木蕉叶仍是苍翠墨绿，冬春之交的时节，有些树木的枝头甚至已经新长出了一层嫩叶。

路上的车辆稀少。

临近年关,平常奔忙在外的人们要么大都早已回到家中团圆,要么就是正在往回赶的途中。

驾驶室里,在路过一些村镇路段时,能听到外面噼噼啪啪的鞭炮声。

阅历丰富的阿兴很是知道我想了解些什么。无须话题引导,他就像会议发言一样直接说开了:"我们平南县到广东中山务工或说发展的,估计有20多万人,大多数集中在小榄镇。"

"我自己就曾经是'摩托大军'中的一员,这里头故事太多了,你想听哪一段?"阿兴笑道。

"只要你愿讲,我都想听。"我说。

他手握方向盘,眼睛看着前方,根据路面情况不时微微调整着方向,或加减挡位。

大概是离家越来越近了,驾驶室里的阿兴不但高兴,谈兴也浓:

"在珠三角务工的打工者,我是最早一批春节骑摩托车返乡。用你们的话来说,是叫'元老'吗?"阿兴在尝试调动驾驶室里的气氛。

"那样的话,有一个词称为'鼻祖'可能比较贴切。"我哈哈大笑,同时也对他那时的返乡经历十分好奇。

所以说要了解一个群体,最好是走近他们,听他们讲自己的故事。

"成规模的'摩托车大军'骑行国道回家,我记得是从2000年春运的时候开始的。我至少比这早了三四年。"阿兴说,"比骑摩托那批车更早,我是坐船返乡的,这你没听说过吧?"

我一听起初是有些惊讶，不过一想到那条横贯两广的西江，在脑子里就大约能勾勒出阿兴乘船的线路。

"我是1990年到广东打工的。第一次春节返乡是在小榄镇江边的船站码头坐客船，后来的连续三年都是坐船从西江回家。

"那时大概是上午9点钟从小榄港上船。那客船好像还是我们平南的，上船后就一路往广西开，第二天上午才到梧州。然后下船，上梧州码头转船。

"上午10点钟左右吧，梧州有一班客船驶往平南县，当天下午可到达武林镇，然后从武林码头上岸回大安的家。

"这一趟水路回家过春节，差不多要花上两天时间。"

我一直在倾听，觉得这回是找对了采访对象。

阿兴也因为自己的故事有倾听者，更有兴致娓娓而谈：

"1994年，南梧二级公路修通，我和老乡们开始选择坐班车回家。先是早期那种座位式的班车，第二年就有了跑长途的卧铺大巴。那时的小榄镇甚至还没有正式的汽车站，平南的班车喜欢在镇里的大桥脚附近集中停靠上落客，后来班车也慢慢多了起来，就形成了一个类似临时车站性质的乘客集散地。

"小榄的汽车客运站此后很快就建起来了。其实也就是在90年代，我们是亲眼看到小榄镇，还有整个中山市的经济开始快速发展起来的。

"那段时间，小榄镇开始了大规模建设，道路兴建、工地开工，到处是打桩机和塔吊，好不热闹，工商业十分繁荣兴旺。

"我是1997年买的摩托车，这个我记得很清楚。当时中山市还没有禁摩，购买摩托车时本地和外地的居民都可以上中山的机动车牌照。有了摩托车这种能跑长途的交通工具，春节骑车返乡就成了顺理成章的首选。人多车多，不久后，整个珠三角每到春节前夕便出现了一支'摩托大军',几十万人沿着国道风雨无阻地骑行在各自回家的方向上。

"我有5年时间是开着摩托返乡的。后座带着妻子,还有一些给孩子的衣服、小礼物和应节的年货。从中山小榄开摩托车回到平南大安的家中,将近500公里的路程,中途至少要停车休息两三次。

"路上摩托车最多的时候,一般是在腊月二十五。驾驶摩托车长途行驶,其实安全性不太好。开摩托车跑国道那几年,骑行返乡的一路上常常可见车祸发生,那些情景看了真的令人痛心又担心。痛心的是近年近节横遭意外,大家都是在外打工的,也是一条路上的同行者;担心的是自己的行驶安全——因为靠近农历的年尾,天气都比较寒冷,有时候还下雨,这些都会带来潜在的风险。

"比如说,如果你不打开摩托车头盔前面的挡风罩,里面会起雾,看不清路况;如果掀起挡风罩,冷风冷雨打来更是让你睁不开眼睛。我们家在平南,从广东返乡的路程毕竟不算太远,有些打工的兄弟,家是在云贵川那边,要跑上千公里的路程,有的甚至更远,路上要花四五天的时间,中途还要住店、找地方吃饭,那个更奔波更辛苦,所以他们中很多人也是好几年才回一次家。都不容易啊。

"有一年,回乡的路上正遇上大雾天气,能见度很低,开到苍梧那个公路大转盘的时候四周白茫茫一片,因为看不清方向,沿着大转盘瞎转圈,以至于走错了路口,竟然又折返回了原路,直到第二次过同一收费站的时候,我们骑在摩托车上惊呼'刚刚在这里不是给过一次路桥费了吗?',大家这才发现方向走反了。当时我们同行的有十几辆摩托车,在那个大雾天全部集体'晕头转向'。那次经历很无奈,也很搞笑。

"只有骑摩托车开过长途,才懂得其中的疲劳和辛苦。我最倒霉的是有一次都准备回到村边了,那时候还没铺水泥路,村道狭窄、路又湿滑,冷风吹的时间太长,握车把的双手完全麻木僵硬了,控制不好摩托车,一不小心竟连人带车翻进鱼塘里,全身湿透。那时所幸离家已经很近,否则麻烦就大了。"

在中国,春运是出现在农历春节前后的一种大规模的高交通运输压力的现象。

我搜了相关资料:"春运"一词,最早是出现于1980年的新华社电讯中,次年,"春运"的字眼也出现在了《人民日报》的标题上。

改革开放以来,随着越来越多的人选择离乡外出务工、求学,诸多人群集中在春节期间返乡,形成了堪称"全球罕见的人口流动"的春运。近40年来,春运大军从最初的1亿人次增长到2020年的30亿人次,相当于让非洲、欧洲、美洲、大洋洲的总人口搬一次家。

从人文的角度看,"春运"则可以视为亿万中国人共同参与打造的一个词汇。我做新闻记者的时候,曾在春运高峰期到省外进行过采访。在很大程度上,中国春运的主角是广大外出务工人员。

所谓"中国春运看广东"。1989年春节后,以"百万外来务工人员赴广东"这一现象,拉开了跨省流动就业的大幕。数据显示,作为外来务工人员大省,广东目前的来自外省的务工人员数量已达1900万,如此规模的人口流入,是广东地区生产总值达到11万亿元的重要动力。

每逢春节来临,这1900万人里有相当部分都会离粤返乡。在大数据的地图上，珠三角地区屡屡排在全国人口流出地的前列，而已有的交通条件与千万级别的瞬时出行人数之间必然会产生矛盾，这无疑会给当地的春运带来极大的压力和挑战。

但是，家还在远方，团聚就在眼前，无论有多大的困难，都阻挡不了游子回家的脚步。

于是，这些庞大的外来务工人员群体，他们从广东特别是珠三角的大小城市出发，以铁路、航空、长途汽车等交通工具，甚至摩托铁骑的方式，千里迢迢地往故乡的方向奔去——一切只为了回家过年。

在春运的汹涌人潮里，"摩托车大军"现象最早可追溯到20世纪90年代末，2008年引发媒体关注，此后各种报道开始增多。

"一辆摩托车，两箱行李；一件雨衣，半身泥泞。成千上万辆摩托车，在寒风中呼啸而过，漫长的国道线上，返乡摩托大军正形成一个庞大而备受瞩目的群体。千里骑行，他们的乡愁与现实选择如何碰撞？炽热的亲情念想如何消弭旅途的艰辛？"

媒体的笔下，铁骑穿透风雨，车辙碾出诗行。

而在那些车架上驮满团圆与希望的摩托归乡客心里，则是"世上再美的风景，都不及回家的那段路"。

"返乡摩托车大军"的形成，与当时的交通条件和交通环境有关，当火车票、汽车票都一票难求，再加上节省开销等考虑因素，平时用于上下班的摩托车，便成为能够克服归乡路途这一地理阻碍的最经济、最称手的交通工具。

返乡摩托车的车流，在一段时间的各种春运场景中，是全社会最为牵挂的一幕。

总体而言，从广东出发的摩托返乡线路主要分布在8条国道上，它们分别是往广西、湖南方向的G321、G207、G323、G324

国道，往江西方向的G105、G205、G206、G319国道。

以G321国道两广交界路段为例。

据交通运输部门统计，2011年春运期间，返乡摩托车通行量达50万辆次，为历史最高峰。

此后逐年回落。

2012年春运，依托相继通车的多条高速公路，各汽车客运站加开客运班次，该路段摩托车通行量降到44万辆次。

2013年、2014年春运，这一数字又陆续下降为37万辆次和32万辆次。

2014年底，南广、贵广高速铁路的正式开通运营具有重大的里程碑意义，因为从此以后两广之间以及珠三角与大西南之间，将真正实现大流量、高频次的旅客输送，为沿线百姓带来了极大便利，这也使得2015年春运从G321国道梧州段通过的摩托车数量，进一步减少到23万辆次。

我查了一下2018年的数据——

当年春运期间，从G321国道过境梧州的摩托车仅为6万辆次。

这就能解释为什么摄影师老班最终还是没能拍摄到他想象中的那个场景——在国道上行驶着的"摩托车大军"浩浩荡荡的车队。

老班这样说："返乡摩托车骑行的人数一年比一年少，这是好事，至少说明大家都比过去富裕了，出行方式有更多更好的选择。"

我们的车子进入了藤县地界，行驶线路也由G321国道开进G358国道。

再往前开40多公里,就将到达平南县。

到了平南县境,沿国道还有五六公里车程,即可回到阿兴家所在的水村。

当年的"摩托返乡一族",今天开着私家车回家,如果时光可以倒流,回望其中的变化,里头一定包含国家、社会在整体前行的因素。

相比于我这个"旁人",对于所谓"摩托车大军"的现象,阿兴并没有那么多的感慨。

也许和生活经历有关,他对一切都很淡然:

"说起开摩托车返乡的原因,我那时主要是考虑到摩托车可以'点到点'——从小榄直达家门口。长途骑车辛苦是辛苦,但也有它省事的地方,比如不需要大包小包地拎去车站上车、转车换乘,而且回到家后有辆摩托车代步,也方便走亲访友,乡下一些很窄的路也能开。

"道路的状况,也会对大家选择什么样的出行交通工具产生影响。

"我刚出去打工那几年,如果坐班车从小榄回到平南,由于道路等级和车辆性能等的限制,至少需要10个小时才到家。后来道路改善了,老式的班车换成了豪华大巴,时间缩短了一些,但也要七八个小时车程。直到两广间的高速公路修通接驳,那就快捷多了,从小榄到平南,只需5个多小时。

"我是2014年买了现在这辆车,不光是图春节返乡方便,首先是考虑到在广东中山那边工作和生活上的便利,其次有了私家车平时有时间都可以多回平南陪陪孩子、看看老人,以前这么多年在广东一路做事下来,真没想到有朝一日要买一辆小车。我不懂那么多大道理,现在说白了是因为国家的经济发展了,老百姓的收入增加了，小汽车也开始平民价，大家都消费得起。如果你想买比较高档的车型，这不还可以分期付款嘛。还有就是现在大家的日子过得比较好了，在个人安全意识方面，也比过去重视得多。

"现在我在中山的同学和同乡，有三分之二都买小汽车了，总的来说买车是个趋势。有些没买的是因为还没考到驾照。这几年春节返乡，我周围认识的那些外地打工者也都开着他们的小车回去。买小车的多了，骑摩托车返乡的自然就少了。

"我们平南也通高铁了，如果你问我为什么不选择坐高铁回家，其实啊，每到年关，由于需求量大，高铁票还是很难买到的，哪怕你买到了高铁票，到达平南后高铁站离自己的家还有一段不算近的距离，而且坐高铁，很多东西，比如说活禽类这些是不允许带上车的。还有就是回乡后如果自己没有交通工具，出个门办事还得去找车，这些都是很现实的问题。

"所以啊，现在国道上的骑摩托车返乡的越来越少，高速公路上的私家车越来越多，但是骑摩托车返乡这个群体我觉得是不会消失的，因为在选择交通工具方面是个人的自由。

"还有就是现在的物流网络非常方便，基本上都已经覆盖了国内的村镇，有些过年要带回家的货物直接通过快递就可以寄回去。没有了大件行李负担，骑摩托车也轻松多了。有时候七八个人结伴一起，一路上玩玩耍耍地就回去了。如果路途远，中间多休息，天黑了就歇脚，找地方住宿。你看现在那些年轻有活力的'机车一族'，在路上跑的都是万元以上的重型摩托车，他们是新一代的骑手，与我们过去不一样了。"

平南古称龚州，是个百万级别的人口大县。

一条大江从这个广西贵港市所辖县的中部横穿而过，呈南北条状的县域土地也因这条大江一分为二，习惯上称为南河片区和北河片区，阿兴的家乡大安镇位于南河片区。

阿兴家所在的水村，是大安镇一个比较边远的建制村。

同样横穿平南县境的G358国道，在这个村子附近拐了一个大弯。弯道口有一条通村水泥路，沿路开进去，看到道旁的地名标志牌上还有"金村""木村"的字样，很有意思，阿兴介绍说，周边一带的村名"金、木、水、火、土"都齐全。"不过我们村的水的确是好，能喝到家乡的水，心里是最舒服最畅快的。"

大安是历史人文荟萃的古镇，过去沿江的商埠素有"一戎（今苍梧龙圩镇）二乌（今平南大安镇）三江口（今桂平江口镇）"之称。

地处浔郁平原上的平南，明清时期就建成了多座水利工程。在距离水村不远处有一个文物保护单位——曲犁坝，当地人称之为"平南的'都江堰'"。这座经受了500多年洪水冲击仍完好无损的古代水利工程，设计构造巧妙，至今仍发挥着农田灌溉的重要作用。这是阿兴对于家乡最为感到自豪的一处历史遗迹和景点，在聊天的时候屡次郑重推介。

农田菜地、竹丛古榕，还有路边的乡间小洋楼。

阿兴娴熟地打了几下方向盘，车子在村道上转了几个路口后在一所小学的操场上停了下来。此时村子里的空地上几乎停满各种小车。

下车后，我和老班跟着阿兴朝他家走去。

没多久前方就看到一栋5层的小楼，阿兴的一双儿女正从家里迎了上来。

我们走进大门两边贴着喜庆大红春联的阿兴家，顿时感受到了浓浓的过节团聚、亲情洋溢的氛围,也明白了这个长年在外务工者的脸上为什么常绽放微笑。

他的妻子和小孩在厨房里忙着做年夜饭,老母亲则乐呵呵地在晚辈的身旁帮厨。

阿兴和妻子是同学,两家之间相隔三四公里。他们的小孩大的是儿子,小的是女儿。巧的是儿子出生的那一年正好是香港回归,女儿则是澳门回归那年出生。

"孩子一开始在广东上学,因为考大学需要回户籍地,上初中后便回广西上学,和奶奶一起生活。

"谁也不想让自己的孩子成为留守儿童,那真是没办法的事。只要分开时间一长,孩子对父母就有生疏感。我们做父母的,只能尽力去弥补。所以我们每年都回几趟家,多的一年四五次,就为了多见见孩子,培养感情。

"所幸孩子很懂事,他们学习成绩都很好,也理解父母都是为了这个家而在外地打拼。"

在客厅喝了一会儿茶,话题自然聊到他这栋前两年刚建好并进行了一番精装修的自建楼房。

阿兴带着我们逐层走了一遍。

站在小楼的楼顶处,可以看到四周的屋舍、田地,还有那条从曲犁坝流淌下来的清澈小河。

这是个有1200多人的自然村。据说古时来此地开基的祖辈认为这地方风水好,是出读书人的地方,故又叫儒地。"我们水村几乎全是全姓,就像一个大家庭一样,人与人之间都按辈分来互相称呼。"

"人是最缺少不了乡情和亲情的。虽然已在外打工多年,但是只有老家才有我的根。故乡不仅山好水好空气好,更有浓浓的乡情,这种人情味让人对故乡的依恋,随着岁月不知不觉地越来越浓烈。年纪越大就越想回故乡来,中国老话都说,'落叶归根'啊。"刚刚返乡回到家的阿兴还是有些抑制不住的感慨和激动。

1990年下半年,高中还没有毕业的他就到广东中山市小榄镇打工,当时还是个未满20岁的小伙子。

阿兴是长子,下面还有弟弟妹妹。他的父亲是复员军人,回乡后做了生产队干部,还曾担任大队的民兵营长。后来父亲患重病不能劳作,家里不但失去了主要经济来源,前前后后因花费巨大的治疗费用,还背负数万元债务,所以家庭负担一直比较重。

父亲带给阿兴的,更多是精神上的潜移默化。父亲在村里做事公正得体,而且待人有一副热心肠,在乡亲们当中很有威望。这些父亲身上的品质显然对阿兴后来走向社会的自我成长,起到了积极作用。

"当初我们大安镇到广东打工的总共不过七八个人。"

阿兴的第一份工是操作面条机,制作面条。每天凌晨4点起床,在热气蒸腾和嘈杂的机器声中赶制面条,然后骑着三轮车把做好了的面条,给大街小巷的各个大排档送去。每个月工资150元,包吃包住。"包住"的地方其实就是面条作坊中隔出一个小空间。

"那时候刚出社会,就知道生活的不易了,每天出大力流大汗,风里来雨里去。但也渐渐明白了一个道理:只有踏踏实实埋头苦干,才能在异乡安身立命。"

那几年间,阿兴到处奔波,工作生活都很不稳定,也换了好几份工作。"还是因为对薪酬待遇等不满意,人都是有想法的,谁没有对生活更好的追求呢。"

尽管这样,每次辞工走人老板都不让走。因为他干活卖力,

● 三、万水千山，最美中国道路

又为人谦和，和一众工友合得来，这样的品性特别适合替老板负责管理工作。

后来他个人事业道路发生转折却是在家乡广西。那一年他父亲病情加重，需要住院治疗。

他请了一个月的假从广东跑回来陪护父亲。在自治区首府一家医院的住院病房里，隔壁床陪护生病家人的是广东五金行业的一个企业家，他刚在中山市新开了一家工厂。同是陪护病重的家人，又都在中山市发展，因为有共同话题，两个人之间很聊得来。"几乎是一见如故。"

父亲出院后，阿兴回到广东。他去到那家五金企业了解情况，并决定先从企业里的老师傅那里打下手开始。要进入一个新的行业得先学习，掌握基本技术。"那段时间，我还没有辞掉原来的那份工作，而是跟着这边的老师傅去学做五金配件加工，还有制锁、维修模具这些工作，都是利用晚上的空余时间，也让自己额外多一份收入。广东话把这叫作'炒更'。"

"炒更"炒着炒着，五金加工慢慢成了阿兴的主业，后来也逐渐有了积累，就顺势而为自己开厂做起了老板。

"在任何行业，要做起来，除了勤快、努力，还要有悟性。在工作的过程中边学边干，如果跟那些有丰富经验的老师傅相处好，虚心求教，能得到关键的点拨，你就能很快领悟出门道来。"

阿兴说："我从未刻意去做什么老板，其实就是这条路走下来，终于找到了适合自己的这一行。"

不知道这算不算是珠三角地区一名普通外来务工者比较有代表性的奋斗故事。

我们听来还是觉得挺励志的。中国有多少这样的普通劳动者，他们走出家乡，白手起家，在异乡为了改变自身命运摸爬滚打，挥洒汗水努力实现梦想,并为社会创造财富和价值。在这个过程中,个人在成长,国家在发展。

从这个角度上看,阿兴敢于自我实现的创业之路,放置于改革开放后中国经济快速发展的大背景下,便能发现其中必然的时代逻辑性。

小榄镇是广东省中山市北部的商业中心,这里的民营经济十分发达。行政区划上,小榄虽然只是中国的一个镇,但其发展程度和经济实力,着实算得上一个有规模的现代化城市。

有着"中国五金制品产业基地""南方锁城"等美誉的小榄镇,一直是中山经济发展的范本,有媒体这样表述:"小榄之于中山,恰如经济特区之于中国,小榄特有的专业镇经济,正是中山传统制造业的典型代表。"

经济学家则对此给出定义:"专业镇的产生,可以说是中国工业化进程真正的起步。"在广东,类似小榄镇这样的专业镇有近400个,各自专注于五金、灯具、电器等专业领域,最大化地发挥了产业集聚的效应。

所有这些,都为珠三角地区千千万万个"阿兴"们,提供了奋斗拼搏和创业的人生大舞台。

一阵热闹的鞭炮声突然响起,天空中还绽开了朵朵烟花。

在吃年夜饭之前,老班特意用自己的专业器材为阿兴一家人,在楼上楼下拍摄了一组喜气洋洋的"合家欢"。

老班说,拍国道边上这一家人过年的欢乐合照,比拍摩托车更有意义。

四、生命线

行经国道：

G210

G312

G324

G215

G325

● 四、生命线

盐道、战马与国祚

●这条以邕州为枢纽，东接大海、西连高原的交通线，自有记载以来，主要的大宗交易商品一直是海盐和马匹。

早在唐代，邕州已有成规模的马市和盐仓，同时也是广西与云贵等地及与越南等国家进行商品贸易的水陆埠头。据史料载，古邕州一带及周边广大区域不但出产马，而且还有好马。

●马从云贵来，盐从海边上。

盐马贸易，使得当时国家战备所需军事物资与盐政带来的财政支持，在那条山海相连的贸易线路上，得到了极完美的匹配。

由于这条线路的重要性，史册中记载，朝廷每年都要"遣丁夫治驿道"。

就这样，在南宋"军兴马乏"的情状下，那条千里驿道，被政治力量打造为国家战略物资的采购及转运通道。

摊开中国地图，你看——

从南宁这座南疆边陲城市，去往大西北或东北边陲，近乎是在大陆版图上画出一条最长的对角线。

比如说我们这次从南宁到乌鲁木齐的旅行。

想打卡的地方太多，按所设想的"百转千回"的线路，算下来单程5000公里都打不住。

2019年7月下旬,我和老班如约西行,问道古丝路。

广西北上出省,传统上有两条主要路径:走中南地区经柳州、桂林上湖南湖北;沿西南地区经武鸣、河池进贵州重庆。

一脚油门,车子驶上G75兰海高速公路。

公路似游龙,穿行在群山与场坝、河谷之间,进入云贵高原后,隧道一个接着一个。

昨天刚下过雨,车窗外山色空蒙,薄雾正不急不缓弥散开。

山高路远,我和老班两人轮流开车。

"人能走多远的路,取决于他立多大的志。当年班超已经39岁,仍有鸿业远图,仰天浩叹'大丈夫无它志略,犹当效傅介子、张骞立功异域,以取封侯,安能久事笔砚间乎?'这儒学世家出了个'封侯万里'的一代名将,班超之后,再无班超。"老班安坐车厢里,神游万里外。

"哦,2000年前你们老班家的牛人。你又沉浸在历史情节中了吧?"我调侃道。

"不不不,我是想到了历史上另一个姓徐的牛人——班超志同道合的朋友徐干。这个东汉平陵的勇士以实际行动支持班超的方略,策马大漠孤胆驰援,班、徐此后合击破敌建功西域,被传为佳话。我不妨在此也曲为比附一番:今天又是班、徐两人结伴西域远行,长途越渡关津,所以嘛,我俩这趟出行肯定会'吉星高照',大吉大利,平安顺遂!哈哈哈。"老班笑意盈盈。

"那是必须的!"我把着方向盘哼唱道:

"朋友一生一起走,那些日子不再有,一句话,一辈子,一生情,一杯酒……"

长途开车,其实很耗精力和体力。尤其是在车辆稀疏的一些高速公路路段,路面很好,周边场景单调,视觉疲劳之下就容易

● 四、生命线

犯困。

而适当找人说话——这个防犯困的好方法，非常适用于副驾驶座上有一位谈话投机的朋友。

我们聊得最多的就是老班家乡的那条古道。西域此行，盖缘于此。

那个位于南晓镇、紧挨着G325国道的村子，离南宁市区五六十公里，不仅是老班的故乡，也是他的心灵家园。

鹭鸟蹁跹，杨梅成林。由于距离不远，老班节假日常回老家小住，这让我们十分羡慕他能有一个"诗意栖居"的好地方。

有一年"丰收节"，他邀我带几个好友到他家乡游玩度假。由此"结识"了那条消逝中的古道。

"挑夫盈途，人声杂沓，车马喧阗"——尽管残迹风蚀凋零，不过它在村中长者们的口述中，依然活着。

"古道者，古来人世跨空移时、运往行来之途；贯朝穿代、纫忧缀乐之线。"有一本《载敬堂集》十分精当地形容那些漫漶在时空长河中的驿途履痕。

老班家所在的村庄，是一条古老盐道上的一个小小节点。

那条盐道的历史，也许跟人类"煮海为盐"的食盐使用及转运史一样久远。

千年的人走马踏，踩出一条千里长的道路——

从古老北部湾畔的钦廉沿海产盐区，沿山丘间平地，一直向北进入南宁，并溯邕江、右江，傍水而上，进入云贵地区。

这样一条似已被时光遗忘的古盐道，曾在历史深处发出过冷峻而又沧桑的幽光。

七八百年前连天烽火中它一度成为攸关一个政权安危的生命线。

盐与马,维系着这条生命线。

而生命线的另一头,牵着风雨飘摇的南宋王朝。

事实上,纵观大宋320年国祚,始终边患迭起。北宋建国之初就面临着一个巨大的难题——先后失去了东北及西北两大战马产地。

"马者,兵之本。"在冷兵器时代,骑兵可谓是巅峰军事力量,尤其是重装骑兵,无疑是类似于20世纪装甲部队的存在。

北宋末年,西夏"铁鹞子"、金"铁浮屠"轮番叩关冲击,王朝告急。

买马!买马!

所谓"军事之先,莫如马政",因为军马在战争中事关重大,朝廷对这样的战略资源需求非常急迫。"凡战马,悉仰川、秦、广三边",北宋时期军马多购自四川、陕西一带,分别称为"川马""秦马";南宋时则由广南西路买马,这些马匹称为"广马"。

"广马"在北宋还是仅供"边备缓急"之用,南渡以后,王朝疆域已大为压缩,战马的其他供给渠道全被切断,"关陕诸州,半陷敌中,四川道路通塞不常,战马难到行在(临安)"。军情紧急,大批的"广马"被派上了铁血御敌的长江防线。

由广南西路所购"广马",除产自当地之外,还来自西南的大理、祥牁、自杞、罗殿等地,而贸易集散地则在古邕州(今南宁)——那条千年盐道上的重镇。

在汉代以前,邕州与今滇、黔之间,已有古道可通。人民交通出版社1991年版的《广西公路史》第一册载:东晋咸康二年(336年),广州刺史邓岳遣兵,经邕州取兴古、夜郎两郡,开辟了由今南宁至今贵州省兴义、安顺的道路。唐代,此路又有所改善,

● 四、生命线

并成为桂西地区的主要通道。另外，由添州（今百色）经特磨道（今云南广南地区）至善阐（今云南昆明）的道路已经沟通。……贞观十三年（639年），渝州（今重庆）人侯弘仁开辟的牂牁道（驿道），经西赵（今贵州贞丰）进入广西后，过添州、旧城州（今田阳）、横山县（今田东），达邕州，成为南宁通往桂西和滇、黔的一条经贸通道。

邕江边上的这方城池，在唐太宗贞观六年（632年），由南晋州改称邕州，为邕州都督府。

"邕为五管雄，地控西南域。"

这条以邕州为枢纽，东接大海、西连高原的交通线，自有记载以来，主要的大宗交易商品一直是海盐和马匹。

早在唐代，邕州已有成规模的马市和盐仓，同时也是广西与云贵等地及与越南等国家进行商品贸易的水陆埠头。据史料载，古邕州一带及周边广大区域不但出产马，而且还有好马。"绍兴七年，广西进出格马（超出战马规格的良马）十匹，御厩留一匹，余付殿前司。上谓臣曰：朕所留一匹，几似代北所生，广西亦有此，马之良者不必西北可知。"

宋代以来，特别是南宋，经济重心南移，"朝廷所仰，唯二浙、闽、广、江西"，北方人口大规模向南迁徙，农耕的生产、生活方式在岭南更趋广泛和成熟，广南西路气候温和，雨量充沛，宜于水稻生长，一年之内，"几乎无月不种，无月不收"，牧马的传统渐被农作物种植所取代，战马的产出，显然已远远无法满足前线组建和补充骑兵部队的需要。

有着久远繁养马匹历史的大理，那里的良马很快成了这条交通线上的马市的主要供应来源。范成大的《桂海虞衡志》载："蛮马，出西南诸番……大理马为西南番之最。"

宋神宗元丰年间，广西经略司于邕州置干办公事，"专切提举左、右江峒丁同措置买马"。南宋绍兴三年（1133年），又在邕州设置提举买马司，直接对朝廷负责，"凡买马事，经略司毋得预"，并于横山寨设立马市，进行官方马匹贸易。

横山寨，这一个地名就此跃出如烟史册的黄卷故纸之上。

宋代的"寨"，为军事机构，多设在战略要地。

横山是唐代在桂西地区设立的第一个实体县，唐中期为田州横山郡。

距邕州城以西约"七程"（宋代一驿的里程通称"一程"）的横山寨，在高峰期驻扎有官兵上万人，据考，其遗址在今田东县祥周镇G324国道与G80广昆高速公路出口交汇点附近。那里背山带河的地形很有特点：正位于右江中段一个大拐弯处的东岸，江流在此变缓，如同一个大港湾，可以停舟系船。

"大理诸蛮驱（马）至横山场互市。"横山寨由于有充足的马源，地位举足轻重。

宋仁宗景祐年间始设的横山寨，实际上已处于大宋的西南边境前沿，属邕州管辖，有水陆通道勾连大理与邕州。其地利之势，一来能为朝廷就近进行军马统购，二来能镇抚西南，且博易场所在地依山傍水，地势开阔，既便利人员、商品集散，在打仗的时候也可据险而守。

博易场最先兴于西北，以博马为主，多称博马场。

"中国通道南蛮（指大理等），必由邕州横山寨。"（周去非《岭外代答·通道外夷》）作为朝廷设在广西最大的博易场，邕州横山寨博易场是南宋最大的军马交易中心，"蛮马入境，自泗城州（今凌云），至横山寨而止"，"宋高宗绍兴二年，在邕州置市马场，交易盛极一时"（《雍正广西通志·卷四五》）。

据《宋会要辑稿》记载："绍兴六年五月二十三日，提举广南西路马司言：富州（今云南富宁）侬内州侬郎宏报，大理国有马一千余匹，随马六千余人，象三头，见在侬内州，欲进发前来。……其后马益精，岁费黄金五镒，中金（白银）二百五十镒，锦四百端，絁四千匹，廉州盐二百万斤，而得马千五百匹。"而《岭外代答》对此的记录则是："岁额一千五百匹，分为三十纲，赴行在所。绍兴二十七年，令马纲分往江上诸军。后乞添纲，令元额之外，凡添买三十一纲，盖买三千五百匹矣。"按宋制，马一纲为50匹，添买31纲则为1550匹，连原额1500匹，应是3050匹。由此可见南宋朝廷在邕州购买马匹之多，横山寨马匹交易数额之巨。

朝廷统购的战马，往北运送的路径在范成大的记述中也十分清楚："自横山至邕州七程，至经略司又十八程。其道自邕、宾（今宾阳）、象（今象州）、静江出湖南……至行在。"最终抵达的是长江防线，"每五十匹为纲，选使臣部送至行在及建康、镇江府、太平、池州诸军"（《续资治通鉴·宋纪》）。

"惟广西一路，与西南诸蕃接连，密迩黎、雅等州，日进纲马，节次到来，诸军颇以谓堪备出入行阵。"曾任静江知府（治所在今桂林）兼广南西路经略安抚使的范成大，十分熟悉马政和盐政。

从横山寨购买到的马匹，据《宋史·兵志》载"每择其良赴三衙，余以赴江上诸军"；绍兴二年（1132年）六月，"乃命（广西）经略司，以三百骑赐岳飞，二百骑赐张浚，又选千骑赴行在"（《建炎以来系年要录》）。

从宋史的记录中可知，从邕州横山寨北运的"广马"，成为岳飞、韩世忠、张浚等一批抗金名将麾下勇士们的枭骑，驰骋关隘，沙场破阵。

马从云贵来，盐从海边上。

邕州横山寨博易场博马，多以银、盐折算。盐马贸易，使得当时国家战备所需军事物资与盐政带来的财政支持，在那条山海相连的贸易线路上，得到了极完美的匹配。

由于这条线路的重要性，史册中记载，朝廷每年都要"遣丁夫治驿道"。

就这样，在南宋"军兴马乏"的情状下，那条千里驿道，被政治力量打造为国家战略物资的采购及转运通道。

记得在那年炎夏，我和老班试图探寻那条通向海洋的古老盐道的遗迹。

一直向南，迎着海风的吹拂，我们来到钦州市大寺镇，沿镇子里的主干道——望海大道走到尽头，一湾江流出现在眼前。

那是大寺江，注入北部湾茅尾海的茅岭江的一条支流。

在S218省道跨江桥梁上游的不远处，经询问我们找到了大寺江的一处旧码头。老班告诉我，村里的老人说他们当年挑盐就是在这个埠头。

江面不宽，却水量充沛。两岸植物茂盛，一丛丛的茅草在太阳下静静地生长着。

码头看起来已不再用以装卸船作业，台阶倒是新砌的。江堤的另一头有一台挖掘机在平整土石方，堤上立有个有些年头的土地庙，写着一副对联：长堤拦雨水，神贔镇三街。

在广西区域内注入北部湾的主要河流有7条，来自海上的物资、商品等都通过这些入海河流进行转运，其中也包括关乎国计民生的食盐。

四、生命线

就邕州古盐道的走向而言，巨量的海盐的运输路线是，从海边盐场被装上船，逆流走钦江、茅岭江往内陆行舟，到码头再过驳上岸，然后由人担马驮，运送到另一条河的下一个埠头。

这另一条河或是邕江，抑或是邕江的支流八尺江、平塘江。

两条河流之间陆地路程的转运，从前只能靠人力日复一日艰苦地负重跋涉。

古盐道上洒满了前人的艰辛和血汗。

从钦廉盐场北运的海盐，一部分从邕江再溯右江往云贵；一部分登岸邕州，从这个古商埠分散到广阔的内陆腹地。

清末民初以前，挑夫、驮工们走的这条盐道，分为东西两线。西线需从南宁与钦州交界的铜鱼山边缘低缓的平地、丘陵穿过，这条千年通道，也是今天 G325 国道、G75 兰海高速公路，以及广西沿海铁路与沿海城际铁路所选择的地形走向。东线则走六万大山的余脉罗阳山西侧的低地，连起钦江与平塘江口，而这条通道，就是 2022 年 8 月 28 日开工建设的世纪工程——平陆运河的走向。

古道已无觅处，历史可以连接古今。

为了对这条千年盐马古道有一个实地、实距上的感知，我曾经开车从北部湾之滨，驶往右江之畔的横山古寨遗址。荒草萋萋，南宋驿路上马帮铃响、马蹄踏石的声音早已随江风飘逝，耳边听到的是 G324 国道上高亢的发动机轰鸣声和喇叭声，车辆呼啸而过。

从田东再西行往百色方向去，古时候右江的这一段滩多水浅，冬季河道时有干涸，去往云贵只能弃水走陆路。

南宋开庆元年（1259年），蒙元铁骑绕道川黔迂回南下，灭掉大理国后攻破横山寨。当连年战火平息，西南买马之路再无军令紧急的战马贸易需求,这条千里山海古道,又重新回归到本来的盐道功能。

历史并未走远。对古道沿线的那些村庄来说,历史的记忆并没有被封存起来,古道从何而来,通向何方,它背后又有着怎样的故事,每一辈人都是见证者和讲述者。

正因为得到了岁月与路程同样悠长的古道文化的浸润,老班后来就执着地"转行",从一名基层文学创作员转为从事对民族民间文化遗产的搜集与整理,并于2004年成为"南宁市非遗工作队"的成员,参与南宁市及周边地区的非物质文化遗产普查、挖掘和整理工作,撰写申报文本。尽管工作成果不署名,但"班继胤"这张名片,绝对是广西非遗保护与传承领域专家级的"老字号"。

"我能嗅到这条古道上的悲喜与温存。"老班说,"过去村里的老人,很多都从大寺那边挑过盐上来,他们中有的就靠两条腿,将一担盐最远挑到'边界'——可能已经到了广西和云南交界的剥隘。"

"人生百味,咸盐是最不能缺少的,人没盐吃会没力气,连马匹也不能缺乏盐分。宋代到广西静江府任通判的周去非,在他那本《岭外代答》就有讲到,'蛮马入境,自泗城州至横山寨而止。马之来也,涉地数千里,瘠甚。蛮缚其四足拽仆之,啖盐二斤许,纵之,旬日自肥矣'。"

从老班故乡那条古道一路迤逦而行的挑夫和马队,担挑、载运的货物当然不止有海盐。

"还有一种货物是特别多的,老人们叫它'江西货',用马驮运来,一般都是茶壶、碗这些东西,最多是碗。我们家里以前还留下过不少。通常一个马队有八九十匹马,还有扛十几杆枪的卫

四、生命线

队,在过去那种兵荒马乱的年代,马帮还是要有一定的自保能力的。

"因为地处交通要道,我们的村子作为古道上供人歇脚和补充物料的一个站点,就有些像现在高速公路上的服务区吧。过去整个村庄的建设和人文生态,都与近代的物流贸易和通道经济密切相关:有高大的围墙,有骑射训练用的马道,有供往来商帮住宿、绑马的马站,有一条'马草街'是专门割马草喂马的地方;村子里还出现了账房先生以及类似于镖局这样的行当,清代甚至出过两个武举,而且是父子同科,因为要保护商队,所以武风鼎盛。

"我的祖父是晚清秀才,他打得一手好算盘,会记账,这在当时是一个很难得的技能,所以曾经随马帮走货。也正因为有这条古道,他老人家年轻的时候跟随那些走南闯北的马帮,开了眼界,思想上追求进步,积累了一些盘缠后,就沿着那条古时候盐马贸易的驿路入滇,到云南讲武堂学习医术。后来厌倦了军阀混战,回到家乡行医,救治周边的老百姓,给穷人治病不要钱,算是悬壶济世吧。"

老班家乡古道遗址旁有几棵古老的香樟树,树下有一口深潭,水很清甜。潭水如镜,仿佛能映照出百年前马队迤逦、商旅匆匆的身影,以及20世纪上半叶在这条路上所发生的历史大事件。

1949年以前,山河动荡,古道边这个村庄的上空风云翻滚。

抗战烽烟起,桂南遍地火光血海。1939年11月中旬至1940年11月中旬的一年时间里,日军为切断我国通往越南的国际交通线,入侵钦州、南宁,占领邕钦公路,在公路沿线实施了凶残野蛮的侵略暴行(日军第一次入侵广西,在桂南登陆及退却都是经此通道）。1944年4月，日军由于海上交通线岌岌可危，遂发动所谓的"一号作战"，妄图"打通大陆交通线"，也就是平汉铁路—粤汉铁路—湘桂铁路（衡阳—柳州），以使关东军、中国派遣军、南方军连成一体，能相互支援。9月，日军控制了湘桂铁路，二次入侵广西，于11月攻陷南宁，后沿邕（宁）龙（州）公路南下。

新中国成立前的邕钦公路，即今天G325国道南宁至钦州段的前身，就是在古盐道的基础上修建起来的。据《广西公路史》的资料，这条"路基宽度为7.3—9.2米，最小平曲线半径为30.5米，最大纵坡为8%"的公路，1934年6月建成通车。

老班家乡古驿道边的小村子，在晚清和民初的兵燹之祸中尚勉强能自保，日军的侵略却焚毁了这里的一切，村民们被押去做苦役，村庄的墙砖被拆下来修筑工事。鬼子沿邕钦公路进犯南宁，对沿途的村庄进行了地毯式的"扫荡"，无一处能逃过劫难。

然而，中国人民历来有反抗侵略的优良传统，抗击日寇的烈火也在邕钦公路及沿线地区熊熊燃烧。

那段抗战往事，在南宁市良庆区的区志中就有记载：

> 1939年11月24日，1944年11月24日，日本侵略军两次入侵邕宁县城。良庆区辖的良庆、那马、大塘、那陈、南晓等镇（原属邕宁县）沦陷后，辖区群众饱受日寇的烧杀蹂躏，面对凶残的侵略者，全县各地乡村的民众自发组成众多的抗日自卫队，拿起武器反抗日军的暴行。三官区（今良庆区的大塘镇、南晓镇、那陈镇一带）和八尺区那莲乡的蒋村、四美（今为邕宁区辖蒲庙镇新新村）、新丁、乌兰（今为良庆区所辖良庆镇

四、生命线

新兰村)4村等自卫队和游击队抗击日军的战斗不断进行,给予日军以沉重打击。

……

三官区游击第三大队,经常在邕钦公路沿线袭击日军运输队,阻挠日军增援车队,袭扰日军据点,搅得日军心惊胆战;大塘、南晓镇等三官区抗日武装开展战斗十余次,歼敌数200多人;1939年12月至1945年5月,在日军两次入侵邕宁县中,邕宁县抗日游击第四大队第四中队与日军作战近百次,击毙击伤日军官兵100余人。四个村的游击队员和群众虽然遭受重大伤亡和损失,却无所畏惧,勇往直前,一直坚持到把日军赶出桂南。

2015年6月出版的《广西党史》杂志,一篇题为《走向辉煌——南宁建党79周年史略》的文章中也对此做了记述:

抗战期间,中共南宁地方党组织通过党掌握的抗日团体开展各种形式的抗日救亡运动。……在我党的影响和领导下,邕宁人民的抗日斗争如火如荼。……日军两次入侵桂南期间,邕宁抗日自卫武装……建立了从大塘花甲山至雅王、沿八尺江到那莲、蒲庙,从蒲庙东丁至砥板、长塘一条200余里的防线与日军长期对峙。

大塘花甲山是抗战时期的游击队根据地,那里进可攻退可守,深山密林中到处是绝岩纵壑,有利于与敌周旋。邕钦旧路曾从花甲山的山脚下通过,那一段山岭夹峙的险道,既是日军防守的重点,也是发生激战最多的地方。老班的外祖父是党领导下的抗日游击队员，同其他的抗日战士一起打击日军、断绝交通、坚壁清野、伏击敌车辆，不断破坏侵略军的后勤运输补给，最后在一次战斗中牺牲。

"日军侵犯我们的家乡，激起了家乡父老的极大义愤，他们同仇敌忾，纷纷拿起武器战斗。"这段与家族史紧密关联的抗战记忆，老班每回讲起，心情总是无比沉重，也无限感慨，"我的外祖父是抗日烈士，他是我们家族的骄傲。当年他们这些抗日武装为国家为民族奋不顾身、敢于牺牲的精神，体现的就是一种最可贵的中华不可欺、不可侮的民族气节。"

1944年，离日本宣布无条件投降已为期不远。日军为了所谓的"一号作战"大动干戈，将所有赌注都押在了这一战上，反而造成战略态势更为不利，已成为日本军国主义的最后垂死挣扎。至此，直到日本战败，其再也无力发动大规模进攻，这场侵略战争终于进入了尾声。

青山永在，古道不老。

历史大剧还在以这条邕钦公路为舞台，一幕幕地展现剧情的凌厉与深刻。

1949年，"天翻地覆慨而慷"。

这一年春，解放战争进入战略追歼阶段，国民党军纷纷向西南、中南等地退逃。

11月初，因战局发展迅猛，眼见西入云贵无望，国民党华中军政长官白崇禧集中主力于桂南发动"南线攻势"又遭失败，于是紧急命令其华中军政长官公署机关及直属队，连同第一、第十兵团及第三、第十一兵团残部，沿邕钦公路准备夺取钦防沿海地区南逃。

大小汽车3000多辆，除开200多辆载着美式武器装备和大量

● 四、生命线

的银圆等物资外，其余的都拉满了人，在坦克、装甲车的掩护下，机械化行军纵队长达数十里。

此时，中国人民解放军第四野战军主力和第二野战军第四兵团正从北、东、西三个方向，日夜兼程对南窜敌人进行追击、包抄。

在那具有决定性意义的数天时间里，邕钦公路上车鸣马嘶、尘土漫天，远方炮声可闻。

1992年广西人民出版社出版的《广西战役》记录道：

> （十二月）二日，鉴于"南线攻势"破产后的白崇禧集团撤向钦州地区，妄图从海上逃往海南岛，第四野战军前委命令各军从现地立即向钦州方向追歼逃敌，拉开第二阶段粤桂边围歼战帷幕。
>
> ……
>
> 四日，（四野）第三十九军解放南宁，第三十八军解放田州（今百色市田阳区）。第四十五军占领横县（今横州市）……
>
> 五日，（二野）第十三军解放北海，第十四军主力进抵钦江东岸，对钦县（今钦州市）形成合围。……
>
> 六日，第十四军主力于黄昏对钦县发起总攻，是夜二十二时结束战斗，歼敌华中军政长官公署直属队一万二千余人。同日，第三十九军在邕钦公路南追途中歼敌一部，缴获汽车一百三十余辆，并于大塘圩歼敌第十一兵团直属队、第七十一军第八十七师大部，俘该师正副师长以下四千余人。
>
> 七日，第十四、第四十三、第四十五、第四十军各一部在粤桂边纵队第三、第七支队配合下，将敌第十一兵团部、第四

十六军以及国防部突击第一、第二、第三纵队等各一部全歼于小董圩,俘敌一万二千余人,缴获汽车一百六十余辆,从而结束第二阶段粤桂边围歼战役。

以公路为战场的大围截、大追歼战斗结束后,《广西战役》这样描述:

> 钦州以北长达百余里的公路线上,美国军用卡车、水陆两用汽车、吉普车,还有丢掉了棚顶的商车,密集地拥塞在沿途。车上堆着崭新的美制重炮、机枪、电台、工兵器材、弹药、望远镜等数不清的军用物资,以及当然也少不了的匪军军官的箱笼家俱(具)皮鞋大衣……

邕钦公路线上的这场大胜,也标志着解放战争中广西战役取得了完全的胜利。

广西战役的胜利,大大加快了全国解放的历史进程。

"老一辈的人都清楚地记得,那几天国民党败兵的车辆日日夜夜不断从村子旁的公路驶过,往钦州方向溃退。"老班讲述从老人那儿听来的历史细节。

"我们村北边的公路附近有个响水滩,国民党几百辆汽车被解放军拦截、击毁,浓烟滚滚,爆炸声响成一片。而在村子东南方向10公里处的百兰桥一带,也发生了激烈战斗,国民党车队被炸,桥也被炸塌,汽车摔到沟里去,其余的七零八落地被丢弃。因为公路已经被阻断,进退两难,见公路无法通行,成千上万的国民党军就全从路旁的山岭四散逃窜,满山遍野都是丢盔弃甲的溃兵。"

这一幕被当时的村民们清清楚楚地看在眼里,一辈子都不会忘记。

这一幕,也被历史永远地记住了。

人民解放军以摧枯拉朽之势横扫千军如卷席,推翻了腐朽的国民党反动政权,体现的正是人心的向背。

人间正道是沧桑。

此去关山万里

● 西安是丝绸之路的起点,丝绸之路的"根"在秦岭。

我们还在行车途经秦岭山中的石泉县的时候,就看到了"丝路之源、金蚕之乡"的宣传牌,这让我们意识到,"问道古丝路"之旅真正从这里开始了。

● 有统计数据,中国的卡车保有量至少有上千万辆,平均一辆车按2个卡车司机算,那么卡车司机这一群体的数量就应该是2000万人以上的级别,人数居全世界之最。

这个为国家的经济发展以及社会运转作出巨大贡献的群体,理应受到更广泛的关注。

● 那天,我们驾车在两处遗址间那无尽的大漠沙砾中奔走,车轮下就是去往古楼兰的千年丝路驿道,恍惚中,耳边似乎是听到了驼铃单调的叮叮当当声,在旷寂的沙漠中显得那么清脆悦耳,黄沙随风飞舞,看到一眼望不到头的商队从我们身边迤逦而行,在最远处有炊烟袅袅升起,除了驼队和骆驼客,我们还看到了戍边的将官军士、驿夫、使者、工匠、艺人,还有僧侣,他们日复一日、年复一年地从这条路上走过,他们的后方是连绵起伏的沙丘、浩瀚的戈壁,以及雪山和草原……

● 哈密东天山,老巴哈公路的S249省道路段——"新北道"的山谷险段。

这是古丝绸之路历史与当下隔空对话的标志性路段,这才是我必须打卡的公路景点。

● 四、生命线

这一趟远行，头两天沿途一直是天色阴晦，铅色的低云厚厚地压在山顶上，前挡风玻璃不时洒落细密的雨星。

我们驾车向北穿越云贵高原东部，进入四川盆地东南边缘。

在重庆稍事休息，又接着沿G210国道继续向北走，驶进秦巴山区腹地——达州、万源、汉中、安康，一路疾行。

巴山蜀水，重峦叠嶂，苍江峻急。

"蜀道之难，难于上青天！"的喟叹显然已甩给昨日，现如今是长桥飞架，"高路入云端"。

四川省位于我国地势的第一级阶梯和第二级阶梯之间，地形复杂多样，山谷间落差巨大。

G210国道往北出了重庆市区，实际上就是在川东平行岭谷地带的"褶皱山脉"河谷中穿行。这一区域全是弧形分布、整齐排列着的山脉，也是世界上特征最为显著的褶皱山地之一。

西侧华蓥山，东侧明月山，在两列山脉间通过的G210国道，在千年空谷尘烟落下之处，叠压着一条颇有来历的古道——荔枝道。对的，就是与杜牧"一骑红尘妃子笑，无人知是荔枝来"诗句相关的唐朝古驿道。隋唐时期的四川盆地，气候比现在要更为温暖，适宜种植荔枝树，其实直到今天，在四川盆地的南端仍有荔枝产出。

如果扯下贴在荔枝古道上那张极易招徕话题的历史标签，这条延续了千年的深谷长廊，更多承担的是通蜀交通主脉的功能。

据史料记载，唐在此川陕要道广设驿站，明清时最为兴盛，官商邮旅称便。当年沿着荔枝道建起来的一些贸易集市，形成了今天G210国道沿线主要城镇的分布格局。

从达州再往北开行，就要进入翻越大巴山的旅程了。

除了高速公路的高架桥梁外，在国道旁边的高山峡谷开始见到伴行的两条铁路线——襄渝双线铁路。新线是2009年竣工通车，而老线则是1968年开工建设，曾是我国三线建设的重点战备工程。

工程代号为"2107工程"的襄渝铁路，是过去中国地图上不做标记的秘密国防铁路线，全线按国家Ⅰ级标准、以"进山、分散、进洞"的战备需要进行设计。人民解放军铁道兵部队是修筑襄渝铁路的主力，在工程建设高潮时，包括"三线学兵"在内的川鄂陕百万建设者参与"铁路大会战"。

襄渝铁路的建成，对巩固国防建设，改善中西部交通基础设施布局，具有重大意义。"5·12"汶川大地震发生后，从各地汇聚的救灾物资，正是通过这条战备铁路线源源不断地运抵灾区，成为灾区民众名副其实的"生命线"。

在今天看来，三线建设的这些布局，不仅让我们国家拥有了抵御战争风险的战略纵深，而且使得大西南具备了工业化能力，全国各区域的经济发展也更为均衡。

我们驾车行驶在G210国道上，看着车窗外的襄渝铁路线，难以想象如此艰巨的工程是怎样在当时简陋的施工条件下完成的。这么多年来，这条铁路已让无数国人受益，如今四川"天府之国"的路网四通八达，坦途一片，我们在便利地使用这些交通基础设施时，应当心存感激，感激那个砥砺奋进年代前辈们牺牲、奉献所留下的物质和精神红利，也感念所有筑路架桥的一代代建设者。

在大巴山区，公路、铁路线大体上都是沿河谷修建，就连大小城镇的布局也是如此。

地处四川省东北端的万源市就是典型的河谷型城区，河流的走向即城区的建设和拓展的走向。嘉陵江的支流后河，从头到尾

● 四、生命线

贯穿呈带状分布的万源城区，G210国道与襄渝双线铁路则紧紧地贴着，循河延伸。在狭长的河谷上空，水流汩汩声中，汽车喇叭、列车汽笛与街市的喧闹一起，合奏出现代山城的多声部交响曲。

万源市北郊的官渡镇，位于川陕交界处。在高速公路未通前，官渡镇的G210国道路段是出川的必经之路。

进入陕南山地，国道旁不时能看到我们南方人熟悉的作物玉米和南瓜，但毕竟纬度不一样，又是高海拔地带，一年之中有近半时间天气恶劣，路面覆盖冰雪，所以公路旁每隔一段都有堆放防滑料的池子。

由川东要去往陕西西安市，走G210国道需连过大巴山和秦岭这两座庞大的山脉。

经汉中市西乡县驶入安康市石泉县，我们来到了秦岭。

在大巴山地区的时候还是晴日暖风，此刻又开始下雨了，感觉空气都是湿漉漉的，要打开车内空调的冷气才能吹走挡风玻璃上的水雾。

跨过一座座桥梁，车窗外汉水泱泱，大小支流浑黄湍急。

秦岭南北，楚韵秦风，行驶在G210国道上，纵贯其中，看得历历分明。

秦岭，这道横亘于中国中部1600多公里长的雄伟山脉，与黄河、长江共同构建起"一山两河"的宏大地理格局。

在地理意义上，这里是"中国之中"，经秦岭向东，沿淮河划出一道东西向的横线，是中国气候上南方地区和北方地区的分界线；在人文定位上，秦岭则是"华夏龙脉""定鼎之尊"。

以人文之眼阅读秦岭，可谓"一座山脉，半部国史"；而驾车观览秦岭，但见山势巍然，万峰静穆，云缠雾绕间如泼墨泻玉，一派蓊郁莽莽。

G210国道的秦岭路段，据说是西安周边最热门的自驾线路。线条优美灵动的盘山道伴溪而行、缘崖而过，即便是旅人匆匆一瞥，也能感受得到大美秦岭真的是"惊艳了时光，也温暖了岁月"。

历史上，有四条可穿越秦岭的古栈道：子午道、傥骆道、褒斜道、陈仓道。

巴蜀荔枝道向北躜行，衔接于子午道。作为穿越秦岭山地最东边的一条线路，子午道是最早见之于史书并深刻影响历史进程的一条古代挂壁公路。

子午道至少在春秋战国时期就已经形成。《战国策·秦策》有云："范雎相秦，栈道千里，通于蜀汉。"在《史记·项羽本纪》中则记载："巴、蜀道险，秦之迁人皆居蜀。"古人以子为北，以午为南，南北走向的大道就被称为子午道。西汉修长安城时，中轴线向南延伸正对着秦岭北麓七十二峪口中的一个，这个峪口又被称为子午峪。

连通古长安城与汉中、巴蜀及其他南方各地的子午道，都是交通要冲，也一直为兵防要地。子午道历代都有修缮和线路调整，东汉及唐代是国家驿道，在清代晚期，左宗棠任陕甘总督时曾全线进行加筑修葺。

我们驾车沿G210国道从石泉县继续北上，经宁陕县的平河梁、月河梁，再翻过分水岭，就是一路下坡了。

愈往前开行，公路上方愈加豁亮，这意味着很快就将进入关中平原，长安在望。

总体上与子午道走向重叠的G210国道，在今西安市长安区喂子坪处改走抗战时期规划勘测、1958年开工修建的西（安）万（源）公路线，从秦岭沣峪口出山。

忽然前方天光现出一片浅紫色和微白，随着车子的行进，金色的阳光透过云层，天空的湛蓝映了出来。

我们驶出了大秦岭，霎时展现在眼前的是平展无边、壮阔浩然的八百里秦川。

> 秦川朝望迥，日出正东峰。
> 远近山河净，逶迤城阙重。
> ……

唐代诗人李颀的这首《望秦川》，此刻吟出毫无违和感，在意境和意象上，都与我们当下所见产生契合。

八百里秦川，又称关中平原，这里号称"天下粮仓"，是华夏文明的发源地，也是《诗经》和中华民族的发祥地之一。"因为有秦岭的气候屏障和水源滋养，才会有八百里秦川的风调雨顺，才会有周、秦、汉、唐的绝代风华，才会有十三朝帝都长安的不世繁华。中华民族最引以为傲的古代文明，确得益于这样一座朴实无华的由巨大花岗岩体构成的山脉。"很多推介秦岭的文宣，都会这样来描述这座中国腹心山脉对关中平原以及长安城的润泽和庇佑。

在史家看来，多元而又统一的中华文化基本上就是沿着秦岭北麓展开的。

秦岭、长安堪称中华人文历史的两个巅峰符号。八百里秦川的核心长安城，是我国建都时间最早、建都朝代最多、定都时间最久、都城规模最大、历史文化遗迹最丰富的古代政治中心。

明朝设置西安府，西安之名首次出现，取的正是"安定西北"之寓意。不过，长安这个地名其实一直都存在，自汉高祖刘邦设置长安县开始，长安这地方在2000多年里几乎一直都叫长安县，而历朝历代，改的只是长安县的行政隶属关系。

2002年，长安县被撤销，成为陕西省西安市的一个市辖区——长安区。区人民政府驻韦曲街道。

西安是丝绸之路的起点，丝绸之路的"根"在秦岭。

我们还在行车途经秦岭山中的石泉县的时候，就看到了"丝路之源、金蚕之乡"的宣传牌，这让我们意识到，"问道古丝路"之旅真正从这里开始了。

中国是丝绸的故乡。1984年，在这座陕南小城出土了国家一级文物"鎏金铜蚕"，经鉴定为西汉时御赐养蚕大户的奖品。

一枚铜蚕，成为了汉代丝绸业和丝绸之路的重要象征和实物见证。

事实上，无论是"凿空西域"的张骞，还是打通丝绸之路的班超——一位出生于秦岭南麓、一位出生于秦岭之北，这两位秦岭之子的事功都在于打破中国西北方向的障壁，开通到达西域的孔道，促成了东西方文明的第一次对接和交流。

沿G210国道从沣峪口驶出，再往前开行两三公里，来到一个公路大转盘处，这是关中环线与G210国道的交叉口。

2008年底贯通的关中环线，环绕陕西的西安、渭南、咸阳、宝鸡四市，是由环山公路、乾汤公路（S217省道、S209省道大部）、G312国道乾县到礼泉段、S107省道、S108省道构成，属于在原来各段公路的基础上改造新建而成。现关中环线已统一公路编号为S107省道。

四、生命线

所谓环山公路，即沿终南山北麓环绕而行的公路。

终南山是秦岭的中段，也是秦岭最核心部分。这一长列平地拔起的峰峦矗立在周秦汉唐的都城长安之南，"天之中，都之南，故名中南，亦称终南"。东汉班固在其《西都赋》中第一次对这列绵延的山峰以"秦岭"二字称呼——大秦帝国的中央山脉。汉唐时期的"秦岭"，地域范围并不像现代意义上的秦岭那么大，基本限定在商洛至宝鸡陇西一带。

S107省道的环山路段串联起秦岭的七十二个峪，比西安外环高速路的南段更靠近终南山的山脚。我们从公路大转盘左转西行，贴着终南山的北麓，行驶在S107省道这条宽阔的一级公路上。

在西安市鄠邑区石井镇上，有一条名叫"神仙路"的古道，据考证是古丝绸之路的历史遗存。

我们看资料上说，这是一条长安连通西域最为古老的丝绸之路线路：它东起长安，从今天的鄠邑区西去周至、宝鸡眉县，过黑虎关入太白县境，继续向西经宝佛寺入凤县，再从秦岭的嘉陵江源经黄牛铺镇、唐藏镇，进入甘肃省陇南市两当县，再折向北，从天水以西去往兰州，直上河西走廊。

如今1000多年过去了，古老的丝路还能否有迹可循？

在S107省道的石井镇路段，我们从路口处拐进一条导航地图上标注为C250村道的进山道路，根据资料，在这里的山麓附近尚有一段古道依然在供当地村民们平时的耕作、出行之用。

我们一路打听，在路旁见到老乡就下车询问。终南山中古树苍郁、林荫径幽，与城市里此时的酷暑难耐不同，山里沟深林密、凉风阵阵，虽满耳是蝉鸣聒噪，但这样的环境却令人感到十分的舒适惬意。

这条"神仙路"因何得名已难以知晓，是唐代高僧玄奘曾途经此路去往西域？还是千百年来的隐逸之士多循此登上"终南捷径"？

然而，无论旧路新土，抑或是旧土新路，终难辨认。

倒是山边那条我们行驶而来的S107省道环山路，是我心目中新丝路的模样：它的走势与"神仙路"基本平行，是一条全新的高等级现代交通大动脉，从西安市任何的街区一直往南，都必会来到这一东西向的公路干线上，然后沿着此路辞别关中平原、去往甘肃，再"西出阳关"踏上万里之途，直到亚欧大陆的另一端。

而且它还是那么美丽多彩的一条终南山风景道，抬眼可见白云如练、黛山吐翠，公路两旁繁花似锦，伴随着绿柳依依、果园片片，有终南山这座"天下第一福地"的荫庇护佑，多么遥远的旅途都能够人马平安，万事顺遂。

今天我们通常所说的丝绸之路的概念，并非只是简单的一条线，实际上因朝代的不同，以及西去目的地的不同而有若干走向。

西汉时，丝绸之路路线自长安起；东汉时，东延至河南洛阳为起点。这一世界上里程最长的横贯亚欧大陆的国际路网，概括地讲是自古以来从东亚开始，经中亚、西亚进而联结欧洲及北非的东西方交通线路的总称，而丝绸则是这些道路之上最具代表性的货物。

据史家的考证，从古长安沿丝绸之路西行，大致有三条线路可以到达兰州。

第一条基本上是沿今天G310国道的走向，利用渭河谷地，西出咸阳、宝鸡，经天水、定西，在渭源县离开渭河河谷，进入临洮县改沿洮河河谷北上，直抵兰州。洮河是黄河上游右岸的一级支流，年径流量仅次于渭河，G75兰海高速公路的临洮路段有一

● 四、生命线

大半穿行洮河河谷。

第二条是走G312国道，即过去的西兰公路，前身是明清陕甘驿道。陕甘驿道在清代是漫长的兰州官路的其中一段，在光绪三年（1877年）以前，皆沿袭前代旧制建立了以驿站（包括站、台、所、铺）为主的驿道系统，兰州官路从北京出发经直隶省保定府（今河北保定市）和正定府（今河北正定县），向西至太原府（今山西太原市）后，南下平阳府（今山西临汾市），过潼关，西达西安府至甘肃省兰州，再由兰州起，西北至新疆吐鲁番、迪化府（今乌鲁木齐市）和伊犁。

第三条的线路则是行经G344国道，过陇县，越陇山，于甘肃华亭市接S304省道，再从秦安县转G247国道，在定西并入G312国道往兰州。

我和老班到达西安市之后，想换一种公路旅行方式，原先打算找一辆跑跨省长途物流的重卡，我们与司机师傅随车出发。不巧的是通过朋友约好的这辆卡车突然改变了行程，不走陕西方向。我们只好另找其他合适的车辆搭乘，几经问询，联系上了一辆专跑河南郑州至甘肃兰州的"线路车"。这趟车往返皆途经西安。

所谓"线路车"，就是指按照交通主管部门规定的运营区间、从A地到B地的线路运行的车辆。

这是一辆蓝牌厢式物流车，中巴车的外观，客货两用，核载6人，除了能在各种公路上行驶，也适用于对货车限行的城市市区街道的小件货物运输。

司机两个：一个60后，一个80后。

那个80后司机长得有点像流行乐队组合"水木年华"里的歌

手缪杰,我们当时开玩笑说,搭乘这辆车感觉是无意中走进了"明星真人秀"的某一档节目的户外情景环节。这成了我们此次远行途中一个挺有意思的"小插曲"。

河南郑州至甘肃兰州的这趟"线路车"的运行,其背后的商业逻辑是2017年7月宝(鸡)兰(州)高铁的建成通车,高效且大运力的轨道交通介入后,传统的从中原通往大西北的公路客运班线无可避免地出现萎缩,乘客都坐高铁去了,而原来习惯上随公路班车走的物流量却没有减少——毕竟高铁主打的是快捷客运,停站时间短,且高铁站往往离城市中心较远,于是这种在"后公路客运时代"起到拾遗补阙作用的"线路车"应运而生:仅在几个中心城市之间的公路干线上往返,既可以承接原来班车的沿线货物托运业务,又能顺路捎带上零散的乘客。

宝兰高铁的通车,对中国进入"高铁丝路"时代有着极其重要的意义。作为"一带一路"重点工程,宝兰高铁是我国"四纵四横"高铁网中最长的一横——徐州至兰州高速铁路的最后一段,徐兰高铁的全线贯通,连接上2014年底通车的兰新高铁,标志着新疆高铁首次融入全国高铁网。

今天每当谈起古丝绸之路,大家的脑子里一定会出现"大西北"这三个关键字。

"大西北"这个地理概念,是对我国西北干旱区的别称,行政区划上包括陕、甘、宁、青、新五省区。

有一种观点认为,陕西的关中平原在文化区划上仍属于中原地区。从地图上看,陕西处于中国的南北中轴线上,我们国家的大地原点,亦即大地基准点,正好位于西安市北部仅20公里的泾阳县。

根据《国家综合立体交通网规划纲要》,西安的定位是国际性

● 四、生命线

综合交通枢纽城市，其在全国立体交通网上的重要支点作用不言而喻。关中历史上一直是经略西域的总后方基地，而从古至今大西北的物流走向，最主要的就是西安—兰州。

我和老班所搭乘的这辆厢式物流车，跑的是G30连霍高速公路。

G30连霍高速公路原为国道主干线"五纵七横"中的"第四横"——老的G310国道。现在新的G310国道简称"连共线"，全线平行于G30连霍高速公路这条国家高速公路东西大动脉，起点是江苏省连云港市，终点是青海省海南藏族自治州共和县。

我们的厢式物流车沿着G30连霍高速公路，从西安市区西行经咸阳，过宝鸡，伴着黄河最大的支流渭河，一路疾驰。

很快便驶入甘肃地界，过了甘陕交界的东口隧道不久，高速公路不再穿行渭河河谷，而是以桥隧工程的强大施工能力，径直打通秦岭山脉西麓的重峦叠嶂，奋力向前，直到进入天水市甘谷县境才又嵌入渭河河谷，与发源于甘肃、滋养着八百里秦川的渭河水汇聚重逢。

过了天水市，公路两边的黄土地貌就越来越明显了。

"跑这条线最惬意的时间是在八九月份，天气不冷不热，路上的风景也好。"80后司机把着方向盘，不紧不慢地和我们聊了起来。

"你们问我干这行的甜酸苦辣，一下真不知道怎么回答。作为司机白天黑夜的天天在路上跑，日子久了总会有一些不足为外人道的经历，也有非常疲倦的时候，但这是一份工作，我觉得吧，首先要有对这份工作的一个尊重，然后才能谈如何敬业，不是吗。"

他们这样的"线路车"一般都是每天下午5时拉上货，分别从郑州和兰州两地对开，单程约1100公里，耗时十六七个小时，中途通常有业务需要下高速交接货。到达目的地后休息五六个小时，又接着开动引擎启程。

这辆厢式物流车的驾驶室既是他们的工作室，也是休息室。后排的4个座位还算宽敞，轮班休息的时候可以躺下睡觉。我尽量坐在后排靠窗座位的边缘处，少占一些地方，让正横卧着补觉入寐的那位60后司机睡得舒服些。

不知怎么的我和80后司机就聊到了那首当时很火的民谣《成都》，当然我们的话题是手机视频上被网友重新填词改编过的"卡车司机版"。

我们聊天的声音还是将60后司机吵醒了，好在他也到了起来换班开车的时间。一番交谈，他叫我俩为"老广"，我们就分别以"60后""80后"称呼对方这一老一少的驾驶员。

"我以前就是个卡车司机，光是重卡就开了23年。在这23年里，我走遍了祖国各地。最北到过大兴安岭，最南是海南岛，最东去了佳木斯，最西跑过霍尔果斯。"60后说话中气十足，沉稳却不乏激情，他仰脖咕咚咚地喝了几口保温壶里的茶水，接着开聊：

"干这行的确比较辛苦，时间长了也会有职业病，比如说肠胃方面的毛病，可干哪一行不都是有苦有乐？我自己的体会还是快乐更多。我喜欢在宽阔大路上开车的感觉——奔跑，自由。开车太愉快了！"

发动机嗡嗡作响的驾驶室里，在后排座位上坐起身准备交接班的这位司机大佬，他闲谈中"甩"出的这几句"职业感言"，突然就让我的内心产生了共鸣，甚至还带着几分感动和钦慕：像我辈这样的平凡人，若能够在自己的工作中感受到由衷的快乐，那

● 四、生命线

是多么幸福的一件事。

　　黑色的高速公路路面在驾驶室前方时而笔直，时而是一道弯曲的弧线，路边的各种标志牌以及树木、庄稼地和屋舍楼房快速向后掠去。

　　车辆川流不息，油门的轰鸣声一路上此起彼落。

　　公路交通繁忙，那些每隔一段距离便出现的高速公路服务区，就类似于古时候驿道边供人歇脚的驿站。

　　我们的厢式物流车往右打了个方向，驶离行车道，在一个高速公路服务区停下来。

　　这位"老而弥坚"的60后，提着一个大暖水壶和一个装有洗漱用品的塑料小篮子下了车；80后则从驾驶室去到车头前，忙着用清洁工具一遍遍地擦拭车辆那面宽大的前挡风玻璃及后视镜。

　　我和老班也下了车，在停车坪上伸伸腰骨。老班掏出解乏用的香烟，也给80后递上一根，并夸赞他"小年轻挺勤快，手脚麻利"。

　　也许是听到"小年轻"这样的称呼，80后笑了起来："我都有3个孩子了，大的初中，小的7岁。"

　　"在我眼里，80后还算是小年轻。"敦厚的老班也温和地笑道。

　　这80后"小年轻"其实也是个"老把式"了：开过十几年的货车，全国各地跑。他说："现在跑的这个线路那是比过去舒服多了，时间固定、线路固定，道路环境各方面越来越熟悉之后，心理压力没那么大。"

　　他说："也有着急的时候，前段时间为客户运送一批小猫，毕竟是活体，除了要考虑周到途中的喂食和饮水问题，还担心小猫在夏季高温封闭的车厢里是否会中暑，怎么尽可能地通风透气，千万不要窒息了……"

60后司机这时候回来了，在重新启动车子出发前，我们在车旁又闲聊了一小会儿，权当小憩。

老班自我介绍了几句，还简单地讲了我们的行程，分享了路上发生的一些趣事。

60后司机说他几年前本已退休，卖掉自己名下的4辆大巴车后，想享受退休后悠闲的生活，钓钓鱼、养养花什么的，"但闲下来反倒感觉不到生活的意义了，这也不是我想要的生活。我这人闲着根本不习惯，发现还是得找自己喜欢的开车活儿干才得劲。我现在到这家公司也是来帮忙的。

"这不，过几天又准备和一帮朋友开车送新大巴客车去海南了，天涯海角等等这些景区过去都没来得及逛，反正现在有时间了，到那儿以后可以到处好好玩一玩。可能是受职业影响，我不喜欢老待在一个地方，总喜欢去闯荡。

"我在农村出生，小学毕业，文化程度不高，可我认准的事情从来都是敢想敢干。小的时候我就爱捣鼓家里的小四轮，后来有机会开东风车，很快就上手了，技术比一同去上驾校的小伙伴们都要好，也愿意花时间钻研汽修和维护的知识，觉得自己在这个行业多少有些天分，然后就下决心买货车跑运输。

"到我的孩子这一代，家庭条件就好得多了。儿子现在开的是100万元的路虎车，他12岁去少林塔沟武术学校学习，现在办搏击俱乐部，培养格斗手参加河南卫视推出的武术搏击类节目《武林风》。女儿是学室内装潢艺术设计专业，女儿女婿开了一家装修公司，目前经营上不太顺利，亏了不少钱，我为这事没少开导他们，都以鼓励为主，叫他们别太难过灰心，走向社会刚起步创业要勇于面对挫折，从中吸取经验教训，以后才能长本事。

"人生不能总是一成不变，否则就成了死水一潭。直到现在，

四、生命线

我都要求自己隔个两三年,生活、事业要有些变化,要有进步,向前看……"

货车司机我们平常很少有机会认识,跟前的这位真让人刮目相看。

有统计数据,中国的卡车保有量至少有上千万辆,平均一辆车按2个卡车司机算,那么卡车司机这一群体的数量就应该是2000万人以上的级别,人数居全世界之最。

这个为国家的经济发展以及社会运转作出巨大贡献的群体,理应受到更广泛的关注。

都说"中国西北行,出发在兰州"。我们告别了所乘"线路车"的两位货车司机师傅,决定继续沿用从南宁出发时的租车模式,完成余下的路程。

中国大概没有一个省会城市的形状比兰州市区更修长的了。

外地游客总爱开玩笑,"兰州拉面有多长,兰州市区就有多长"。城市建设以条带状布局的兰州,具有"两山夹一河"的典型地理特征,也是唯一一座黄河从主城区穿过的省会城市,光是那条滨河路就有50多公里长。如果算上西北方向的红古区,那么开车要走八九十公里才能驶出兰州市。

兰州所在的甘肃省,形如一柄斜放着的长长的玉如意,从最东端到最西端足足有1600公里,窄窄的那一段柄身,就是地理概念上的河西走廊。

这条狭长的地理通道,是历史上最为重要的战略咽喉要地,堪称中华民族的"千年生命线"。

甘肃似乎是专为河西走廊而"生"的省份。河西走廊又称甘肃走廊,其范围广义上甚至可以包括今天的甘肃省全境。

没有河西走廊就没有丝绸之路,是河西走廊决定了丝绸之路的走向。

G312国道的兰州至乌鲁木齐段,即是在过去的甘新公路的基础上修建起来的,而甘新公路作为西北地区较早建成的现代公路,其车辙所碾过的旧路基,就是大名鼎鼎的"左公大道"。时间再往前推1900多年,东汉著名的军事家、外交家班超平定西域,所率精兵、车马,走的也是这一线路。

G312国道简称"沪霍线",起点为上海市黄浦区,终点为新疆伊犁哈萨克自治州霍尔果斯口岸,是中国国家道路网的主要横线之一。

我和老班的大西北之旅,从兰州上行河西走廊,进入新疆,走的就是这条国道线。

班超在丝路上的战马蹄印,早已飘散在历史的沙尘中,"左公大道"的痕迹却仍依稀可辨。

在兰州市的城关区有一条街道叫"旧大路",原名"左公东路"。该路原为明清驿道中的一段,"左公大道"由此过境兰州老城区。同治年间,晚清重臣、著名湘军将领左宗棠向新疆用兵时,整修拓宽陕甘新驿道,其中就包括"旧大路"的这一段。

我们在兰州的租车公司门店办理了取车手续,即驾车跨过黄河,越过庄浪河谷,快马加鞭一路向北。

"三千里大道,百万棵绿柳"——后人这样形容"左公大道"。人民交通出版社1990年出版的《中国公路史(第一册)》对此有记载:"清末,左宗棠经营西北,修治道路,路旁遍植杨柳……"

1875年,陕甘总督左宗棠被任命为钦差大臣,督办新疆军务,出击阿古柏,率十万湘勇挥师西北。大军远征,道路辎重为要,

● 四、生命线

左宗棠修的路宽三到十丈，东起陕西的潼关，横穿甘肃的河西走廊，旁出宁夏、青海，到新疆哈密，再分别延至南疆、北疆。这条穿戈壁、翻天山，全长三四千里的大道，被后人尊称为"左公大道"。

在修筑道路的同时，左宗棠还动员号召军民在大道沿途、宜林地带和近城道旁栽种柳树，道旁最少栽一行，多至四五行。其用意：一是巩固路基，二是防风固沙，三是限戎马之足，四是用以行人遮凉。

"凡大军经过之处，必以植树迎候。"十年光景，从兰州到哈密，从哈密至乌鲁木齐，"所植道柳，除戈壁外，皆连绵不断，枝拂云霄"。

流光如驶，日月如梭。

一个半世纪前所栽的"左公柳"，尽管今日已很难再一睹"连绵数千里，绿如帷幄"之盛，但我们行车在G312国道甘新路段这条历史感厚重的大道上，看着国道两旁闪过的葱茏绿色，在心里仍愿视之为"左公柳"。

据说西北人现如今大多习惯性地称柳树为"左公柳"，这也许是表达对左宗棠这位不仅守土卫国有功，而且在生态建设上造福百姓的英雄的尊敬和纪念吧。

大西北国道边的道柳，早已幻化为一种精神。

正可谓："谁引春风，千里一碧。""手泽在途，口碑载道。"

凉州（武威）、甘州（张掖）、肃州（酒泉）、沙洲（敦煌）……

这一串地名，呼啸着大西北刚劲的漠风，激荡着汉唐开疆拓土的万里豪气、铁马冰河的碧血苍凉，已然成为河西走廊的历史代名词。

沿G312国道翻越武威市天祝藏族自治县中部的乌鞘岭，这个海拔3562米的山口是河西走廊的门户和咽喉，也是古丝路的要冲。

远远望去，能看到荒岭上汉长城、明长城以及烽燧的遗迹。万里长城中，海拔最高的一段就在此处。

乌鞘岭是中原进入河西地区的第一道屏障。这条地理界山处于黄土高原、青藏高原、内蒙古高原三大高原的交会处，是我国地形第一阶梯与第二级阶梯的边界。

高原巨岭，寒气砭骨。

苍穹之下大地萧瑟，只有罡风是最有活力的，这也让人的思维显得格外清晰。

此次大西北丝路行，我最大的愿望就是去实地走一走河西走廊这条关系到中华民族"金瓯永固"的战略安全孔道，正所谓眼见为实。河西走廊东起甘肃武威市乌鞘岭，西至敦煌市玉门关。戈壁烈日、绿洲白杨，作为古丝绸之路的枢纽路段，东西方文明曾在这里交汇，商旅络绎、驼铃不绝。

  我走过
  玉门关外祁连山上飘的雪
  也走过
  长城边上潇潇吹过来的风
  山河边
  英雄遁入林间化成一场雨
  天地间
  一柄剑

四、生命线

　　划破了青天

　　我走过

　　漠北万丈孤烟长河落日圆

　　谁听说

　　羌管胡琴悠悠唱不完的歌

　　知己日

　　自古英雄豪杰当以仁为先

　　天地间

　　江湖远

　　途经多少年

　　……

　　我想起了一首名叫《骁》的古风歌曲，旋律华美。它的歌词所描绘的风景，我想应该在河西走廊上：

　　长长的祁连山脉，是地图上与河西走廊相关的一道最显著的标记；"大漠孤烟直，长河落日圆"则是唐朝诗人王维于开元二十五年（737年）以监察御史兼凉州河西节度幕判官的身份，奉使凉州出塞宣慰，在察访军情途中所写边塞诗《使至塞上》中最脍炙人口的两句。

　　在音乐人眼里，河西走廊上有江湖浪漫、剑踪侠影，在大诗人眼里，可以抒写心境，渲染边塞壮阔雄奇、大漠苍凉孤寂。

　　在战略家眼里，河西走廊是大国战略安全的命脉之所系——中原大一统王朝只有掌控了河西走廊，冲破地理环境的闭锁，才有巩固的国防和安宁的发展环境，从而把握住国家的命运。

　　历史上为了抵御来自北部的边患，我们修筑了长城，其实青藏高原、西域和内蒙古高原这一弧状分布的地理单元，才是确保中华民族生存空间的外围战略防御地带，而整个国防战略大棋局的棋眼就是河西走廊。

古时候兵家言"欲保关中，先固陇右；欲保陇右，先固河西；欲固河西，必斥西域"，指出了河西走廊的重要地位。中国地势西高东低，大致呈三级阶梯。第一级阶梯西南部的青藏高原，第二级阶梯青藏高原边缘以东和以北，第三级阶梯在东部，主要是丘陵和平原分布区。河西走廊是连接中原与西域的重要通道，控制河西走廊可以有效地防御北方之敌的侵袭。一旦丢失河西走廊，国家的安全防线将被迫后退到第三阶梯，如遇战事不利，最终将退无可退。所以说宋朝的战略困境岂止是丢失了北方地区的军马场那么简单，更为严重的是因地缘战略屏障丢失，国防局面极其恶劣。

于是，汉逐匈奴，唐灭突厥，致力于收复河西走廊，终得以打通丝绸之路，气象捭阖，从容开启繁荣盛世。

如今的河西走廊，主要是指甘肃省14个地州市中的河西五市——

武威市、金昌市、张掖市、嘉峪关市、酒泉市。

这一座座城市，实际上就是由祁连山冰雪融水汇集成的河流所沃养着的一个个绿洲。这些绿洲分布在宽数公里至两百公里不等的长条堆积平原上。

长约1000公里的这条狭长渠道式的通道，因形似天然走廊、地处黄河以西而得名。它整体呈西北—东南走向，南侧是青藏高原东北沿的祁连山脉，北侧是由龙首山、合黎山和马鬃山组成的北山山地，这一列山地阻挡了内蒙古高原西南边缘的巴丹吉林沙漠、腾格里沙漠以及中国和蒙古国边境的大戈壁。

四、生命线

G312国道出了武威市古浪县县境就折向了西北方向。

我们驾车在这条"国道丝路"上奔驰,荒漠中的绿洲被现代化公路连成了一道多姿多彩的风景线。

"单车欲问边,属国过居延。"

一代又一代的河西走廊穿越者,无论他们看到些什么景象,其实都是自身所处时代的一个投射。

我们目之所至,是古老的城池焕发青春,是热气腾腾的生活的芳香甜美,是奋发昂扬的新时代脉动和速度。

时至今日,河西走廊仍然是内地往新疆的唯一主要通道。

除了各种等级的公路、铁路像粗大的集束电缆般在此密集穿行,国家西气东输的管道、西电东送的能源线路,都从这条走廊通过。近年来,甘肃还建成了面向全国的"东数西算"基础数据处理集群枢纽。

这条国家战略大通道,已不单只是综合性的立体交通大动脉,更是助力发展的经济大动脉。

风恩高天,淡云如轻烟。

阳光似乎特别眷顾这条长长的走廊。

在这里,5月中下旬至8月中旬晚上8时天色还是明亮的,彩霞缤纷,但夜间却体感寒凉,到了户外还是得穿上长袖外套。

日出日落,车子沿G312国道驶进河西走廊西端最后一片大绿洲酒泉市。

在即将挥别瓦蓝天穹下那排熠熠放光的祁连雪峰之际,我们特意去寻找一棵最特殊的"左公柳"——当年左宗棠亲手所栽,迄今树龄已逾130岁。

这棵古柳生长在河西走廊唯一保存完整的汉式园林——西汉酒泉胜迹园区内,离G312国道不远。

远瞻古柳有七八层楼高,粗壮苍劲的树干伟岸英武,浓荫如巨伞,屹立道旁仍能为行人遮风挡雨。

从西汉酒泉胜迹园区往东走不到2公里,有一座酒泉的标志性建筑,那就是始建于东晋并在清光绪年间重建的鼓楼。鼓楼的二楼东西两侧各高悬着一块牌匾,向东是面对着华夏神州大声宣告"声振华夷",向西则以"气壮雄关"为万里边塞助威。

鼓楼的底部基座有四向券门,分别通向东、南、西、北。这四门的额题为"东迎华岳""南望祁连""西达伊吾""北通沙漠"。

酒泉鼓楼不但标注了此地的方位坐标系,而且也在为旅人提醒——西域在望。

古丝绸之路在穿越河西走廊时还是"集束"为一条道,到了酒泉的地界,开始分岔出不同方向的多条线路。

这些不同线路的开辟,既有千百年的气候、环境等出现变化所导致的原因,也是历史上各时期政治、军事博弈的结果。

我和老班所选择的沿G312国道进入新疆,这条"国道丝路"的走向其实就是史书中所记载的"伊吾道",也就是班超和左宗棠当年的行军路线。

伊吾,即今天新疆维吾尔自治区所辖地级市哈密,素称"天山第一城"。

G312国道过了酒泉市瓜州县,向北穿过甘新两省区交界的星星峡,然后沿天山山脉西去,依次经哈密、吐鲁番、乌鲁木齐,到达霍尔果斯。"伊吾道"作为古丝绸之路上最重要的通道至今一直存在,也是目前进入新疆的最重要的通道,同时也是进疆铁路主动脉之所在。

由于我们的旅行重点放在对河西走廊的探古寻幽上,心愿是

● 四、生命线

完整地走一走中华民族这条伟大的自然与人文走廊，因而决定暂时驶离G312国道，并在手机导航的搜索框里输入了"敦煌"这两个字。

我们驶出酒泉市和嘉峪关市，冲出黑山脚下河西走廊上那个最狭窄的一个隘口。三四个小时后，进入河西走廊上的十字路口——瓜州县。

我们驾车从瓜州县拐进G3011柳格高速公路，沿这条G30连霍高速公路的联络线向西驶去，前方是"万里敦煌道，三春雪未晴"的敦煌，是"羌笛何须怨杨柳"的玉门关，是"劝君更尽一杯酒"的阳关……

玉门关和阳关，正是河西走廊的尽头。

酒泉市的瓜州县是丝路古今时空的一个巨大的分岔口，往北是"伊吾道"；而一直往西去，可以抵达河西走廊的地理终点——库木塔格沙漠的东部边缘。在那片浩瀚的沙海上，有古丝绸之路著名的"楼兰道"、"阳关道"和"大海道"的起点。

越往西去，漫天的黄色越成为公路两边的主色调。

绵延不尽的输电铁塔、网络通信基站铁塔、排列成行的巨型电力风车阵和偶尔闪过的烽燧，是这段荒漠戈壁公路最独特的古今交会的人文景观。

在距敦煌还有一个小时车程的时候，路边突然刮起一阵沙尘暴，让远处的一列褐灰色的低山瞬间消失在一片黄沙之中。随后我们根据方位找到了那列戈壁山峰的名字，没想到居然叫"火焰山"。包括后来的行程我们沿G312国道驶进新疆，路过吐鲁番市郊的那座火焰山，我们此行的丝路之旅总共路过了两座火焰山。吐鲁番是"大海道"的终点，同时也是古丝绸之路北道的起点。

酒泉市实在是太大了。

我们开了半天,才到敦煌市区。而敦煌城外的玉门关和阳关两处遗址,从市区出发单程至少还有百公里之遥。

敦煌是由酒泉市代管的一个县级市。酒泉市的人口不算多,但市域面积达19.2万平方公里,是河西走廊上最大的城市,也是甘肃省面积最大的地级市,占到甘肃省国土总面积的42%。大家自行对比一下我国中东部地区各省级行政区的面积数字,脑子就会对酒泉地域的茫无涯际有一个直观的概念。

G215国道伴随着由南向北流过敦煌的党河——河西走廊上第二大内陆河疏勒河的支流,贯穿整座沙漠绿洲小城。

我们穿越河西走廊的最后一站——玉门关、阳关的探幽致远之行,就从G215国道出城。

驶出敦煌,过了国道边上的"丝路遗产城",不久就能看到一个如"超级日光灯"般发出耀眼光芒的高塔,那是敦煌市光电产业园区百兆瓦熔盐塔式光热电站正在工作的太阳能吸热塔。这个目前全球最高、聚光面积最大的熔盐塔式光热电站与古丝路文明交相辉映,让荒凉的戈壁大漠也充满了科技感和现代感。

这段国道挺繁忙的,小车、重卡和大巴接连从对向车道驶过,隆隆作响,大地震颤。

沿着鸣沙山、朝西南方向开行了40多公里,转入S303省道继续西行。

接下来的路程就是沙漠公路了。

路旁闪过的交通标志牌提示——"风沙路段　减速慢行"。

从驾驶室望出去,天地一线——上方是蓝天,下方是黄沙。

地平线像是用笔和尺子画出来的一样平直,与S303省道这条沙漠中的直线,相互构成了一个工整的"T"字形。

● 四、生命线

敦煌一带是我国太阳辐射总量最高的地区之一，气候干热，汗水刚渗出皮肤就被蒸发掉了。

公路上风很大，空气异常洁净，感觉能见度100公里以上。

这里除了风声，仿佛整个世界都安静了下来。

阳关、玉门关，在沙漠地貌的视觉空间环境下是很好找的，隔着很远的距离一下子就能发现——如同连着天际茫茫沙海中的一座孤城，也像是万里无垠的海平面上独行的航船。

这两处遗址一南一北相隔50多公里，就伫立在S303省道沙漠路段的两端。

"阳关万里道，不见一人归。惟有河边雁，秋来南向飞。"

"青海长云暗雪山，孤城遥望玉门关。黄沙百战穿金甲，不破楼兰终不还。"

那天，我们驾车在两处遗址间那无尽的大漠沙砾中奔走，车轮下就是去往古楼兰的千年丝路驿道，恍惚中，耳边似乎是听到了驼铃单调的叮叮当当声，在旷寂的沙漠中显得那么清脆悦耳，黄沙随风飞舞，看着 眼望不到头的商队从我们身边迤逦而行，在最远处有炊烟袅袅升起，除了驼队和骆驼客，我们还看到了戍边的将官军士、驿夫、使者、工匠、艺人，还有僧侣，他们日复一日、年复一年地从这条路上走过，他们的后方是连绵起伏的沙丘、浩瀚的戈壁，以及雪山和草原……

忽然，一切又归于宁静之中，直至思绪被风掣雷行的汽车马达声打断。

眼前是一支沙漠探险旅行者的车队在S303省道这条沥青铺设的标准二级公路上疾驰而过，马力强劲的四驱越野车卷起一阵阵尘沙。

那快被岁月风蚀完毕的千年关城，似在凝望着这些远道而来的旅行者，细语诉说边塞风云、丝路繁华。

"驰命走驿，不绝于时月；商胡贩客，日款于塞下。"是《后汉书·西域传》中所描写的场景，后来因塔里木盆地自然环境恶化，孔雀河断流、罗布泊干涸，已随着古楼兰城最终被荒沙湮没而湮灭。

古老边塞和沙漠戈壁，再无喧嚣。

所谓西域，是自西汉开始统称古玉门关和古阳关以西至地中海沿岸的广大地区。

2014年6月22日，在卡塔尔多哈召开的联合国教科文组织第38届世界遗产委员会会议上，玉门关遗址作为中国、哈萨克斯坦和吉尔吉斯斯坦三国联合申遗的"丝绸之路：长安—天山廊道的路网"中的一处遗址点，被成功列入《世界遗产名录》。

日影横斜，大漠萧索。

我们此次咏史怀古之行，在辞别黄昏静谧的阳关故址中结束。

沉寂的暮色降临，阳关的戈壁滩日头落尽。朔风突至，如横扫千军般刚猛，四野茫茫，夜空深不见底，五六米开外我和老班高声交谈的声音，彼此就完全听不到了。

在西部，夏季晚9点半钟，天也完全黑下来了。

古时明月照今人，关山无言。

今夕何夕。

我和老班那天驱车以嘉峪关为起点，沿G312国道、G3011柳格高速公路、G215国道以及S303省道去往瓜州、敦煌、玉门关及阳关遗址的这一路，所经过的地方属于疏勒河流域。

公路穿行的这一条带状区域，地处极度干旱的河西走廊西部，但是在沙漠戈壁中，凡有水源的地方就有一片绿洲，葡萄园一派

● 四、生命线

葱绿，杨树叶子绿得发光，而绿洲以外的缺水地带，往往就是毫无生机的荒芜和苍凉。

"在广袤的大西北，如果有水该多好啊。"老班看着窗外的景象自言自语，发出感慨。

"我之前在媒体上看到过'南水北调西线工程'的相关报道，好像说是可以从青藏高原往大西北调水，设想将雅鲁藏布江的充沛水源绕青藏高原东部边缘进入河西走廊和新疆南部地区，所论证的藏水入疆方案叫'红旗河'工程。当时对这方面的消息没有太过留意，现在来到这些干旱地区得以目睹，真是觉得迫在眉睫啊。"我说。

"那将是一个超级大工程了！我觉得以咱们国家现有的综合国力，应该能够做到。一旦能够实现，已经干枯的那些内流河会重新接续上充足的水源，地理学的'胡焕庸线'会失效，大西北的干旱区域能得到大江大河的滋润、灌溉，生态环境也必将得到大幅改善，那么在这片如此广阔的土地上，至少能再养活上亿人口不成问题吧。"老班有些兴奋地说道。

"古时候疏勒河水量丰沛，曾流入新疆罗布泊。如果曾经哺育过古丝路的疏勒河能补充水源，说不定一个生机勃勃的楼兰会再次出现在世人的面前。"我也跟着来了一番畅想。

你关注什么，所关注的信息必会"接踵而至"　　这是　条"生活定律"。

就在完成了此次问道古丝路的大西北之行整整两个月后，我看到了中央电视台《新闻联播》播发的一则消息——"疏勒河终端湖'哈拉奇'近300年后重现。"

报道内容令人惊喜：

在甘肃敦煌，我国最长的"倒流河"疏勒河全程再现大河西流，同时干涸消失了300余年的疏勒河终端湖——"哈拉奇"重现，形成了5平方公里左右的湖面。沿河芦苇、红柳等植被恢复生长，十几种野生动物来此栖息。湖面上波光粼粼，孕育着茂盛的芦苇丛，还有白鹭和野鸭在水面栖息翱翔，因多年缺水罕见的野骆驼在湖边已经重现。

疏勒河的这个终端湖哈拉奇，也被称为"哈拉淖尔"，位于库木塔格沙漠的东部一侧。这一沙漠奇观的出现，得益于当地政府及水利等部门在国家的大力支持下对防沙治沙和生态环境治理的一系列措施取得成效，疏勒河及其支流党河河道恢复与归束工程的完工投用，使得生态水不断补给，疏勒河的河水可以沿140公里的故道向下游流动。

还有一个不可忽视的因素，那就是气候变化。近些年来西北地区的降雨有增多趋势，不少地方的降雨甚至超过了华北平原一带。2000年，我国启动了黑河干流水量统一调度，源源不断的黑河水流入东居延海。2005年至今，唐朝诗人王维笔下"属国过居延"的东居延海呈现碧波荡漾、鸥鸟翔集、生机勃勃的局面。

有报道说，我们国家进入21世纪后降雨带北移是整体趋势，晋、陕、蒙的黄河大拐弯地带，近3年的植被恢复数量是过去20年的总和，黄河泥沙含量每年减少7.6亿吨以上，黄河正逐步变清。甚至一向以干旱著称的新疆，2021年接连出现红色暴雨预警，塔里木河下游在断流30年后，竟然恢复了全流程来水。

以更为宏观的时间长轴为视野：

目前，我国正处于历史的一个难得的暖湿期，西北全境乃至华北地区的气温、降雨和生态已悄然发生着千百年来最大的变化。

● 四、生命线

中国近代地理学和气象学的奠基者竺可桢先生曾结合史学、物候、方志和仪器观测,将过去5000年的气候变化,大致划分为4个温暖期和4个寒冷期。从温度变化曲线分析,中国目前的平均温度已经与第三个暖期——隋唐相仿,如果按照目前的升温幅度,则很可能在21世纪中叶逼近第二个温暖期——春秋战国和秦汉时期。预测至21世纪末,西北气温增幅可能达到2.67℃,相当于6000—7200年前的全新世大暖期鼎盛阶段。

的确,有水一切就有可能。

沧海桑田,久枯春绿。

当5000年的历史温湿变化曲线图在预示和展望——大西北将重现古江南的杏花春雨、风光无限,再叠加"一带一路"的历史机遇,那么在战略权重,以及国土空间利用、资源开发等方面的重大利好之下,参照强汉盛唐时期的河清海晏与盛世宏模,大西北的未来可以让人产生出无限美好的遐想。

这是国运乎?天意乎?不过我更相信国家的励精图治,人民的自强不息,中华文明的生生不息!

比气候的变化更为剧烈的是当今的世界风云。

全球新冠疫情蔓延,俄乌冲突,通胀高企,经济衰退,粮食能源危机……世界局势的动荡与地缘政治格局的重塑明显在加速。

百年未有之大变局,正以肉眼可见之势排山倒海而来。

在丛生的乱象中,世界各个角落的各种信息在网络中铺天盖地,"灰犀牛""黑天鹅"事件层出不穷。其实,历史巨变下的每一次风云激荡,人类文明都会跃上一个更高的台阶。"危机孕育新机,变局开启新局",大家的目光应该多看更广阔天空之下寰宇的景象,因此大西北之行后,我更关注那些能够从古丝路的历史映照出未来宏大愿景的令人振奋的消息。

——2022年6月2日，发展改革中国和吉尔吉斯斯坦、乌兹别克斯坦三方的交通部等主管部门和单位共同召开中吉乌铁路三方工作层视频会议，就推动中吉乌铁路项目合作深入交换意见。2024年6月6日，中国—吉尔吉斯斯坦—乌兹别克斯坦铁路项目三国政府间协定签字仪式在北京举行。

——2022年6月16日，和田至若羌铁路开通运营，新疆铁路网得到进一步完善，形成了世界首个沙漠铁路环线——长达2712公里的塔克拉玛干沙漠铁路环线。

和若铁路西起新疆和田地区和田市，东至巴音郭楞蒙古自治州若羌县，全长825公里，设计时速120公里，为国家Ⅰ级单线铁路，预留电气化条件。该铁路地处世界第二大流动性沙漠——塔克拉玛干沙漠南缘，有534公里分布在风沙区域，占线路总长65%，是一条典型的沙漠铁路。

铁路总运营里程超过9000公里的新疆，已初步形成以兰新铁路和兰新高铁为主通道、内蒙古临河至哈密铁路为北通道、格库铁路为南通道的"一主两辅"交通格局。

大家如果对丝绸之路有过了解，就会发现无论是即将动工的中吉乌国际铁路，还是塔克拉玛干沙漠铁路环线及其刚完成的"最后一块拼图"——新开通运营的和若铁路，都与历史上开辟于新疆南部塔里木盆地的"楼兰道"和"阳关道"走向相重合。这是我们作为一个崛起的大国，在工业时代所建造的气势恢宏的"钢铁丝路"，是对古丝路的继承、发展与升华。

翻开史页，丝绸之路的基本走向奠定于两汉时期，当时丝绸之路西域段的开辟主要在南疆。

后来为了避开塔里木盆地风沙的阻隔，开始在北疆探索另一条交通路线——"新北道"。这条道，北越天山进入巴里坤草原，

四、生命线

有草原、湖泊作补给,一路由新疆的哈密、吐鲁番、木垒、吉木萨尔到乌鲁木齐,再通达伊犁。因为没有了大沙漠的阻拦,水源充分,所以通行条件要比沿塔克拉玛干沙漠南北边缘的沙漠线路好出许多。

"新北道"的开通始于西汉元始(1—5年)年间而兴于北朝时期,至唐代达到空前鼎盛期,其开通历史虽晚于"楼兰道"和"阳关道",但该线路直到当代仍在沿用,可谓盛行千年,并由此造就了今天的新疆北疆地区霍尔果斯和阿拉山口这两个最为繁忙的口岸城市。

中吉乌国际铁路修通后,自中国新疆南疆铁路的重要车站喀什站引出,连接中国西北至伊朗德黑兰,进而通过土耳其伊斯坦布尔,到达巴尔干半岛、中欧、西欧,成为中国经中亚到达中东、欧洲、里程最短、最便捷的国际货运路线。

塔克拉玛干沙漠的铁路环线未来将连通中吉乌国际铁路,西出帕米尔高原,新疆多了一条向外通道的同时,也将带动沿线资源开发,极大促进南疆地区的经济、社会发展,使美丽的新疆日益成为中国向西开放的最前沿。

一条条铁轨不断向沙漠、绿洲和雪山延伸、挺进,已沉睡千年的丝绸之路"楼兰道"和"阳关道",在伟大复兴的新时代终得以被唤醒。

古丝绸之路是人类经济文化交流史上规模空前宏伟、持续时间最久远的大动脉,也是联结亚欧大陆的古代东西方文明的交汇之路,如今已成为人类历史上文明交流、互鉴、共存的典范,具有重要的历史价值。从这个意义上来看,古丝路不仅是共建"一带一路"的源头,而且是共建"一带一路"的行动基础。

中国始终是促进世界和平稳定与发展繁荣的重要力量。"一带一路"既是经贸之路,更是人文之路、文明之路。

"文明因交流而多彩,文明因互鉴而丰富。文明交流互鉴,是推动人类文明进步和世界和平发展的重要动力。"

"一带一路"的走向,也必将深刻地影响着世界未来的走向。

G312国道横穿整个新疆维吾尔自治区,将近1300公里的线路都是在天山山脉南麓延伸。

新疆是丝绸之路经济带的核心节点,联结着中亚、西亚、南亚和欧洲。古丝路的"伊吾道"到达哈密后,向北翻过东天山,然后沿山脉北麓的草原地带继续西行,这段丝路唐代史书称"新北道"。

相当长的时期以来,"新北道"对于向西进入中亚、连通亚欧大陆所发挥的作用,是远高于塔里木盆地边缘的"楼兰道"和"阳关道"的。

"新北道"也被称为草原之路。

唐代经略西域,规模超过汉代。唐代在西域的最高政治、军事机构安西都护府和北庭都护府就是沿着"新北道"设置的,30里设一个驿站,在一些偏僻的道路上,30里置一个驿馆。

所以有一句话是这样说的:到北疆旅行必走"新北道",否则不足以向盛唐致敬。

越过著名的莫贺延碛,北上星星峡进疆。

车窗外漠野千里。

在戈壁沙漠行进,你会发现水源才是一切道路之所指——哪里有水,哪里才有路。

古丝绸之路其实就是沙漠绿洲路。

四、生命线

河流和道路，

是人类生存发展的脉络。

河流是大自然赋予人类的恩赐，

是人类赖以生存的保障，

也是人类文明的渊源；

道路是人类自我探索和开拓跨越的觉醒，

承当着践行使命的载体。

依河而居，依路而行，缘路而歌……

河流和道路，对于文明进化而言，都具有血脉对于肌体的意义。

有河的地方就有了桥，

有了交通，有了路；

有路的地方，就有了希望，有了未来。

后来看过一部由甘肃省定西公路局制作的纪录片，名叫《路远流长》，片中的解说词对道路与河流的关系就阐释得那么富有哲理，显然是在工作、实践中经过了长期的思考和总结。

汽车的发明极大地增加了人们的活动范围，也提高了出行的效率，以至于人们会产生一种错觉：方向盘在手，一踩油门就可以无远弗届。

到了新疆，你会发现汽车那引以为傲的致远抵达性能其实是相对的，地理意义上的超长距离绝对值，会让你瞬间心生敬畏。

乌鲁木齐是世界上离海洋最远的城市，也被称为"世界岛"的中心——从北京到乌鲁木齐的路程，与乌鲁木齐到法国巴黎的距离是差不多的。而亚欧大陆地理中心和亚洲大陆地理中心都在新疆。

"驴友圈"有一种说法是,如果你没有至少一个月的假期,那么最好不要去新疆自驾游,否则直到假期结束,你还走不了几个县市。

看来我下次还是得在有时间保障的前提下,再赴大美新疆之约了。

不过对我而言,自驾又何须仅仅是为了简单地"打卡"那一个个景点?在新疆沿着国道就一直这样开,已足够让你觉得沿途风景美到令人窒息。

谁说国道不是一幅多彩旖旎的巨型风景画——人在画中行,画在人心中。

这,大概也是我心目中所向往的远方吧。

套用一句众多旅行者的体悟:到新疆自驾,方能真实地体会祖国疆域之大、幅员之辽阔。

长路绵绵,天地悠悠,两千年的历史风云,伴着大漠黄沙、烽燧狼烟奔来眼底,那种在西部旅行时所感受到的壮怀激烈以及强烈的国家、民族自豪感于心底奔涌。

哈密东天山,老巴哈公路的S249省道路段——"新北道"的山谷险段。

这是古丝绸之路历史与当下隔空对话的标志性路段,这才是我必须打卡的公路景点。

从G312国道哈密市区段向北转入S249省道。在绿洲城市,往往出了城区就是一片沙漠或荒漠戈壁,车行近一小时后,道旁的戈壁滩上逐渐点染上斑驳的绿色,有成群的骆驼四下慢走觅食。不久在驾驶室里猛然抬眼,赫然可见云霞明灭映衬下出现在半空

● 四、生命线

中的东天山那硬朗的轮廓线。

新疆维吾尔自治区的地形特点,总体来说是"三山夹两盆",山脉与盆地相间排列,盆地被高山环抱。"三山"是指北部的阿尔泰山,南部的昆仑山,中部的天山;"两盆"是南部的塔里木盆地和北部的准噶尔盆地。

天山,世界七大山系之一,位于亚欧大陆腹地,东西横跨中国、哈萨克斯坦、吉尔吉斯斯坦和乌兹别克斯坦四国,全长约2500公里,南北平均宽250—350公里,最宽处达800公里以上,是世界上最大的独立纬向山系,也是世界上距离海洋最远的山系和全球干旱地区最大的山系。

老巴哈公路是一条纵贯哈密市区北部、跨越东天山的公路,从北到南连通着哈密市巴里坤哈萨克自治县三塘湖镇境内的老爷庙口岸、巴里坤哈萨克自治县县城,以及哈密市伊州区这三处节点。

老爷庙口岸作为新疆最东端的口岸,与蒙古国戈壁阿尔泰省相邻。

有着新疆最美天山公路之称的S249省道,穿越天山山脉最窄处,自古就是沟通南疆和北疆的重要通道。

这条省道全长虽约62公里,但坡陡、弯多,且海拔落差大。

民间有"大山路蜿蜒曲折凡三十六盘"的说法,但实际上从0公里至26公里区间就有弯道40多处,其中有一个连续急弯陡坡,坡度大于30度,加上弯道视线受阻,考虑到会车等因素,真的是非常考验驾驶技术。在行驶过程中除了频繁在一挡和二挡之间切换,还要注意力高度集中,并保持耐心。

我们从G312国道驶向S249省道进入东天山的时候,这条天山公路也才刚恢复通行两个月。

由于山区路段入秋即出现降雪，还时常伴有大雾，不具备通行条件，因而当地交管部门通常每年自10月份开始至第二年的5月份，实施双向道路交通管制。即使是在恢复通行的春夏两季，每天晚上8时至次日早上8时仍是车辆禁行状态。在白天具备通行条件的时段，一般也仅允许7座以下的小型车辆通过。

当然我们选择行驶S249省道，主要是因其所蕴含的历史人文信息的不可替代性。翻越东天山还可以走S303省道——这条联结哈密和巴里坤的新开辟的公路，与S249省道距离只有不到10公里，四季通行时间也长得多。

与S249省道相邻的还有一条在建的高等级公路，那就是G575国道。就在我们快要驶入东天山北麓的咽喉要道南山口的时候，G575国道与S249省道十字相交的上跨公路桥梁已见雏形，工地热火朝天。

新修建的G575国道可以视为S249省道的升级版，按一级公路标准建设，双向四车道，山区路段设计车速每小时80公里，其余路段设计车速每小时100公里，并打通近12公里长的东天山隧道，这也是新疆目前贯通的最长的高等级公路隧道。

2021年12月26日G575国道建成通车，昔日的古丝路"新北道"段再无险途。

从南山口进山，向前行驶几公里过了汉碑所在的焕彩沟，随着地势的抬升，S249省道周围的山岭已不再是深褐色冷峻粗犷的巨岩，越往里走越温润生动，展现出温带大陆性气候立体多样的景观，宛若一幅令人惊艳的风景油画。

近看有雪岭云杉、牧场毡房，清溪蜿蜒潺湲，不远处是满坡的牛羊，牧民们有的在劳作，有的围坐在草地上一起聚餐；远看山顶银光莹莹处如云如雪，绚烂阳光穿云挥洒而下，给群峰慷慨

四、生命线

地涂抹上一层鲜亮明快的暖色。

东天山北麓与南麓的山势坡度有别，南麓更为陡峻，公路盘绕跌宕，海拔急速下降。

我们沿S249省道冲上东天山山脊最高处那个海拔为2810米的垭口。

此处扼古丝路"新北道"之南北要冲，是哈密进入巴里坤大草原、亦即从南疆翻过天山进入北疆的必经之路和控制性咽喉要道。

垭口气温极低，山风飒飒，凛冽肃杀，据说时有六月飞雪的奇观。

站在S249省道东天山的垭口北望，五彩斑斓的巴里坤草原和鸣沙山尽收眼底，横亘在草原上的G335国道，以笔直而坚硬的线条勾勒着工业时代的力道和雄心。目力更好的话，应该还能看到远方的G7京新高速公路。这条全长2540公里、于2012年9月动工，几乎横穿大半个中国的北京——乌鲁木齐高速公路，成为我国第二条进出新疆的高速公路大通道，它是世界上穿越沙漠戈壁最长、等级最高、建设时间最短、施工环境最为恶劣的又一项超级工程，因此也有"神奇的中国7号天路"之誉。

现代丝绸之路，已不见驼铃摇曳的千年黄沙，在西北这片土地上铺展开的是国家宏大的网络化多维的开放新通道。

垭口东侧有一座初建于汉唐时期的天山庙，清乾隆、光绪时几经复修重建，当时成千上万块青砖等建材是用羊群驮运，积铢累寸，沿陡峭的盘山道一次又一次往返，由此可见工程之艰。

天山庙旁的高地上，伫立着班超的塑像。

这一路西行，我们已经是两度拜谒班超塑像，前一次是在陕西汉中的镇巴县。

东汉永平十六年（73年），班超率部从这个垭口翻过大雪纷飞的天山，转战巴里坤蒲类海（今巴里坤湖），进击北匈奴首战告捷。收复伊吾卢后，军中为班超镌刻《纪功碑》表彰他的赫赫战功。今天的巴里坤湖畔，还有一处叫作"班超饮马泉"的遗迹。

在这条天山故道上，班超开启了一段与丝绸之路的历史渊源，也由此实现了完美的人生转型，以及人格的升华。

天山庙大门外的柱子上，刻着这样的对子——

"惟有天在上，更无山与齐。"

站在天山之巅，顿觉襟怀为之宽阔，立意自高远。

原天山庙里还存有诸多联额、碑刻，尤以清代地理学家徐松所题的一副楹联堪称气韵雄奇、张力十足：

赫濯震天山，通万里车书，何处是张营岳垒？

阴灵森秘殿，饱千秋冰雪，此中有汉石唐碑。

"张营岳垒"，"张"指唐朝时期的高昌将军张雄（一说是晚唐第一名将张议潮），高昌原是汉代西域36国其中之一的车师旧地；"岳"讲的是清将岳钟琪。雍正七年（1729年），宁远大将军岳钟琪率西路军2.5万余人，进驻巴里坤平叛，曾于此天山故道翻越垭口而过。

在S249省道的最高点，立有一块巨石，上面刻有"东天山"3个大字。老班站在巨石边看着远方的草原和群山，感觉是在思索，或是感悟些什么。

"阅读历史，至少要以百年为单位，只有把眼光放长远，把格局尽可能打开，才能看清大势，看到历史进程。"老班说。

"我们这趟西行，谒石访碑、登临怀古，也是一种历史学习

四、生命线

吧。"我想让氛围轻松些,开玩笑道。

"那当然。你看这天山庙楹联还特地郑重提到'此中有汉石唐碑'嘛。"老班挺较真儿:

"都说'强汉盛唐',那的确是中华民族历史上无比辉煌、也是最引以为傲的时期。两汉开疆拓土,猛士如云,精神上积极向上,昂扬乐观,是第一次把中华民族推向高峰;唐朝则不仅军事实力强大,而且怀柔与武力兼具,更有融汇天下为我所用的气派,物华天宝,万国来朝。文化也相当繁盛,比如说唐朝人的衣冠服饰,那是影响了整个亚洲文化圈,更不用提繁花似锦、璀璨夺目的唐诗了,后世再也没有哪个朝代能够企及。"

"其实华夏五千年的文明史,每个朝代都有其气度和风采,都有独到的价值。"我说,"我理解的汉唐气象,是当时人们的视域空前开阔,活动范围广,流动性极强。凿空西域,经略丝路,足迹遍及殊方绝域,可谓挥斥八极,这些都是例证。

"对的,中华民族自古有精忠报国、勤劳勇敢、拼搏进取、自强不息的优秀品质,英雄辈出,也从来不乏经天纬地之才。"老班接着说道。

"我看过有关文章,正如毛泽东主席曾在他的《民众的大联合》中指出:'我们中华民族原有伟人的能力!'而他在《论反对日本帝国主义的策略》中所讲同样高屋建瓴、振聋发聩:'我们中华民族有同自己的敌人血战到底的气概,有在自力更生的基础上光复旧物的决心,有自立于世界民族之林的能力。'这些鼓舞人心的论断,激励着中国人民发愤图强,更加努力地建设好自己的国家。"

"走中国自己的道路,我们必将会迎来伟大的复兴,重回历史巅峰。"老班说。

风越来越猛,我们驾车驶离 S249 省道东天山垭口。

"这一路,我也在想,对于一个国家和民族来说,到底什么才是最根本的生命线。"老班对刚才的聊天颇有些意犹未尽,自问自答,"我们的发展制度以及文化,才是最根本的生命线。"

山风呼啸,坐在车里反而能感觉到一种不同以往的安静。

从车窗远远看出去,班超身披铠甲,左手扶剑,像是在回望千里迢迢的中原来时路。

五、星辰大海

行经国道：

G209

G207

G225

G223

G360

G335

● 五、星辰大海

> ● 中国人有深厚的航天情结,"神舟"冲天问苍穹,全民的关注度持续不减。
> "神舟草原"——这四个字组合起来既古老又现代,亘古高原上的茫茫草原与国家航天高新科技的结合,对其中意境的联想,就让人无限神往。
> ● 海南文昌,是一座因火箭而"出圈"的滨海城市,而龙楼镇则是中国航天人"逐梦星辰"的港湾。2016年才正式建成启用的文昌航天发射场,是中国首个开放性滨海航天发射基地,也是世界上为数不多的低纬度滨海发射基地。
> ● 火箭底部忽然闪过一束红光,发射塔架四周腾起白得耀眼的烟雾,紧接着,绽开的金黄色巨焰映透海天,数秒之后火箭推进器喷发造成的炸裂声浪传来,挺拔而坚毅的火箭箭体伴随着撕裂海空的轰鸣,以澎湃而雄浑的力量缓缓加速,刺破苍穹,如同一颗要去远行的星星,逐渐消失在云层中……

这里是敕勒川,是阴山,是无边的草原和苍茫的大漠。

在内蒙古的国道上驾车飞驰,车窗外看天地玄黄,旷野壮美,"天似穹庐,笼盖四野"……

塞北广袤,长路寂静。

独自驰骋在草原中的公路线上,有时候会产生一种时空上的"穿越感",觉得车子就这样一直开下去,直到时间的尽头。

不到内蒙古,真感受不到大草原的辽阔,更体会不到那份独有的驾驶乐趣。

这里简直是自驾者的天堂，没有城市的拥堵和喧嚣，没有屏障和阻碍，仿佛目之所及皆能抵达。只有在天幕高远、大地宽广的环境下，你才能真切感知到生命原本的蓬勃和不羁。

2019年深秋，我在长城沿线游历。在地图上，若将这些断断续续分布的规模浩大的中国古代军事工程遗迹、遗址连成线，即与地理学非常有名的400毫米等降水量线基本重合。400毫米等降水量线是一条气候分界线，亦是农耕文明与游牧文明的分界线。分界线南北，风景迥异。

有旅行家说，大漠、大海和大草原，是一生必去的三个地方。

那还等什么？我方向盘一打，向北穿越长城，车子径直驶向了内蒙古高原。

内蒙古自治区总面积超过118万平方公里，从东端到西端直线距离约2400公里，横跨经度28°52′，时差近两小时，这个跨度可谓冠绝全国。内蒙古有一条东西向、联通整个自治区的公路干线，属于国家西部大开发所确定8条省际间公路通道之一的内蒙古阿荣旗至广西北海公路的内蒙古境内段，如今部分线路编列为G303国道。这条省际大通道在内蒙古境内段全线按高速公路、一级公路的标准修建，里程是2515公里。这个距离，几乎相当于从北京自驾到海南。

我预留给这次大草原之旅的时间头尾不到一周，而内蒙古那么大，如何规划好自驾线路，拿出最优方案，以期不虚此行，这的确很费脑子，因为想选择的去处太多了。

一个只有亚热带季风气候地区生活经验的南方人，对内蒙古大草原无疑是既陌生又充满向往的。在旅途中突击上网搜了很多内蒙古的地理及人文资料，也看了很多旅游攻略，最终我定下了接下来旅行线路的目的地——四子王旗。

五、星辰大海

选择四子王旗的原因，是这个旗所在的杜尔伯特草原有"神舟草原"之称。

从1999年"神舟一号"成功回收到2016年"神舟十一号"安全返回，内蒙古四子王旗所在的杜尔伯特草原一直是"神舟"系列航天飞船的主着陆场。

中国人有深厚的航天情结，"神舟"冲天问苍穹，全民的关注度持续不减。

"神舟草原"——这四个字组合起来既古老又现代，亘古高原上的茫茫草原与国家航天高新科技的结合，对其中意境的联想，就让人无限神往。

四子王旗隶属乌兰察布市，是内蒙古自治区19个少数民族边境旗县（市）之一，北部与蒙古国接壤。G209国道与G335国道在该旗的南部并线，然后呈"V"字状延伸于广袤草原、低山丘陵及戈壁间。

我在四子王旗的旅行所跑的公路干线，主要就是这两条国道。

G209国道我不陌生，它也称"苏北线"，起点为内蒙古苏尼特左旗，终点为广西北海。这条国道的广西段我多次驾车经过，现在驱车行驶在内蒙古段的"草原天路"上，感觉大不一样。

高原的冬天来得早，大野风急，车子顶风行驶，呼啸声仍能灌进车厢里来。人走出车外，更觉寒意彻骨，劲风凛冽刚猛。

好在大草原的空气明澈透亮，视野极佳。

沥青公路远看就像一条长长的黑色缎带，被轻轻地摆放在泛黄的巨幅地毯上，天边的羊群如片片白云飘过。这画面，每一帧都如同电影胶片的效果。

到了下午，阳光格外炫目，直射进车窗，前方路面反着光，公路沥青纹理形成的颗粒质感清晰可辨。

越往草原深处开，国道上的车辆越少，现在也非旅游旺季，四野无人，只有黄昏日暮时偶尔穿过公路牧归的牛群。

傍晚时分，远处天际线上渲染出火烧一般的晚霞，在霞光的映照下，天幕分出了金黄和玫瑰红的色带，渐变着一直过渡到头顶的深蓝色。草原的天幕是如此的浩瀚瑰丽，人仰望其间，不由自主地生出一种"与天地冥合的浑朴感和宇宙感"。

那天恰好是望日。天色完全黑下来后，一轮圆月不知什么时候挂在了半空，在车窗边一直跟随着我，不离不弃，与我这个草原公路上的夜行人，如影随形，又如伴侣诉说，给人以慰藉。

2019年有一部国庆档的献礼电影《我和我的祖国》在热映，票房和口碑都很好。影片由7个故事单元组成，分别聚焦7个重大历史瞬间，堪称新中国成立70年光辉历程的缩影。在这7个故事情节中，《前夜》、《相遇》和《北京你好》发生在北京；《夺冠》发生在上海；《回归》发生在香港。

电影最后两个故事中的《白昼流星》就发生在四子王旗，《护航》的主要外景地则展示了2017年7月30日庆祝中国人民解放军建军90周年"沙场阅兵"的场面，这是我军首次以庆祝建军节为主题举行的专项阅兵，也是我军革命性整体性改革重塑后的全新亮相。阅兵的地点是朱日和联合训练基地，这个亚洲最大的综合演兵场，正位于四子王旗。

礼赞中国的航天事业，讴歌党的减贫政策给一方土地及人们从物质生活到精神层面所带来的改变，是《白昼流星》表现的主题。当"神舟"航天飞船返回舱划破白昼的天际，"白昼流星"这样一个在草原上流传千年、寓意美好生活的传说，终于在国家航天工程圆满完成任务的真实事件中成为可以"落地"的现实。

● 五、星辰大海

沿 G209 国道驶向内蒙古腹地。

在接近格根塔拉草原的路段，这条国道建设得十分大气，双向四车道，两侧安装有崭新的绿色隔离栏，中间分隔带是 20 多米宽的绿化长廊。沥青路面在白色交通标线的衬托下，黑白分明，非常清爽。

四子王旗的公路都修得很好，这其实也是因"神舟"效应而让这片草原发生的巨变。

Y008 乡道与 G209 国道、G335 国道的并线路段呈十字交叉。沿着这条乡道向北，可以通往飞船的主着陆场。

这条关系着"神舟"系列飞船搜救回收任务是否顺利完成的草原普通乡道，拥有了一个响亮的名称——神舟路。

就大草原的原始地貌而言，可谓全方位 360 度"无处不道路"，只不过更适宜于骏马奔驰、牛羊放牧的草地，却并不适合汽车的行驶，尤其是那些执行搜救、保障任务的特种车辆。

"晴天一身土，雨天一锅粥"，当地这样形容草原上那坑洼不平的牧道，一到下雨就会泥泞不堪的状况；遇上下雪，更是完全被覆盖，找不到踪迹。

早在 2000 年，为改善飞船着陆区的交通环境，当地政府就开始在草原牧道的基础上修筑出一条 62 公里长的简易公路，以确保涉及"神舟"航天飞船等航天器返回后搜救及保障任务车辆的安全通行。

此后，"神舟路"一直在根据航天任务向航天器返回的预落点"挺进"，有关部门对道路的建设力度也在持续加大。"神舟路"在服务国家航天事业的同时，也在服务着沿线农牧民群众的生产生活，促进草原经济的发展。

20 多年间，随着飞船等航天器的每一次成功着陆，不仅标志着中国航天事业的发展又前进了一大步，而且意味着地处茫茫草原的这条"神舟路"在愈加坚实地不断向前延伸——公路里程在增加的同时，道路等级也在不断提升。

如今"神舟路"的里程已为原来的三倍多，道路等级也从三级路变成了标准二级公路。政府部门下一步还要将其打造成一条200多公里长的旅游专线公路，连接起一处处飞船返回落点的纪念碑以及周边的草原景点。

驾车沿"神舟路"行驶，驶向大草原深处。

那里是飞船成功着陆的福地，迄今已经迎接过14名航天员返回地球。

在太空探索领域，返回地球的航天器包括载人飞船返回舱、无人采样返回器、返回式卫星，以及未来越来越多的可重复使用火箭等。四子王旗的那片草原，除了成功着陆过11个"神舟"航天飞船的返回舱，还曾回收了探月三期试验器、返回式卫星等航天器，让面积2000多平方公里的着陆场不仅成为中国人关注的热点，也成为世界的焦点。

2024年6月25日，嫦娥六号返回器携带来自月背的月球样品安全着陆在内蒙古自治区四子王旗预定区域，这标志着探月工程嫦娥六号任务取得圆满成功。

来到这片大草原，就能明白它作为"神舟"着陆场所具备的得天独厚的条件。

这里地广人稀，平坦开阔，属于沙质草原，没有大的河流湖泊或沼泽地，干燥少云晴天多，没有狂风、暴雨等恶劣天气，且空气能见度高，便于展开搜索、搜救工作。

当然，除此之外选择着陆场还需要考虑多方面的因素。

比如必须满足飞船着陆散布范围要求，即飞船运行地面轨迹尽可能多圈次通过，或者利用返回舱在大气层飞行所具有的横向机动能力使其到达的地区。这对于发射场的位置、运行轨道倾角和高度、返回制动点位置、返回舱返回轨道等都有极严格的限定。

在我为自己这趟内蒙古自驾的行程拟定一个类似"路书"的线路方案的时候，为了更好地了解"神舟草原"，我查阅了很多文章资料，对"高大上"的航天知识或说常识，进行了一番必要的自我"科普"。

也许很多人还不知道，在国家进行航天发射的新闻中常常提到的酒泉卫星发射中心位于甘肃省酒泉市金塔县和内蒙古阿拉善盟额济纳旗的戈壁滩。位于额济纳旗的东风航天城是我国航天事业的发祥地，不少载人火箭、航天飞船都是从那里发射的，是中国探索外太空的起源地，所以也被誉为中国航天的第一港。有航天专家曾这样表述：伟大的草原是中国航天的"起飞地"，是两弹一星的"总源头"。

塞北的大漠和草原，古有金戈铁马、射雕引弓，今有长空砺剑、成就航天伟业的国之重器。高原橐边，旌旗猎猎唱大风。

两年后。

海南省文昌市。

这个地处四子王旗的正南方向、直线距离超过2500公里的热带滨海小城，我在此第一次现场观看了航天火箭发射。

那几年万里远行寻路国道，领略了天地之大、国土之广，空间感在车轮的滚滚向前中无限延展，时间感却似乎被"压缩"了，每每回想那次在大草原深处驱车横穿着陆场，如在昨日。当时我的主要兴趣点还是在草原公路的自驾乐趣上，那种畅快淋漓以及公路景观激动人心的壮美，实在难以忘怀，以至于后来屡屡跟同样喜欢自驾旅行的朋友们讲起。

有一次，我跟友人陈兄聊了内蒙古之行的体会，他听得很认真。当我讲到四子王旗的航天着陆场，还提到戈壁公路旁一处很特别的小众秘境——大红山国家级地质公园，那里的地貌就像外星球，被冠以"地球上最像火星的地方"时，他插话道："前段时间我们国家发射的'天问一号'探测器，执行的就是火星环绕、着陆和巡视探测任务。媒体上说，这是我国迈出的星际探测征程的重要一步。……可惜我没有到现场看。"

"可以到现场看火箭发射？"我问。

"当然了。我可是在文昌看过好几次发射，绝对震撼人心，那是对人类巅峰科技的震撼，也是对自己国家的高科技事业的由衷赞叹。所以啊，我要郑重地对你的那个'一生必去的三个地方'旅行指南做个补充，那就是——中国人一生必须要看一次火箭发射！"

我听了哈哈大笑起来。

和陈兄那天的话题，居然不知不觉地从公路自驾，转换成了中国航天，以及看火箭发射。探索宇宙、探索未知，这是人类终极而伟大的梦想，看来真的要去亲眼见证一次火箭升空。

陈兄说："我将来一定要找机会去看看大草原，大红山，你呢也应该去文昌看看大火箭。哪有看过了着陆场，却不去看发射场的道理？在现场亲眼看火箭发射，和在电视上观看直播是完全无法比拟的。"

"无可辩驳，太有道理了。你的建议，我完全赞同。"

我自己也预料不到，此后我两度赴海南，开启了一段与观礼和见证中国航天有关的追逐"星辰大海"的新旅程。

当然，故事的大结局是：我最后"追星"成功！

在普通人群中，既到过航天着陆场又现场看过火箭发射的，毕竟是小概率的事。但是，因为国家航天事业如同井喷式地迅猛发展，火箭发射的密度前所未有地加大，于我这一微小的个体而言，从北到南，同时看到过航天着陆场和航天火箭发射，变成了一种机缘巧合下的人生幸事！

为什么要两赴海南？是因为第二次才看到火箭发射。

第一次，仅差了几个小时，隔着一条海峡——

与火箭发射擦肩而过。

2020年11月23日中午，我停下了手头的工作，抽身从南宁驾车直驱海南。

一周前，陈兄微信联系我说，过几天有"嫦娥五号"发射，快来吧，我现在在海南骑行，到时候我们可以一起观看……

"你知道具体的发射时间吗？"我问。

"这我哪知道啊，我又不是专家，新闻上说是'计划于11月23日至25日期间，择机实施发射'。你出发最好提前一些。"

有关"嫦娥五号"发射的新闻，媒体至少在11月初就开始密集报道了。有一篇文章这样写道，"原来我国2020年还有这么多火箭等着发射，满满的排程。下半年航天发射最大看点：11月24日海南文昌'长征五号'火箭发射'嫦娥五号'月球探测器！"

"嫦娥五号"发射是一件大事，全国人民都在热切地关注着。

——这是首次执行月球采样返回任务，也是迄今为止我国执行的最为复杂的航天任务。

——"嫦娥五号"任务将创造我国数个首次：航天器首次在地外天体采样与封装；航天器首次在地外天体起飞；航天器首次在月球轨道交会对接；航天器首次携带样品高速再入地球。

为祖国航天事业的发展而欢呼，呐喊助威。

我一定要到现场去，必须的！

这些年我驾车可跑过不少远路，自认为前往海南用不了多长时间，23日出发，来得及。

我这次全程走高速，过境广东，在湛江市一路向南，纵贯雷州半岛。

冬季天黑得快，到达徐闻县时，已是晚上。

之前我去海南是乘坐飞机航班。这次自驾将要搭乘渡轮过琼州海峡，因为不想错失热带海峡的风光，而夜间过海，黑黢黢的，加上驾车疲劳不愿再折腾，所以觉得还是先投宿休息为妥，明天一早再上渡轮。

那天晚上就在海峡边的快捷酒店住下了。

不过那一晚我睡得不踏实，总隐隐感觉会错过些什么，夜里不时打开手机刷新闻。次日凌晨摁亮手机，屏幕显示这样一则信息推送：

"'嫦娥五号'探测器发射成功！开启我国首次地外天体采样返回之旅！"

点进去看详细内容："今天4时30分，我国在文昌航天发射场，使用'长征五号'遥五运载火箭，将'嫦娥五号'探测器顺利送入地月转移轨道，发射取得圆满成功！……"

我一坐而起，脑子完全清醒了过来。

手机里几条未读的微信，那是陈兄发过来的。我知道他要对我说什么。

凡事赶早不赶晚，确实大意了。这下好了，近在咫尺却错失了在现场一睹万众瞩目的"嫦娥五号"航天发射盛况。

我都已经来到海峡边上了……

● 五、星辰大海

遗憾归遗憾，我还是按原定的行程赶往海南与陈兄会合，这次火箭发射看不着，以后还多的是机会，新闻上不是说了嘛，"未来还将有更多的发射任务"。我倒很能给自己一个"心灵按摩"。

除粤海铁路线外，呈南北走向纵贯雷州半岛的还有一条高速公路及一条公路干线G207国道。

该高速公路是G75兰海高速和G15沈海高速的共线段。

兰海高速、沈海高速，顾名思义即分别是兰州至海口、沈阳至海口的高速公路。众所周知，在琼州海峡上尚未修建跨海大桥或海底隧道工程，因此这两条高速公路线实际上还没有全线贯通，从地图上可以看到，线路的"断点"处，就在琼州海峡。

我们相信，没有任何地理上的难关险隘可以阻挡"基建狂魔"前进的步伐，"断点"一定能够打通。从这两条高速公路的命名上，就可以看出国家的雄心勃勃和高瞻远瞩。

驾车乘坐巨型渡轮过海，是我寻路国道之行以来的首次。

从中国大陆最南端的徐闻坐船，有三个港口可选择，现在车辆主要是走海安新港和徐闻港。

我下载了"琼州海峡轮渡管家"APP，方便订票。

两个月前，全球最大的客货滚装码头徐闻港正式开港运营，这个港口设计年通过能力为汽车320万辆、旅客1728万人次。如此的规模背后，是来往琼州海峡间巨人的交通需求。

目前，海南岛上九成的货物要走琼州海峡轮渡。2020年"五一"节，整个假期琼州海峡客货滚装船共开航1122个航次，运送旅客25万人次、货物120万吨、汽车8.8万辆、火车1654节，其中"五一"当日过海旅客5.7人次、汽车2万辆次。

由于有预约过海服务，港口实施了统一调度和分导，车辆在码头上的待渡时间并不长。我从13号泊位将车开进了一艘舷号为

"双泰36"的客货滚装船空间庞大的船舱里。

所谓滚装船,是指可以通过踏板,使车辆或者轮式设备等自行驶上或驶下的船舶,意即只装载可滚动的轮式货物。

位于广东省雷州半岛与海南岛之间的琼州海峡,东西长约80公里,南北平均宽度为29.5公里,东接南海广东海区,西邻北部湾,是仅次于台湾海峡和渤海海峡的中国第三大海峡。

穿梭于琼州海峡南北两岸的客货滚装船,单日最高峰期可达200班次。

汽笛一响,"双泰36"在海面上犁波而行。

琼州海峡航道繁忙。

在不久的将来,待跨海通道建成通车后,当年驾车乘坐万吨巨轮过海峡的情形,也许就只剩下一种别样的情怀与回忆了。

一个多小时过去,在甲板上南望,海南岛的轮廓已露出海平面。

因改革开放而生、因改革开放而兴的海南,1988年建省,既是我国最年轻的、也是面积最大的省份。

如果仅按陆地面积计算,我国的新疆维吾尔自治区确实是最大的省级行政单位,但是海南省的陆地面积虽只有3.54万平方公里,却有着约200万平方公里的海域面积,西沙、中沙、南沙这些群岛以及海域都是隶属于海南省的。

2020年4月,经国务院批准,海南省三沙市设立西沙区、南沙区。三沙市,这个中国最南端的地级行政区,自此拥有了全国总面积最大的市辖区。

海南椰风绿韵,碧海浩瀚,无限蔚蓝。

巨轮在海口新港缓缓靠泊。

我将车子从"双泰36"的船舱里开出来,上岸后一刻也不耽误,直接导航至文昌市,然后穿过海口市区,朝海南岛的东北部快速驶去。

本来此行到海南的目的,一是看火箭发射,二是自驾跑一跑我们国家最南的国道。

海南的国道都自成一体:若循线一直往前开,都能回到起点。

除原有的G223国道、G225国道这一东一西的环岛线路,以及G224国道这条中线外,近年来还规划了G360、G361、G540等3条国道新线。

环岛旅行,是很多到海南来的游客都梦想去做的事。

海南岛上有一条G98环岛高速公路,全程613公里,按100公里的时速绕一圈,也就6个多小时,一天之内足矣。但这样为环岛而环岛,太快了,很难说能有什么旅途上的收获,连走马观花都不算。

从海口到文昌,修建有海文高速公路。半个多小时后,我见到了一身户外骑行服的陈兄。

他在文昌等了我几天,他那些来自全国各地在海口临时组队的骑友们,都早已经在沿国道环岛骑行的路途上了。

"早该听你的提醒,提前一些到文昌来,要不然现在我已如愿看到了火箭发射,你也在路上骑得正嗨。"我连声说抱歉。

"没事没事,既来之则安之。知道你忙,当时也没特别催促你。即使你23日连夜过海赶来,也无法近距离看火箭发射,因为在火箭发射前当地会有交通管制什么的。"陈兄是个爽快而又热情之人,素来雷厉风行,也喜欢张罗事儿。"你看,海南风光好,一起骑行吧。早就叫你加入我们公路骑行者的队伍了。"

"老兄,你是认真的吗?我可没做任何准备啊。"

"冬季是海南骑行的最好季节，来了就能骑车，你只需准备一份轻松的好心情。"

"我很久没碰过自行车了，唯一能确定的是还会骑，但肯定不能像你们这些日均200公里以上的高手那样'破风'而行。"

"不是让你搞五六天完成环岛那样的高强度骑行，我现在是以半个东道主的身份，骑车带你游海南，只玩小众不凑热闹。"

哇，这样有吸引力的好主意谁又能拒绝呢？

我和陈兄就近到一家骑行驿站办好了公路自行车及装备的租赁手续，也停放好自己开来的车辆，同时购买了一些必备品，便兴冲冲地出发了。

其实，在这个温暖的海岛上，没有什么时候是不能骑行的。这些年大江南北跑过很多地方，只有通过此刻沿着海岸线走走停停的骑行方式，才体会到一种旅游的氛围，能让人彻底放松下来。

路上可以看到，岛内包括自行车骑行标识、骑行驿站以及其他的骑行配套软、硬件设施都很完备。海南岛的自行车骑行，已成为一个成熟的产业。良好的生态环境和丰富的旅游资源，让这里成了骑行者的首选地。据说，"环骑海南岛"已逐渐成为继川藏线、环青海湖之后的第三大热门线路。

有的骑行组织机构除可以提供全套骑行装备外，还专门设计了独一无二的骑行线路，并备有后勤保障车，给骑手们以全方位的服务帮助。

"海南沿海地带地形起伏不大，非常适合骑行，不会太累。尤其是东线，很适合新手或骑游性质的休闲活动。"陈兄边骑边介绍道。"哪怕是来个环岛骑行，这个距离适中，路况也不错，尽管略有点挑战，但时间可长可短嘛，那也是普通人能完成的。有时候慢行海南，可以多留些时间看风景。"

他每年都要来几趟海南骑行，有时候直接从南宁骑自己的公路自行车上路，中途坐渡轮到海口，更多时候是坐大巴到海南，再在骑行驿站租车。自2016年文昌发射卫星后，他到海南骑行的乐趣又增添了看火箭的内容。

"每次发射成功，莫名地激动，我想每个中国人都有一样的感受，祝贺祖国科技进步，繁荣昌盛！"他说。

他很喜欢海南，不知道是不是因为在北方生活过很长时间的缘故。他小时候住在中原某地的军营里，父亲是四十三军一二八师师部汽车连连长。后父亲转业，他们一家才回到广西。

陈兄的父亲曾在海南驻防三年。从国防战备考虑，汽车兵一定要熟悉所有的道路路况。所以，其父在海南服役期间，在执行军需物资运输任务之余，还要对岛内所有道路进行实地探查"踩线"，因此和战友们驾车跑遍了当时海南的18个市县，凡是汽车能通过的道路都必须熟悉每一个细节，做到所有路况都了然于胸。

对于那段经历，其父说得最多的就是军民鱼水情，"海南的老百姓都很淳朴，当地有拥军的优良传统，对解放军充满感情。行车在路途上，得到过老百姓太多的协助"。由于与老百姓交往比较多，其父也学会了海南当地的方言，即使后来离开了很久，也从没有忘记。

也许是从父亲口中听到过很多有关海南的山川形胜、风土人情，陈兄后来常常将公路自行车骑行地放在海南，有时间就出来骑行一趟，有时候是独自一人出发，有时候是约上好友，或在骑行驿站临时组队。

陈兄父子两代人可谓都对公路情有独钟，并且与海南结下了不解之缘。

我们边骑行边海阔天空地聊着。我们聊到了在1936年由中华书局出版的那本《海南岛旅行记》，当初就是以《环游海南岛记》为名，连载发表在旅行杂志上。该书是1932年冬，湖南籍学者田曙岚骑着一辆自行车，渡过琼州海峡后，对海南岛进行了长达半年的考察后创作出来的。那本曾风行一时的自行车骑行游记，是同时代有关海南自然和人文景观的读本中，内容最翔实的。

"骑行，也许才是'打开'海南的最好方式。"我似有所悟。

"平时很少骑车的，不要追求速度，以免体力消耗过大，后面的路就没法骑了。"陈兄多次叮嘱，"维持一定的速率，切勿时快时慢。长距离骑行最怕的就是经常从慢速猛踩提高到高速，所以总体要保持一个踏频，速度也尽量保持平稳。"

聊起公路骑行这个爱好，我好奇地笑问陈兄是怎么"入坑"的。

"骑行这事还真会上瘾，尤其是一个团队在一起。"他说，"骑友可能是相对单纯的一个圈子，大家彼此互相鼓励互相照应，这种经历，只有在路上去体验过之后才可以感受得到。"

我们沿G223国道骑行，路上遇到很多骑行者，还有不少老年人的车队，大家彼此打招呼，互喊加油。

青山绿水的地方养人。在海南的国道上骑行，将城市的快节奏生活"调"至骑行速度，那这条国道对骑行者来说，那不就是一条健康之路、活力之路吗？

越往南天气越热，美景越发应接不暇。万宁大花角至石梅湾的滨海旅游公路，用一句话形容，那就是"简直美爆了"。

"对那些主要为了刷成绩里程、顺道看景的骑行者，全程国道是最合理的线路选择。但对于边逛边骑的普通游客，想见到最独特的风景，最好多走走那些像毛细血管一样细的小路。"

以 G223 国道为轴，我们换线拐进了那些离海更近的县道、乡道和村道上。

穿过树林，翻越山脊。

视野里景物切换成了椰树海岸、清渚白沙、稻田水塘、果园苗圃、村头榕树、小桥流水……

当你换一个视角去欣赏这个海岛，那些细节往往是最打动人的。

听着海浪声，呼吸着海边清新的空气，在繁花碧叶中，尽享冬季里的夏日时光。

流连于此，"沉醉不知归路"。

5天时间，我们从文昌骑行到了三亚。

到达三亚，意味着环岛骑行的路程进行了将近一半，我在骑行驿站归还了自行车，随即从三亚搭车返回文昌取停放在那里的车。

这一路慢骑陈兄觉得还不太过瘾，要继续完成环岛的西线部分路程。他的速度很快，我们约好两天后在海口会合。

在一起返回南宁前，我和陈兄专程前往海府路，这是海口市一条著名的人文地标式的古老街道。

海府路位于海口市区北部偏东的区域，其走向与海南的母亲河、也就是岛上最大的河流——南渡江相平行。

今日的海府路已找不到半点沧桑的旧貌，这条繁华的大街高楼林立，车水马龙，市声喧阗。

全程约4公里的海府路不长，我们索性沿路徒步穿行。

海府路因联结着老海口和府城之间而得名，前身是海南乃至广东省最早的现代意义上的公路。该条公路于1919年5月动工修建，同年12月完成。据公路史，"该路是在原来的官马大道上按照低技术标准扩拓而成的，路基宽8.1米，沙泥路面，最大纵坡1%，平曲线最小半径为120米，涵洞6座，均系钢筋混凝土结构或石砌，载重9吨"。

海府路，可以将其看作一部浓缩的海南百年建设史。改革开放以来，这条路既见证了海南建省兴办经济特区，建设国际旅游岛，也见证了海南30多年的飞速发展。

海纳百川，有容乃大。

海南是全国陆地面积最小的省份，却是海洋国土面积最大的省份，这里是联结陆地和海洋的纽带，如今正乘着自由贸易港建设的东风，开启打造面向海洋、面向世界开放新高地的伟大征程。

追星揽月，中国在加快太空探索的步伐。

2021年，中国航天发射次数达55次，超过美国的45次和俄罗斯的25次，居世界第一。

这一年，是中国航天发射的"大年"。

在如此喜庆红火的丰收好年景里，我也终于得以亲眼见证中国力量——现场看一次火箭发射。做一次中国航天史的见证者，我的这一愿望，在这年的年底实现了。

我和陈兄通常都是微信联系，那天他给我打来电话：

"今年文昌最后一次发射，有兴趣到现场观看吗？这回你能赶上。"

"太好了！你这个电话令人精神大振。快说，什么时候出发？我马上收拾东西……"我一听，几乎要蹦起来。

"哈哈哈，也没必要这么着急。放心，我们这回完全赶得及，明天启程，我陪你一起看发射。"

2021年12月19日，我们驾车出发。

五、星辰大海

目的地——海南文昌。

我隐约感觉到心脏在怦怦跳动,一种莫名的激动被摁回到胸腔里。

我自诩算是一名老司机了,作为有着数十万公里自驾经验的资深旅行者,经历过不知多少次的出发与抵达,早已养成了在把握方向盘时应该有的那份成竹在胸的沉稳。

想想,此时出现这种就像少年人即将去奔赴一个企盼已久的"圆梦时刻",既兴奋又有些许紧张的心态实乃在所难免,毕竟目前在我们这个星球上,也许还没有哪一种高端科技创造和人类工业工程实践,能像大国航天发射那样,对人类的未知世界以如此"硬核"的视觉冲击、如此强烈的心魄震撼。

逐梦航天——可以视为一种可以在地表上"观测"的最高远的人类求索精神,以及最强大的国家意志。

到现场看发射,陈兄有这方面的消息源。他的手机不仅下载有海南本地文旅部门的 APP,微信"骑行群"里也有不少海南当地的群友,而且还加了发射场附近宾馆和民宿老板的微信。这些群友看到了本地的新闻,得知文昌航天中心最近将有一次发射任务,也是年底前的最后一次。

文昌市人民政府此时已正式发布"关于在特定时间内禁止体育、娱乐、广告性飞行活动的通告",临时管制的时间:自 2021 年 12 月 19 日 8 时起至 12 月 24 日 8 时止。

"海口本地宝"等 APP 以及国内知名旅行社也公布了有关"航天旅游"的电话咨询以及现场观礼的预约方式;一些航天航空爱好者和摄影发烧友则在网上向全国发布"追逐火箭"的组队观测、摄影的招募告示。近段时间,许多"航天迷"和游客为了观看火箭发射都在向海南奔去。

在去往海南的公路上,我们驾车如纵马兼程,一刻也不愿多耽搁——

一心只想尽快赶到目的地。

不料,半道还是有一场意料之外的"波澜"来袭……

我去年下载的"琼州海峡轮渡管家"APP此时突然发来了一则通知,手机屏幕上显示以下内容:

受22号台风"雷伊"影响,海口新海港、秀英港、铁路南港三港预计于20日凌晨前后停止作业。目前,海口三港运力充足,请有过海需求的车辆抓紧时间过海,并务必通过"琼州海峡轮渡管家"微信公众号等渠道预约购票,凭票提前3小时有序进港待渡,未预约的车辆请不要前往港口。……

心里咯噔了一下。

将此台风消息告知了陈兄,正在开车的他看着前方"哦"了一声,然后说:"抓紧时间,一定要抢在凌晨之前过海峡。"

发动机低沉地吼叫,车如离弦之箭飞速前进。

一路紧赶慢赶,终于在天还没完全黑下来的时候到达琼州海峡北岸。

港口灯火通明,亮如白昼。

扫码测温,排队进港,检票,停好车辆。

我们来到船上甲板的栏杆旁,外面明显降温了,已有零星的雨滴洒落下来。

起锚开船的时间原定在22时20分,但不见动静。特殊天候,客货滚装船也在等待准许开航通知……

23时15分,开船起航。

● 五、星辰大海

客货滚装船巨大的船体，在夜色的笼罩下向海峡对岸坚定沉着地驶去。

凌晨1时21分，在海口靠岸的时候，从夜空中落下的雨点开始变得绵密而有力。

从客货滚装船开车上岸，到海口市区已是风雨大作，街道两旁的椰子树在拼命地挥舞着巨大的叶子。

我们成为当晚赶上最后一班渡轮过琼州海峡的旅客。

在狂风暴雨中，琼州海峡全线停航避台风。

当晚不赶路了，我们在海口住下。宾馆房间的空调没有制热功能，在热带岛屿上居然感觉冷得有些睡意阑珊。辗转反侧中，心绪也跳出来兴风作浪，"这回的'观箭追星'该不会又泡汤了吧……"

第二天一早，打开手机搜相关消息。"国家预警信息发布中心"提示——

中央气象台12月20日06时继续发布台风蓝色预警：

今年第22号台风"雷伊"已于昨天晚上由强台风级减弱为台风级，今天（20日）早晨5点钟其中心位于海南省三沙市永兴岛西偏南方向大约200公里的南海中西部海面上，就是北纬16.2度、东经110.6度，中心附近最大风力有12级（35米/秒）中心最低气压为970百帕，七级风圈半径250—300公里，十级风圈半径80公里，十二级风圈半径30公里。

大风预报：20日08时至21日08时，南海北部和中西部、北部湾、琼州海峡、西沙群岛、海南岛沿海、广东沿海将有7—8级大风，其中南海西部海域、西沙群岛、海南岛东北部沿海将有9—10级大风，"雷伊"中心经过的附近海面和岛屿的风力将有11—12级，阵风13—14级。

降水预报：20日08时至21日08时，广东北部和南部沿海、海南岛中东部有大到暴雨，局地大暴雨（100—110毫米）。

……

逐字逐句看完预警告示，在风雨中，我们出发继续往文昌行驶。

"台风登陆的海南东部，恰好是文昌发射场所在位置，真不知道这次发射任务会不会推迟。"一直信心满满的陈兄此时也开始言出"谨慎"起来。

车子穿行在海南岛东部的高速公路上，前挡风玻璃的雨刮也在用力摆动着。

窗外是绿意浓得化不开的热带风景，天地都是湿漉漉的。

文昌航天发射中心位于龙楼镇，文昌市域的最东端，海岸线如尖角伸向大海。

到达龙楼镇的头两天，看不出当地天气有好转的迹象，时雨时晴，风却一阵紧似一阵。

12月21日上午终于雨住风停，天空晴朗如洗，一道彩虹跃然横跨蓝天之上。

"好兆头！好兆头！火箭发射，稳了！"陈兄高兴地大声说道。

我手机的"琼州海峡轮渡管家"APP也发来了"平安行"消息通知：琼州海峡客货滚装船于12月21日10时起恢复航行。

海南文昌，是一座因火箭而"出圈"的滨海城市，而龙楼镇则是中国航天人"逐梦星辰"的港湾。

在这个名字中蕴含着"东方巨龙更上层楼"寓意的小镇上，

● 五、星辰大海

随处可见与航天有关的元素：航天大道、航天小学、航天社区。

而从我们所住宾馆楼上的窗户望出去，万顷椰林的绿涛簇拥而成的天际线上，远方矗立着的两座航天中心火箭发射塔架清晰可见。其中一座发射架上，火箭已垂直转运完毕，正静静地等候着冲上云霄的那一刻。

2016年才正式建成启用的文昌航天发射场，是中国首个开放性滨海航天发射基地，也是世界上为数不多的低纬度滨海发射基地。

火箭发射平台距离海岸线仅800米。

让普通百姓或游客在阳光白云下，吹着海风，踩着沙滩看火箭发射，这本身就展现了一个泱泱大国的卓然实力与高度自信。

文昌航天发射场可以发射"长征五号"系列火箭，以及"长征七号"运载火箭，主要承担地球同步轨道卫星、大质量极轨卫星、大吨位空间站和深空探测卫星等航天器的发射任务。从专业的角度，文昌航天中心与酒泉、太原、西昌等三大航天发射场相比，最大优势就在于靠近赤道。纬度低、发射效费比高，同等条件下能够使地球同步轨道航天器运载能力提升15%以上。

拥有约290公里长的海岸线以及36个大大小小的天然海湾的文昌市，地理上三面环海，文昌航天发射场选址于此，射向宽、安全性好，火箭射向1000公里范围内均为海域，火箭残骸落区均在海上。

滨海发射场的有利条件还在于海运不受道路、轨道的限制，通过能力更强。以海运的方式，能够解决大推力运载火箭利用铁路、公路和空运均无法运输的难题。

其实在文昌市，火箭升空后在很多地方都能抬眼看到，但连同火箭发射塔架都能尽收眼底的观看及观测地点却不多。

我们宾馆楼顶就是一个位置绝佳的地点，在当地和众多的"航天航空迷"中很有名气。在那里视野开阔，没有遮挡物，可以俯瞰椰林中的发射场，因此每到有火箭发射的日子，许多专业人士都会提前入住宾馆，在楼顶选好机位，架上三脚架，静候拍摄时机。

宾馆经理是文昌本地人，与那些职业摄影家们或专门拍摄航天航空题材的发烧友交流多了，耳濡目染之下，再加上有别人无法企及的"近水楼台"拍摄条件，也成为一个水准相当不错的"火箭摄影师"。此外，他也是非常热心的文昌航天文化义务"宣传员"，当时他不仅向我介绍了许多对观看及拍摄火箭极有帮助的各种信息和注意事项，后来还送我照片，并用微信发了"现场感"溢出屏幕的手机拍摄发射视频。

事实上，自从文昌航天发射场2016年开始执行发射任务以来，航天发射场所在的龙楼镇，至今累计接待游客约180万人次，如今以旅游服务业为主的第三产业对当地经济的贡献率已达到70%。

发射基地的建设和运行，极大地带动了文昌市"航天经济"的发展，围绕航天发射场及航天主题，文昌规划了一系列产业配套，同时推动旅游业提质增效，高标准打造集爱国主义教育、航天科普、体验研学、国际交流于一体的"航天+旅游"基地。如今，每一个文昌市民的生活，都与航天息息相关。

我想，这次到文昌来，不光只是为了看火箭发射本身，还要去感受一个大国的"航天梦"是如何照进那些普通人的现实。

那两天，我们一边在密切关注火箭发射时间，一边想尽可能多地去了解这座"宇宙小城"的日常与航天之间的关联。

航天发射场的发射塔架，在联结文昌市文城与龙楼这两个镇

● 五、星辰大海

的 G360 国道路段上一眼就能看到；沿 S206 省道驾车驶进航天大道，东侧就是文昌航天科普中心。在附近的不少路边空地上，都竖着"卫星发射观景点临时停车场"的告示牌。

文昌是海南岛海岸线最长的市县，新贯通的滨海公路沿线，有许多美丽的沙滩、公园和渔村渔港。游人在那里流连驻足、照相留影或视频直播，孩童在海边戏水，在礁石上有悠然的垂钓者，渔船、小艇突突突地在渔港里繁忙作业……

当这些缤纷多彩的海滨百姓生活场景，与背景里那静静肃立着的火箭发射塔架同框时，你会强烈感受到，那是一幅多么宁静安详而又极富力量感和时代感的画面。

大国重器与烟火寻常。

岁月静好与负重前行。

都在这一刻，在这样的画面中得到完美诠释。

激动人心的时刻很快就要到来了。

12 月 23 日 18 时许，

长征七号甲遥三运载火箭将于文昌航天中心发射两颗高轨道主卫星。

"一箭双星"！

离发射时间越近，文昌的天气就变得越好。

我们决定前往位于发射中心东北侧的淇水湾海滩上去观看发射，与众多的观礼群众一起体验现场那种热烈的氛围。

中午时分，通往淇水湾的道路两边就已停满了小汽车、旅游大巴和房车，那是参加一场盛会的氛围。我们将车子停在了几公里外的地方，徒步向淇水湾走去。一路上看到车牌上各省区市的简称，发现游客们来自全国各地，有的游客开着车窗在车上休息，有的则三三两两地在路旁草地上聊天。

海南省公安厅交通警察总队此前已发布12月23日0时至24时对文昌市龙楼地区实施道路交通管制的通告：火箭发射前3小时，禁止无通行证的车辆进入文昌市东龙线、龙昌线、文铜线等；火箭发射前1小时，禁止一切车辆进入文昌市东龙线、龙昌线、文铜线。

通信、消防应急等职能部门一一就位，在观看现场还设置了多处志愿服务站。

更多的游客出现在淇水湾3公里长的沙滩上，他们中的很多人早早就来了，此时有的吹着海风散步，有的在和着音乐跳舞娱乐，有的搭起帐篷，摄影爱好者手里的各种"长枪短炮"更是早早架好，镜头都指向了海天一线相连处的航天发射场。

冬日的黄昏来得很快。

暮色苍茫，云团被大海映出一层紫蓝色。

万人聚焦处，发射塔架及箭体被灯光照亮，远远看去如幽蓝天幕下璀璨的明星。

从电视台拍摄区域那里开始传来倒计时数数的声音。

大家纷纷举起手机、摄影爱好者们则目不转睛准备好按下快门，众人一起屏息凝神，目视大海前方的发射塔架，生怕错过精彩瞬间——

18时12分，火箭底部忽然闪过一束红光，发射塔架四周腾起白得耀眼的烟雾，紧接着，绽开的金黄色巨焰映透海天，数秒之后火箭推进器喷发造成的炸裂声浪传来，挺拔而坚毅的火箭箭体伴随着撕裂海空的轰鸣，以澎湃而雄浑的力量缓缓加速，刺破苍穹，如同一颗要去远行的星星，逐渐消失在云层中……

直至此时，淇水湾的沙滩上才爆发出巨大的欢呼声，人们激动得难以自持,尖叫雀跃。

"五星红旗迎风飘扬,胜利歌声多么嘹亮……"观礼的人群不约而同地高声合唱,歌声随着海风在海滩上越传越远,仿佛响彻天际。

有人兴奋落泪,有人在呼喊——"祖国万岁""航天加油"……

何其有幸、这一刻,我们在现场。

这是永生难忘的一幕!

"航天梦""中国梦"——

沸腾的海滩,壮阔的航程,我们遥望天宇无垠。

记得2021年"七一"和国庆期间,有这样一段向祖国深情告白的文字,曾让无数人为之动容,其实也是如此贴切地描述此刻一种正在升腾的情怀:

> 我们生在红旗下,长在春风里,目光所至皆为华夏,五星闪耀皆为信仰
> 千秋华夏,壮丽河山,落日余晖,璀璨星河
> 人民有信仰,国家有力量,民族有希望
> 我骄傲
> 因为我是中国人
> ……

"卫星顺利进入预定轨道,发射任务取得圆满成功!"当天在现场观看了火箭发射盛况的人们,他们第一时间拍下照片和视频,并纷纷转发、分享的同时,在手机上也收到了这样令人喜悦的消息。

喜悦在分享，催人奋进的精神力量也在传递着。

次日一大早，我们驾车出发，沿清澜大桥西行，驶上 G223 国道。

G223 国道、G225 国道，这两条地理位置最南的国道线路，在海南岛上共同画出一个饱满的圆。

完成这环岛自驾的途中，在 G225 国道的最南端，我们下车向海边走去。

那天正午，晴空万里，阳光洒在大海上，波光粼粼。

从三亚湾向南眺望，视线可以延伸至无限远。

迎着海风处，前方就是深蓝的南海。

当思绪从极远的海平面上收回来，脑子里闪过的是一帧帧这几年所走过国道车辙的画面，"奔走跋涉的意义何在？"

是纵横古今、博览万里的走读？是行进中生命的一种表达？还是对跨越重重关山、磨炼心智的一次旅行记录？

行远自迩。

在自驾旅行的那些时日，车载 CD 常放的歌就是《我和我的祖国》，这也是我最喜欢听的歌曲之一。

"我和我的祖国，一刻也不能分割……"

是的，个人的轨迹总是汇流在国家的发展洪流之中。

每一个社会个体的人，就是一滴水，融入大海，就永远不会干涸。

沿着国道行进，路的方向，决定了路途上的风景，更决定着前方的意义和逾山越海的价值。

车随路转，沿途总有那些美得令人无法呼吸的风光和景致。"越过高山越过平原，跨过奔腾的黄河长江"，在巍巍群山和苍苍

五、星辰大海

原野之间,是恬静温婉的乡村,以及繁华热闹的市镇。我驶过每一个平常的早晨,驶过温暖安详的黄昏;一年年的秋收冬藏,一年年的大地回春。

"一点浩然气,千里快哉风。"

愿所有的路程都没有被辜负,所有的记忆都不会被遗忘。

时代的车轮也在疾驰如飞,直行或转弯。车窗外有时风平浪静,有时风雷激荡,当你发现百年大变局的超级风暴如山呼海啸般迎面而来,那或许将要驶进了历史的分水岭……

在民族复兴的征程上,注定不会是一片坦途,我们每个人都要无惧风雨,穿云破雾,坚定向前,与这个伟大的时代同行,与我们伟大的国家同行。

浩浩长空,国道永在。

图书在版编目（CIP）数据

国道 / 徐歌著 . -- 南宁：广西人民出版社，2025.4. --ISBN 978-7-219-11799-6

Ⅰ . I25

中国国家版本馆 CIP 数据核字第 2024US4484 号

责任编辑　彭青梅
责任校对　陈　威
封面设计　李彦嫒
版式设计　牛广华

出版发行	广西人民出版社
社　　址	广西南宁市桂春路 6 号
邮　　编	530021
印　　刷	广西民族印刷包装集团有限公司
开　　本	889mm×1230mm　1 / 32
印　　张	9.5
字　　数	220 千字
版　　次	2025 年 4 月　第 1 版
印　　次	2025 年 4 月　第 1 次印刷
书　　号	ISBN 978-7-219-11799-6
定　　价	56.00 元

版权所有　翻印必究